The Everlasting
Story of Nory

ノリーのおわらない物語

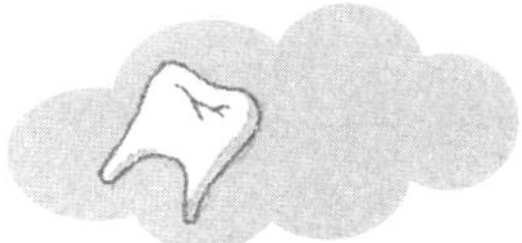

Nicholson Baker
ニコルソン・ベイカー

岸本佐知子 訳

白水社

ノリーのおわらない物語

わが娘にして情報提供者でもある　アリスに

1　ノリーの好きなこと

　エレノア・ウィンスロウはアメリカから来た九さいの女の子で、おかっぱの髪の毛は茶色、目も茶色だった。しょう来の夢は、歯医者さんかペーパーエンジニアになることだった。ペーパーエンジニアというのは、とび出す絵本やとび出すカードをデザインする人のことで、こういうみんなの人生を楽しい気もちにするものが、お店で気軽にこう入できるのは、すごくすごくだいじなことだと思う。さいきん、ノリー（エレノアのふだんの呼び名）のなかで流行中なのは、中国の女の子の絵をかくことで、パッチワークの中国服を着た女の子が、髪の毛を小っちゃいぼうしにアップにしてたり、ピンで横にとめてたりする絵だった。お家《うち》の人たちと昔のお屋しきを見学に行くときは、車の中で、必ずやいなやお話を作ってあそんだ。おふろの中や、鏡の中でも作った。たまにお友だちといっしょに作ることもあったけど、もちろんそのときは、どんなお話になるかは、お友だちによってはげしくちがった。もう一つ、ノリーがよくやるのは、こういうのが売ってればいいなあと思うのに、どこにも売ってなくて、きっとこれから先も永えんに売ってないにきまってるようなお人形のデザインを考えることだった。

　たとえば、ノリーは前に「リーナ」というお人形の絵をかいた。リーナはまっすぐな髪を横わけにして、パフスリーブを着ている。体つきは、ティーンエイジャーっぽいすらっとしたのじゃないけど、背のひくい、頭が大っきくて丸々してるのでもない。手と手首が曲げられて、ミニチュアの卵のケースをもてるようになっていて、卵は一こ一こ、本物っぽくひびわれが入っている。リーナにフライパンをもたせてあげて、その上に卵をおいて、しばらくゆすると卵がひとりでにわれる、っていうのは、ゆするとふくらむ特しゅなものが中に入ってるからで、小っちゃく丸めたゴム状のものがぷるんと出てきて、それが卵の中身になっている。中身は目玉やきだけど、あと二者たくいつで、スクランブルとオムレツをつけてもいいかも。エプロンは、スプーンとフォークの絵がいいと思う。でも悲しいことに、リーナはまだ絵の中にしかいない。

ノリーは九さいにしては背が高いほうで、イギリスのスレルの町にとってはとくにそうだった。ノリーはしばらく前に、お父さんと、お母さんと、二さいの弟と、アメリカから引っこしてきた。スレル校というところの小学部に通っていて、学校には女の子がいっぱいいた。いいお友だちができるといいなと、ノリーは思っていた。

2　有名な建て物

スレルの町でいちばん大きいものは、だんぜん「スレル大聖堂」だ。塔のある古いお堂で、その塔は、ほんとはとても遠いのに近くに見える、というふしぎな力がある。飛行機も同じで、飛行機はとても近く見えるけど、たいていはそうじゃなくて、もしそうだったら、それはけっこうマズい。大聖堂の中も、外と同じくらいきれいだったけど、ところどころ、だれかがうっかり時代をまちがえたみたいに、電線とかコンセントとかがあって、柱の上にいまの時代のスピーカーがついてるのが、ちょっとそぐわしくない感じがした。大聖堂の中には黒や赤の石をけずって作った大きなお墓もあって、こわいっていうほどじゃないけど、ちょっとどきどきした、だって、お墓の色は目がさめるくらいまっ黒で、それにとうぜん床の下やかべの中には死体がうまってるわけで、中にはきっとヒカヒカのミイラになってるのだってあるにちがいない。それから聖ルフィーナの、聖ルフィーナっていうのは有名な女の人で、黒い長い髪をしたきれいなお姫さまだったのに、もってる宝石をぜんぶすてて修道院に入って、うんとみすぼらしいオンボロ服を着てくらしてたんだけど、すごくひどい死にかたをして、どういう死にかたかというと、冬まっさかりのある日、教会の中にのら犬がたくさん入ってきて、生《なま》のまま食べられて、だからスレルの大聖堂には、聖ルフィーナのためだけの特別のチャペルが作ってあって、そこには聖ルフィーナのうでが片っぽだけ取ってあった。聖ルフィーナはとてもやさしくて、病気をなおす力があったので、みんなに愛されていて、犬にぜんぶ食べられちゃわないうちに、だれかがうでだけお取りおきしといてあげたのだ。そのチャペルのすぐそばに、うんと細長い背の高い窓があって、戦車や軍かんや爆げき機の絵がついていた。有名な清らかな大聖堂の窓の絵が戦争の絵だなんて、あんまり正しくない気もするけど、ぎゃくに考えれば、もしステンドグラスでできた戦車や軍かんがあったら、きっとそれは世界一きれいな戦車だ。戦車のキャタピラーの部分は、ちょこまかした青や緑のガラスのかけらでできていた。このステンドグラスは、戦争で死んでしまったスレルの町の人たちをほめたたえて作られた。

大聖堂の石の床に立って頭をま上にむけると、ずっとずっとずっと高いところ、塔のそのまたてっぺんに「ヒスイ堂」というものがあった。これはステンドグラスをドーム型にしたようなので、ちょうど十字架のタテと横がクロスする部分にあった。大聖堂はみんな十字架の形に作られていて、なぜかというと、イエスさまが十字架の上でお死にになったからだ。「でもなんだか変」と、ノリーはときどき考えた、「どうしてみんな、イエスさまがいやな死にかたをしたことばっかり考えるんだろう？　もっと、神《ゴッド》さまのGとかの形にすればいいのに。建て物を四角っぽいGの形にして、中庭に、願いごとをするふん水だとか、病気の人をなおすハーブティー畑だとか、そんなものを作ればいいのに」。ヒスイ堂は、百億千億万個のグリーンのガラスのかけらが集まった、小さい丸の形だった（ほんとはすごく大きい丸だけど、うんとはなれた下から見るから、小さい丸に見える）。お天気の日だと、そこからうすいグリーンの光のビームが床にさしこんできた。床の上のきまった場所に黒いイスがたくさんおいてあって、そこにすわってると、グリーンの光が、ナメクジをスポットライトで追っかけるみたいにしてゆっくりゆっくり近づいてきて、ついに光が当たったしゅん間、その人は神さまの考えになれると言われている。といっても、もちろん、まるっきり神さまと同じ考えになるわけじゃなくて、神さまがその人に考えてほしいと考えている考えになれる。もしもその人が神さまを信じてない場合は、他の人たちが神さまについて考えていることについて考える。それか、神さまがその人たちに考えてほしいと考えている考えについて考える。どっちにしても、それはある意味大聖堂の考えで、それだってじゅうぶんすごいことだと思う。

3　死番虫のお話

このあいだ、スレル大聖堂のもち主の、英国国教会《アングリカン》の主教さまと司祭さまが、何百万ドル、じゃなかった何百万ポンドもかけて、ヒスイ堂のガラスをぜんぶきれいにして、くずれて落っこちてこないように修理した。ところがそれをやってるとちゅう、ヒスイ堂と石の柱の上をつないでいる木のはりにかぶせてある鉛が、死番虫《しばんむし》にかじられて穴だらけになっていることがわかった。それではりを、ぜんぶじゃないけど何本か取りかえなくちゃならなくなった。死番虫は、なんでそんな名前かというと、大むかし、重い病気にかかった人がいる家で、この虫が家の中の木の部分に小っちゃい頭をぶつけるコツン、コツン、コツンという音が聞こえたら、その人はもうじき死んでしまうと信じられていたからだ。ノリーは歯医者さんになりたいと思っていたから、このことについては独自の見解をもっていて、それはこうだった――「鉛に穴をあけちゃうなんて、きっとこの虫はすごくじょうぶな歯をしてるんだわ。きっとふだんは見えなくて、口をあけるとニュッと出てくるのかもしれない」。ワニは死ぬまでに歯が二十四回も生えかわって、あと食べ物がなくても二年も生きられる。だけど、死番虫の歯が一生に一度でも生えかわるかどうかは、はげしくギモンだった。

「あんな所でくらすのって、きっとたいへんだろうな」とノリーは思った、「だって、古くてボロボロのおいしくない木をかじって生きていかなくちゃいけないんだもの。それに、その木はお父さん虫や、おじいさん虫や、そのまたおじいさん虫たちにさんざんかじられて、やせさらばえて、まずくて、きっと食べるとこなんて、もうほとんど残ってないんじゃないかと思う」。関係ないけど、大聖堂の近くに、すごくすてきなティーハウスがあって、そこのチョコレートファッジケーキは最高においしかった。ケーキには、小さなカップに入ったホイップクリームがいっしょについてきた。

　お父さんたちがスレル大聖堂で買った説明パンフレットの中に、マスクをした人がヒスイ堂の裏がわの木に金属のチューブみたいなものをさしこんで、殺虫剤の泡をチューッとやってる写真があって、ノリーはそれがすごくいやだった。そこで頭のなかで「死番虫の一家のお話」というのを考えた。死番虫の一家が、もうすぐ人間たちが殺虫剤をかけにやって来るのに気がついて、せたい道具をまとめて、殺虫剤の人が工事の足組みのところにすてていったお菓子の包み紙で小っちゃいパラシュートをこしらえて、広くてひんやりした大聖堂の空気の中を、だれにも見つからないようにこっそりと、下へ下へ下へおりていって、右に左にゆれながら、あまりのこわさにしょっ覚をきゅっと丸まらせて、それでもまだどんどんどんどんおりていって、そうしてとうとう冷たい床の上の大きなグリーンの光の島に着地すると、そのすぐそばに、黒い髪で瞳のきらきらしたマリアナという女の子がすわっていました。

マリアナはイスにすわって、わたしも神さまがわたしに考えてほしいと考えていらっしゃる考えを考えられるかしら、と考えながら、じっと目をつぶっていました。それから、あとどれくらいで光が自分の足のところまで来るかしら？と思って目をあけてみました、というのは、光が足にとどいたしゅん間に、きっとみるみる神さまっぽい神聖な気もちが心の中に生まれるのにちがいないと思ったからで、一秒でも早くその気もちになりたくて、足をほんのちょこっとだけ光のほうに近よらせようとしたら、ふしぎなものを見つけました。そうです、それはほんとうにふしぎなものだったのです。小っちゃな虫が四ひき、チューインガムの包み紙でできたパラシュートを、きちんとたたんでいたのです。「まあ、あなたたち、だあれ？」とマリアナは言って顔を近づけて、手のひらの上に虫たちをのっけてあげました。

「わたしたちは死番虫です」と一ぴきが言いました、「わるい人間が、わたしたちの国を恐ろしい毒でいっぱいにしようとしているのです」

「まあ」とマリアナは言いました、「でも、その人はわるい人じゃないと思うわ。きっとヒスイ堂が落っこちてこないようにしたかっただけなのよ。だって、あなたたちが木を食べるせいで、だんだん木がポロポロになって、このままだとくずれて落ちてしまうもの。この大聖堂がそんなことになったら、あなたたちだっていやでしょう？」

「そりゃまあそうですけど」と死番虫は口をとんがらかさせて言いました、「ちゃんとそう言ってくれて、かわりに住む木をくれれば、わたしたちだって喜んで引っこしましたよ。だって見てくださいよ、息子のゲイリーを。この子は鉛を食べたせいで、病気にかかってしまったんです」。マリアナが見ると、小さなゲイリーは、ほんとうにあおむけにひっくりかえって、とてもぐあいがわるそうにしていました。顔色も（虫だけど）すごくわるくて、もう死の一歩手前でした。マリアナは四ひきをそっとふでばこの中に入れてあげて、森へ行きました。そこにはちょうどいい感じのたおれた木があって、木のくぼんだ部分には雨水がたまっていて、マリアナはやさしく歌をうたいながら、花をつんで歩いて、花びらを雨水の中でつぶしました。その花は鉛の毒を消す特別な花で、うんと暑い場所にも、うんと寒い場所にも生えていて、とても強い花だったので、モンテスマ・フラワーと呼ばれていました。モンテスマというのは、大むかしのアステカの王さまの名前です。それからマリアナはふでばこをあけました。三びきの健康な死番虫たちが、病気のゲイリーをかかえて外に出てきました。「その子をこの水の中に入れておあげなさい」とマリアナはやさしく言いました。かの女は、こい茶色の髪の、背が高い女の子でした。「とても体にいい薬草のおふろよ」

最初のうち虫たちはおっかなびっくりで、水のにおいをかいだり、しょっ覚でさわってみたり、いろいろ虫っぽいことをやっていました。でも、そのうちにだんだんと平気になってきて、ゲイリーを水のなかにじゃぼんと、といってももちろん頭からじゃなく、おしりのほうからそっと入れてあげて、それから自分たちも一人ずつ中に入って、水のなかで楽しそうにぱしゃぱしゃやりはじめました。虫たちは、ゲルマン時代とかにできたヒスイ堂の古くてせまい木の中で、ずーっとくらしてきたので、雨水がこんなにきれいで気もちがいいということをはじめて知って、大喜びでした。ゲイリーが起きあがって、ぼくもうすっかりなおったよ!と言いました。それから四ひきは日なたぼっこをして、体がかわいてふっくらすると、マリアナにさよならと手をふって、さっそく大きな木のみきに、迷路みたいな穴をあけはじめました。「おいしい木がこんなにたくさん!」と虫たちは言いました、「かじってもかじっても、年輪、年輪、また年輪! これだけ大きな国なら、何百年かじってもなくならないぞ! どうかわたしたちがここにいることを、だれにも言わないでくださいね!」

「ええ、言わないわ」とマリアナは笑って言いました。「元気でね!」

「ありがとう、マリアナさん」虫たちはそう言って、最後にもう一度、元気いっぱい手をふりました。「さよなら! さよなら! さよなら!」

というのが、ノリーが考えたお話。だけどほんとは、死番虫はまだ一度も見たことがなかった。でもたしかにスレルには、見たこともないような変な生き物がたくさんいて、いままでいちばんいやだったのは、バスルームにいたものすごくでっかいクモで、ノリーと弟のチビすけがバスタブの中にいて、バスバブルの泡でうそのカプチーノを作ってカプチーノ屋さんごっこをしていたら、お母さんがシャワーカーテンのところにそれがいるのを見つけた。お母さんは読んでた雑誌ごとピョンと飛びあがって、それから大いそぎで二人をバスルームの外に出して、それからお父さんを呼んだ。

「なに？　ねえなに？」とノリーは言った、いきなり外に出されてしまったので、ぜんぜん見えなかったから。

「見ないほうがいい」とお父さんは言った。「アングロサクソン系のおぞましい虫だ。ものすごくでかいぞ」

「ぜったいキャーキャー言わないから」とノリーは言った、「ほんとよ、約束するから」。それでドアのすき間からちょっとのぞいて、すぐにキャーってさけんでクモの子をちらすようににげて、お母さんにだきついた。「やーん、こわい！」そいつはものすごく巨大で、まっ黒なカニみたいで、とてもクモと思えないような、おぞけのよだつ毛むくじゃらの足をしていて、それもガガンボみたいなすらりとスマートな足じゃない、ものすごい太い毛むくじゃらの足で、気もちわるくておっかなくて、ブキミがわるかった。ノリーはほんとうは虫は好きで、テントウムシなんか大好きだし、ハサミムシだって好きだった、それに生き物を殺すのはよくないことで、教会でもいつも「おのれの欲するところを他人にもほどこせ」と教わっていたし、それにだいいち大きなトイレットペーパーのかたまりが上からグワーッとおりてきて、気がついたらもう死んじゃってたなんて、だれだってていやなのに決まってる。でも、このクモだけは、あんまりにも毛もじゃでおぞましすぎて、どうしてもかわいそうという気もちになれなかった。

お父さんがバスルームから出てきた。

「死んだ？」お母さんとノリーたちが聞いた。

お父さんは、死んだと答えた。

「ああよかった」ノリーはそう言ってから、すぐに少し悲しくなって、それに最初に見たときに、キャーキャーさけびちらしちゃったのも恥ずかしかった。「死んで、そのあとどうなったの?」

「トイレに流して、もう遠い暗いところに行ってしまったよ」とお父さんは言った。「つぶしたあと、どうしても中をのぞいて見ずにいられないのは、我ながら困ったくせだがね」

「おおいやだ」とお母さんが言った。

というのが、スレルでノリーたちに起こった、最初の大きなできごと。ノリーはそのあと二日くらい夜よく眠れなかったけど、すぐに平気になった。でも一つだけ困ったのは、もしかしたらあの黒い大きなクモの、いとこのはとこのまたいとこぐらいが、シートの裏にせんぷくしてたらどうしようと思うと、こわくて夜トイレに行けなくなっちゃったことで、でもそれもすぐだいじょうぶになった。そのトイレのシートは木でできていて、この家のもち主のおばさんが、昔のお屋しきのオークションで五ポンドで買ったもので、ツナパルト伯じゃくとか何とかいう、あんまり有名じゃない貴族の人が、ほんとうに毎日使ってたものなのよ、とおばさんは自まんしていたけど、もしかしたらそのせいで、そんなに安かったのかもしれない。

4　チビすけがフクロウをこわいわけ

ノリーはスレル小学校の、りょう生じゃなく通学のほうの生徒だった。こっちの学校では、みんな万年筆にブルーのインクを入れたのを使っていて、そのインクは「インク消めつペン」という変てこな名前の、両方が先っぽになったもので消すと、完ぺきに消せた。インク消めつペンはすぐれもので、一か月くらい前の、もう完全にかわいた字でも、ちゃんと消せる。スレル校を作ったのは、毛皮のえり巻きをした、やさしそうな感じのおじさんで、食堂に上がる階段のとちゅうに、その人の絵がかざってあった。同じクラスのパメラ・シェイヴァーズという子が、その人はローランド修道院長《プライアー》という名前で、ヘンリー八世よりも昔《プライアー》の人だからそう呼ばれているんだと教えてくれた。食堂は、昔はお坊さんたちが牛を飼っていた納屋で（これは別の上級生の子が言っていた）、でも、牛たちを毎朝毎晩のぼりおりさせるなんてすごくたいへんなのに、どうしてわざわざ二階なんかで飼ってたのか、ノリーには謎だった。そうしたらお母さんが、牛さんたちをざいこいっそうしたあとで二階を新しく作ったのよ、と教えてくれた。でも、食堂はいまでもときどきちょっと納屋っぽいにおいがした。木の建て物で、天井のはりが流木みたいに曲がりくにゃっていて、でも死番虫がいるかどうかは見えなかった。それにお昼の時間はみんなが鬼のようにうるさくするから、死番虫たちが頭をコツンコツンする音なんか、どっちみち聞こえっこなかった。

　ローランド修道院長さんが聖ルフィーナのやったことをほめたたえてこの学校を作ったのは、二千年前とか、そんな大むかしだった。ちょっと前までノリーの弟は、それくらい大むかしのことも、ぜんぶ「きのう」と言っていた。弟のほんとの名前はフランク・ウッド・ウィンスロウだけど、みんな〝チビすけ〟と呼んでいた。チビすけはまだ「大むかし」と「きのう」がうまく区別できなくて、それはチビすけの頭の中がまだ工事中で、泥んこの地面の上をダンプカーとかパワーショベルとかが走りまわってる状態だから、自分の考えてることをうまく口で説明できないからだ。チビすけは「こうじげんば」とか「けんいんしゃ」とか「れんけつき」とか「へいめんこうさ」とか「百トントラック」とか「トレーラートラック」とか「くっさくき」とか、好きなものの名前はスラスラ言えるのに、ときどきフォークとかロウソクとか、なんでもないふつうのものをつかんで、「これ、なんていうんだっけ！」とか言ったりする。〝まくら〟だって、いつも〝らくま〟になっちゃう。でもそれはべつに変なことでもなんでもない、だって人間は大きくなるにつれて、頭の中でごちゃごちゃにもつれたかたまりだったものが一つ一つほぐれて、だんだんちがいがわかるようになっていくからで、それは大人になっても一生つづく。たとえば、だれかがだれかの功績《メモリー》をほめたたえて何かをする、と言うとき——たとえば聖ルフィーナの功績をほめたたえて、とかいうような場合、それはべつにその人がすばらしい記憶力《メモリー》をもっていたことをほめたたえるわけじゃなくて（たとえばクラス全員の名前をすらすら言えるとか）、というのはその人はもう死んじゃってるわけで、死んだ人にはもう記憶力はない。それに、その人がピクニックに行ってチキンサンドを食べたりアヒルにえさをあげたりして楽しかったとか、そういう記憶《メモリー》をほめたたえるわけでもない、死んじゃったら記憶もなくなっちゃうから。頭の中のすてきな記憶までミイラ化できたらいいけど、どんな魔法の薬草を使ったって、それはムリだ。あと、その人をほめたたえようとしてる人が、その人とのあいだに何か特別な思い出《メモリー》があって、それをほめたたえるというのでもない、なぜならその人は、そのほめたたえたい相手の人と（たとえば聖ルフィーナと）会ったこともない場合だってあるからだ。そうじゃなくて、昔こういう人がいたっていう、そのことをほめたたえて、その人のことを忘れないでくださいねと世の中の人たちにお願いする、というのが正しい意味だ。でも、せっかくみんながその人のことを覚えててくれても、その人たちだっていつかはきっと死んじゃうから、いつも新しい人たちに「この人のことを忘れないでくださいね、この人のことを忘れないでくださいね、この人のことを忘れないでくださいね」と言いつづけなくちゃならなくて、だからすごくたいへんだけど、きっとやりがいのある仕事だと思う。

チビすけはノリーに本を読んでもらうのが大好きだったけど、なかには要注意しなくちゃいけない本もあった。チビすけはクモはそんなにこわがらなかったけど、フクロウとなると、そうは問屋がゆるさなかった。チビすけにとって、夜は、大きなギョロ目をぱちくりさせたフクロウが、たくさんばさばさ飛びまわる、こわい時間だった。家では「フクロウ」ということばを言うのも禁止で、「フの字」って言わないといけなかった。だから、たとえばチビすけに『どんなこえでなくのかな?』みたいな絵本を読んであげるときは、「フの字」が木の枝にとまっている絵がついているところは、マッハでページをめくらなくちゃいけなかった。手でその部分だけかくすだけじゃだめで、それだとそこにフクロウがいることがバレちゃうから、やっぱりチビすけはこわがる。でもチビすけは強がりで、たまに「ぼく、フクロウほんとはだいすきなんだよ。このフクロウだけきらいなの」とか言ったりした。

いちど、お母さんが夜中に「お絵かき部屋」をのぞいたら、チビすけが一人でいて、『くまのプーさんブック』の中のフクロウの黄色いおっかない目玉を赤いマジックでぬりつぶしてるさいちゅうだった。ねる前にベッドのなかで読んでたら、それが出てきちゃったのだ。べつのときには、窓の外にわるいフクロウが二ひきいて、カーテンのかげからこっちをのぞこうとしてるよ、と言ったこともあった。チビすけがあんまり真けんな顔で心底こわそうに言うので、ノリーまでなんだか首のうしろとか、あっちこっちがゾワゾワしだした。まっ黒で何もない窓ガラスの外にほんとは何かがいて、こちらをじっと見てるかもしれない、という考えが、ノリーはものすごくこわかった。ノリーの覚えてるいちばん古い、いちばん最初の思い出は、長いろう下を走っていて、ふっと立ちどまって窓を見たら、ガガーン！　トゥイーティー・モンスターが、すごくおっかない顔でこっちをにらんでるのが見えた気がして、思わず「ママーーーッ！」とさけんでしまった。トゥイーティー・モンスターっていうのは、『シルベスターとトゥイーティー』のビデオに出てくる小鳥のトゥイーティが、お化けに変身したっていうだけのものだった――魔法の薬を飲んで、そうなっちゃったのだ。ただのマンガだから、ぜんぜんこわがることなんかないのに、そのときはほんとにこわくて、悲鳴をあげて猛ダッシュでかけていったら、お母さんがやさしく「よしよし、こわかったこわかった。でも、あれはただの絵なのよ。トゥイーティー・モンスターもわるい生き物も何にもいないからだいじょうぶ。お外は静かな夜で、寒がりのリスさんは丸々ふくらんで、タヌキさんはゴミ箱でごちそう見つけてアムアムしてるわよ。さ、もうこわくない」と言ってくれた。そのときのお母さんの目は、世界じゅうのどんなお母さんの目よりかやさしくて、あったかで、すてきで、きれいだった。ちなみに色はブルーだ。もう一つ、チビすけがときどき見るこわい夢があって、それはスクラップおき場からよみがえってきた、ものすごく古い、タイヤの大っきなトラックのゾンビが二台、ヘッドライトをぎらぎらさせて、うちのリビングを走りまわる、というのだった。起きてるときのチビすけは、あんなにトラックと電車が大大大好きなのに。あと、ひとりでトイレをしようとしたら何も見る絵本がないっていう夢を見て、泣いちゃったこともあった。

こわい夢ってときどきほんとに許せないと思うのは、自分が好きなもの（たとえばトラックとか、鏡とか、お母さんとか）や、自まんに思ってること（一人でトイレができることとか）を、こわいものに変えちゃうことだ。もしノリーが図書館を作ったら、児童書のコーナーにはぜったいに「世にもおそろしいお話」シリーズは入れないつもりだった。中身を読まなくたって、表紙だけでもこわいし、読んでるときはおもしろくても、気がつかないうちに心の奥底はすごくこわがっていて、それで夜中にこわい夢を見たりするからだ。ノリーがとくに悪しゅみと思ったのは、表紙に悪魔みたいにこわい顔をした人形の絵がついたやつだ。どうしてお人形みたいにかわいいものを、わざわざうんとこわい、おっかないものに変えて、考えたりいっしょにあそんだりできなくしようとするんだろう？　お人形はわるいことなんてぜったいにしない。お人形は、まっ暗なお部屋で一人ぼっちでいるとき、いっしょについていてくれる人たちだ。みんなおもしろ半分で「世にもおそろしいお話」シリーズを読むけど、思ってたよりずっとこわすぎてあとでぜったい後悔するし、そんなもの読まなくたって、夢だけでもうじゅうぶんまに合っていた。でも、いとこのアンソニーや友だちのデビーは「世にもおそろしいお話」シリーズが大好きで、これを読んでるときがいちばん楽しいんだそうだ。だから、みんながみんなノリーと同じ意見っていうわけじゃなかった。

　ノリーがいちばんきらいなのは、歯の夢だった。たとえば、きれいで、やさしげで、首の毛がふわっふわしているアヒルが川べのアシのところにのんびりすわっていて、ときどき風が吹くと羽毛がそよそよなびいてて、そこにノリーが近づいてって、仲よしになろうと思ってパンをあげたら、きゅうにアヒルがくちばしをグワッと大きく開いて、中に大きなキバみたいな歯がいっぱい生えてる夢。それとか、目ん玉がとび出そうに大っきくて、ふちどりみたいに細い白目が見えてて、歯がギザギザにとがった馬に追っかけられる夢。あと、とがったキバがある牛の夢とか。でもそういうのは、みんなずっと昔に見た夢で、もういまではぜんぜん平気になった。もひとつ、これもかなり前の夢だけど、女王がノリーのうでをちょん切ろうとしてガシガシ追いかけてきて、いろんな色がゴチャゴチャした中をにげていく。ノリーは一生けん命にげるけど、女王と家来たちはものすごいいきおいで追っかけてきて、もうほんとうにつかまりそうになったので、ノリーは女王にせっちゅう案を出す。「わかりました、もう降参です。でも、ちょん切るなら、うでじゃなくて頭にしてください」。なぜかというと、それなら痛くなくてすむからだ。女王は「よろしい！」と言って、ヒュン！とおのをふりおろした。かがんだりとか、紙袋をかぶったりとかしないですぐおわったので、ノリーはすごくほっとして、「ああ、やれやれ！」と思った。

この夢のきょうくんは、「うでを切られて痛くて生きてるよりも、死んだほうがマシ」ということ。われながらちょっと、あんまりなきょうくんかも、という気もしたけど、でもはっきり言って、夢がイソップみたいにちゃんとしたきょうくんでおわることなんてめったにないんだから、しょうがない。でもほんとは、うでが二本ともなくなっても、訓練すればたいていのことはできるようになる。足でトランプする人だっている。ただ、もし歯医者さんが道具を足にもって治りょうしようとしたら、患者さんはちょっとびっくりすると思う。たぶんその歯医者さんは、ものすごく人気者の歯医者さんっていうわけにはいかないんじゃないかと思う。

5　お昼休みに起こった、ちょっとした事件

それでもノリーは、夜中にこわくなったらお母さんたちの部屋に行って、二人をつついてちょっとだけ起こしてなぐさめてもらえるから、まだいいほうだった。でも学校には、そうできない子た

ちだってたくさんいた。スレル校には、朝から晩までいちにち三百六十五時間、まるまる学校にいなくちゃならない子たちがいた。ロジャー・シャープリスは背が小さくて、刑事さんみたいなかしこそうな顔をした子だったけど、新学期がはじまっていちばん最初の週、はじめての大聖堂の礼はいのときに、泣いてしまった。ノリーが「なんで泣いてるの?」とひそひそ声で聞いたら、「ときどき昼間も涙が出ちゃうんだ」とひそひそ声で答えた。礼はいがおわっていっしょに歩いて校舎にもどるとき、ロジャーは、家の人に会えなくなってすごくさびしいんだ、と言った。りょうのベッドの白い小さいまくらを見てると、お家《うち》の自分の部屋のことを思いだして涙が出ちゃうんだそうだ。だって考えてみてほしい、自分の知っているいろんなもの、じゅうたんとか、窓とか、お父さんやお母さんとか、玄関とか、家の前の道のながめとか、そんなものぜんぶとはなれてくらさなくちゃならないなんて、九さいの子にはすごくつらいことだ。それからロジャーは、いちどテストでまちがえたから、もう一生忘れないようにしようと思ってることがあるんだ、と言って、昔のギリシア人がロウをひっかいて字を書いてたことを教えてくれた。ノリーは教えてもらってうれしかった。これでもうノリーもたぶん一生そのことを忘れないから。

でもその日は、そのこと以外では、あんまりうれしくない日だった。お昼の時間に、食べ物をよそってもらったトレイを床に落っことしちゃったからだ。さいきんちょっと友だちっぽくなりかけてるキラという子が「ほっときなさいよ、だれかが片づけてくれるわよ」と言った。でもノリーは、そんなぐちゃぐちゃのてんこもりを床にそのままにして行っちゃうのは良くないことのような気がした。皮つきポテトなんか、見るもヒサンな状態だった。上級生の女の子が、しゃがんで片づけを手つだってくれて、そのうちにモップをもったおばさんがやって来た。でもクラスのほかの子たちはもうとっくに向こうのほうに行って、さっさか食べはじめてて、ノリーひとりがおいてきぼりだった。おまけに上級生の男の子たちのご一行様が押しよせてきて、列がすごく長くなってしまっていた。ノリーは横はいりしたくなかったから、列のいちばんうしろまで行ってならびなおした。列は階段を少しおりたところまでつづいてて、おかげでノリーはローランド修道院長さんの毛皮のえり巻きを、じっくり観察できた。

やっと新しくトレイに食べ物をよそってもらって、知らない子ばかりの中にぽつんと一人ですわった。同じクラスの子たちは、だんだん小学部の校舎のほうに帰りはじめていた。一人、また一人と帰ってく。ノリーは、お皿を見るとき以外は、ずっとそっちから目をはなさないようにして、心の中でときどき「まだあの子がいるからだいじょうぶ」と思って、そのうちその子も行ってしまうと、また「でもまだだいじょうぶ、あそこにあの子がいるもの。いざとなってもあの子といっしょにもどればいいんだ」と思った、というのは、小学部の校舎は、食堂の建て物からうんと遠い、通りを二つも渡ったところにあって、ノリーはひどい方向オンチで、もうほんとにお先まっ青なくらいのすごい方向オンチだったから、ぜったいに一人でたどりつけない自信があった。だからすごいいきおいで食べおわると、猛ダッシュで食堂のドアを出て、同じクラスの子に追いついた。ドーレットという子だった。ドーレットは「わるいけどあなたと話してるヒマないの、お友だち待ってるんだから」と言った。

ノリーは「あ、そう」と言った。そこにもう一人の女の子がやって来た。その子はノリーが転校してきてすぐのころ、ノリーのしゃべりかたのことを「キーキーしてて変」と言ったので、あんまり好きじゃない子だった。ノリーは二人から少しはなれてうしろを歩いて、二人が建て物の角を曲がって古い門のほうに行くのについていった。

ドーレットがこっちをむいて「あっち行きなさいよ。なんでついてくんのよ」と言った。

「お家の帰りかたがわからないのよ」とノリーが言った。

「お家？　お家って？」と二人は言った。

「じゃなくて、教室の行きかたがわからないの」とノリーは言った。

「あら、そんなの平気よ」とその子たちは言って、「じゃ、あんたが前歩きなさいよ、あたしたちがついてってあげるから」

ノリーは二人の前をおそるおそる歩きはじめたけど、ほんとにそっちで合ってるか心配だった。見たことのないカーブの坂道があったし、横断歩道もなかった。うしろを見たら、二人が消えていた。一しゅん頭の中がパニックになりかけた。そしたら二人が赤い実のついた低い木のうしろからとび出してきて、クスクス笑った。ノリーがまた二人のあとを歩きはじめると、二人はシッシッと言った。でもそのとき、近くの校舎から先生が一人出てきて、そしたら二人は急にいい子ぶった声で「こんにちは、なんとか先生！」とかあいさつして、先生とおしゃべりをはじめた。ノリーは、自分があとをつけたことを先生に言いつけられるんじゃないかとビクビクしたけど、二人は何も言わなかった。それからあとは、二人から少しはなれたところを、茂みから茂みにこそこそかくれながらついていって、やっとこさ校舎にもどれた。その日の午後、校庭でべつの女の子が「やーいやーい、もどされた、もどされた」とはやし立てた。ノリーはなんのことだかわからなかったから、「なんのこと？」と言った。

「トレイ落っことしてもどされたじゃない」とその子が言った。だからノリーは「ちがうもん、ずるはいりはいけないことだから、ちゃんとならびなおしたんだもん。それにね、あたしはアメリカ人だから〝もどされた《セント・バック》〟なんて言いかたされたってなんのことだかわからないの。ゴミ箱だって、アメリカでは〝トラッシュカン〟って言うんです、〝ビン〟なんて言わないの。色えんぴつは〝クレヨン〟なんかじゃなくて、ふつうに〝カラーペンシル〟なの。わかった?」と言いかえしてやった。そしたらその子はウサギみたいに口をもごもごさせて、すたこら退場していった。

そのあとの歴史の時間、先生が十字軍の話をしているさいちゅうに、きゅうに変ちくりんなカウボーイっぽいアクセントで「てわけで奴らは盗みと殺しをやりまくり、地獄の果てまで突き進みやがったのさ！　ハイヨー、シルバー！」と言った。それからノリーのことを見て、「ああごめん、まずきみに許可をもらうべきだったね。先生がアメリカ人の話しかたのことでこんなふうに冗談言ったら、きみはいやかな?」

ノリーは答えた、「アメリカ人はそんなしゃべりかたしないけど、先生がそう思ってるんならべつにいいです」

すると先生は、「ありがとう。それじゃあ先生も、きみがイギリス人のことを〝ライミー〟と呼ぶのを特別に許可してあげるよ」

「わかりました」とノリーは言った。「だけど、どうして〝ライミー〟って呼ばなくちゃいけないんですか?」

「え、アメリカではイギリス人のことをそう言うんじゃないのかい?」と先生が言った。

「わからないけど、言わないと思います」とノリーは言った。「先生、〝ライミー〟って何ですか?」

「ああそれはね、昔むかしのそのまた昔の船乗りさんが、歯がぬけないようにライムばかり食べていたのをそう言ったらしいよ」と、ブライズレナー先生は教えてくれた。

6　フッ素にご用心

学校では歴史の時間のほかに、ＩＴの時間もあった。ＩＴっていうのは〝インフォメーション・テクノロジー〟の略で、いまノリーたちはエイコーン・コンピュータのキーのまん中の列を習ってるところだった。それからフランス語の時間があって、あと地理があって、あと音楽があって、あとネットボールがあって、あとホッケーがあって、あといろんな時間があった。スレル校は、ぜんぶ合わせるとびっくりするほど大量に先生がいた。小学部の校長先生も、古典という時間の先生をしていた。校長先生は、ある日の授業のいちばん最初に、ひくい、太っちょな声で、トロイヤ人たちが流した血が泥水とまざりあって、廃きょになった街の城へきの下に水たまりのようになった、という話をろう読してくれた。そしてそのあとで、これはヘラクレスの物語ですと教えてくれた。もしかしたらヘラクレスじゃなくてヘラクレスっぽい名前のべつのだれかだったかもしれないけど、でもたぶんヘクトールじゃなかった気がする。とにかくそのだれかさんは、赤ちゃんのときに魔法の水に入れられたけど、足首のところをつかまれてぶら下げられた部分だけ、魔法の水がかからなかった。

それから何日かして、ヘンデルホールの朝礼のとき、校長先生がある画家のお話をした。ヘンデルホールは、週にいちど大聖堂で礼はいするとき以外に、全校生徒が集まる場所だ。その画家の人は、自分に才能がないと思いこんで、おまけにとても腹ぺこだったので、絵の具のチューブをしぼって中身を食べてしまった。絵の具には鉛が入っていて、それが何か脳によくないことを引きおこして、ピストルで自分の胸をうってしまったという、とっても気の毒なお話だった。その人のかいた絵が、いまでは何百万ドルもする。ドルでも何百万なんだから、きっと日本のエンだったら何億とかだ。

鉛は甘い味がするから、小っちゃい子供がよくなめたり食べたりしてしまう。歯みがきのペーストも同じだ。ほんとは豆つぶ一こぶんぐらいをちょこっと歯ブラシにのっけるのが正しいのに、みんなようんとたくさんつけすぎる。だから正しい量だけチューブから出すと緑色のが出て、もっと多く出そうとすると赤に変わる歯みがきを発明すればいいんじゃないかと思う。青信号、赤信号みたいに。歯みがきをたくさんなめすぎると、中に入ってるフッ素のせいで、歯が灰色っぽくなる。クラスの男の子で、横のほうのとがった歯（たぶん小きゅう歯）がひどい虫歯なのか歯医者さんが失敗したのかわからないけど、とにかく完ぺきに（チビすけ語で言えば〝煙室からかんしょう器まで〟）灰色をしてる子がいた。ふだんは見えないけど、その子がわる者のまねをして、大っきく口をあけて「わははは、この借りはいつか必ず返してやるぞ！」と言ったりすると（でもほんとはすごくいい子なんだけど）、それがちらっと見えた。もしその子が甘いもの大好きで、歯みがきを何本も何本もなめたんだったら、そんな色になるかもしれないけど、でもそれだったら虫歯にはならないはずだし、ほかの歯も同じくらい灰色になるから、きっともっと目だたない。ノリーも、ときどき自分の歯が黄色っぽく見える気がして、血ナマコになって一本一本、うんと白くなるまでみがいた。でも写真で見るかぎり、ノリーの歯はいつもぴかぴかのまっ白で、ちょっと得意な気持ちになる。

　魔法の水に入れられた子供のお話のきょうくんは、「だれだって百パーセント不死身ということはありえない」ということ。ただし神さまは別だけど（神さまを信じてる人たちにとっては）。それから画家のお話のきょうくんは、「だれだって、いつか有名になって才能をみとめられるかもしれないから、けっしてあきらめちゃいけない。あとピストルはあぶないから禁止したほうがいい」。そして灰色の歯の話のきょうくんは、「ときどき、いいことをしようとしたつもりで、わるいことをしちゃうこともある」。

7　車の中でお話大会

　お話の最後にきょうくんをつけるのは、イソップ童話のマネだった。けど中には、何だか意味がぜんぜんわからんちんなのもあった。ノリーのお父さんお母さんは、夜ねる前にかわりばんつで本を読んでくれた。お母さんが何か読んでくれたら、つぎの日にはお父さんがべつのものを読んでくれる。九月のこの週は、お母さんが『一〇一匹わんちゃん』を読んでくれて、お父さんが『イソップ物語』を読んでくれた。お父さんは、いつも読んでるとちゅうでねてしまう。眠くなってくると、だんだん読みかたがむにゃむにゃした早口になって、とぎれちゃうから、すぐにバレる。むにゃむにゃむにゃ、ストップ。むにゃむにゃむにゃ、ストップ。おまけに、ときどきお話とぜんぜん一ミりも関係ないことを言ったりした。うでをつついてあげると、きゅうに目をさまして、目をぎゅうっと閉じてから、パッと開いて、またつづきを読みはじめる。そのうちまたちょっとずつ、ちょっとずつ、声がむにゃむにゃになりはじめる。「アラスカをロシアから買ったスアードが……ふがふがふが……象形文字で……ふがふがふが……バルセロナに……ふがふがふが……」。こんな調子で何ページも何ページも、ぜんぜんお話と関係のないとんちんかんちんなことを言いつづけることもあって、すごくおもしろい。一度なんか、カラスと石のお話のとちゅうで「散弾に導火線をつけないと」とか言ったこともあった。ノリーはそれを紙に書いといて、朝ごはんのときにみんなの前で発表した。おもしろいお話のときのほうが、つまらない部分がのんべんだらりとつづくときより、お父さんのたいきゅう時間も長かった。そのうち、つついても起きなくなると、ノリーは「パパ、ねえパパ、つかれてるんでしょ？」と言う。

「ん？　どうして？」お父さんは、すうすう眠ったままそう答える。

「だって、もう本だって閉じちゃってるし」

「え？　閉じちゃってる？」

「うん」

そしたらお父さんは「じゃあ今日はもうお開きにするか」と言って本を閉じて、おやすみを言う。次にまた読むとき、お父さんは前に読んだとこをまるっきり覚えてなくて、ページをめくりながら「ここは読んだっけ？　ここは？」と聞く。ノリーは、どこまで読んでもらったか忘れないことにかけては前後に落ちない自信があったから、いつもちゃんと言えた。お母さんは、読みながらねちゃうことはほとんどなかった。ノリーもときどき、お人形たちに本を読んであげてるときにねちゃうことがあったけど、読んでもらってるときには一度もねなかった。

ある日、お父さんはがんばってねないで三つもイソップを読んでくれた。三つとも、いま十ぐらいなつまんない話だったのに。たぶんイソップさんはこれを書いたとき、スランプだったんじゃないかと思う。それかロウがでこぼこで、集中できなかったのかもしれない。お父さんは、そうやって十分くらい本を読んだけど、やっぱりねてしまって、お母さんが「キ」と「ハ」と「み」をしにノリーの部屋にやってきて、やっと起こされた。「キ」と「ハ」と「み」っていうのは「キスとハグとお水を一ぱい」の並べかえだ。つぎの日はみんなでペックオーヴァー館という昔のお屋しきを見にウィズビーチまで行って、車の中ですることがなかったから、ノリーはみんなでおとぎ話の作りっこをしようと提案した。

お母さんは、がんばり屋さんのツタの葉が、一年じゅう、うんと寒い雪の日でもずっと緑のままでいたというお話をした。はじめのうち、ツタはただ緑のままでいることを楽しんでいました。ところがそのうちに、他の草花たちがちっとも自分と同じにしてくれないばかりか、冬なのに緑のままなんて変だと言ってからかったりするので、ツタはだんだん気げんがわるくなってきました。とうとう、庭の他の仲間たちが寒い冬のあいだ眠ってしまって、自分一人ぼっちになってしまうと、ツタはあんまり腹が立って、葉っぱの緑が茶色くなって、つるもちぢこまってしまいました。すると、そのツタが冬でも元気いっぱいで青々してるのに慣れっこになってしまっていた庭師のおじさんは、ツタを根っこから引きぬいて、ゴミ箱にすててしまいましたとさ。このお話のきょうくんは、「他人の生きかたにくちばしを出すべからず」。

お父さんのお話は、あるところにキャットフードのツナ缶が大好きで、毎日ツナ缶だけを食べさせてもらいたくて、どんなにうえ死にしそうに腹ぺこなときでも、サケ缶も、ビーフ缶も、レバー缶もぜったいに食べようとしないネコがいました。飼い主の女の子は、ネコがごはんを食べないのでとても心配して、じゅう医さんのところに連れていきました。じゅう医さんは、おたくのネコちゃんはどこもわるいところはないけれど、これからは缶詰じゃなくカリカリだけあげるようにしなさい、と言いましたとさ。そこできょうくん。「ツナ缶ばかり欲しがる者は、カリカリしかもらえなくなる」。

ノリーは、韓国の女の子が出てくるお話をした。昔むかしあるところに、韓国人の小っちゃい女の子が二人いました。二人の両親は車の事故で死んでしまいました、なぜかというと、救急車に「救命ジョーズ」がなかったからです。「救命ジョーズ」というのは、車の中からケガした人を助けだすのに使う、鉄を切るあの大きなハサミのことです。あわれな気の毒な姉妹は、こ児院に行くことになりました。ところがそのこ児院はとてもひどいところだったので、二人は「助けて！」と書いたプラカードを出しました。すると、前からかわいい娘がほしいと思っていたやさしい女の人がそれを見て、二人を養女にしてくれました。二人はとても喜びました。ところがある日、お母さんが、名前はナネランドといいます、ナネランドお母さんが外国の女王さまのたん生パーティーに招待されて、るすにしなければならなくなりました。お母さんは、さがしまわってやっと娘たちの世話をしてくれる夫婦を見つけました。ところが、じつはその人たちはすごくわるい人たちだったのです。お母さんがいなくなると、夫婦はすぐに地面に泥水をまいて、女の子たちにころんでけがをさせて、入院させてしまいました。そうすれば食事代をはらわなくてすむからです。つぎの日、二人は悪だくみがうまくいったので喜びのダンスをおどっていたら、自分たちも泥水にはまってしまいました。それを知った保険会社は、治りょう代をはらってくれなくなったので、わる者は一文なしになってしまいましたとさ。このお話のきょうくんは、「わるいことをすると、いつか神さまのたたりがある」。

ノリーたちは、チビすけにも何かお話を作ってごらんと言った。そしたらチビすけは二つも作った。一番めのお話は、「ブルドーザー」というのだった。むかしむかし電車がいました。電車はせんろを走ってました。そしたら、むこうからディーゼル車が来て、二台はしょうめんしょうとつしました。がっしゃーん！　二人ともバラバラになった。シュシュポポもこわれたし、車りんもこわれたし、せんろもこわれた。でも工場に行って、なおしてもらって、ペンキもぬって、それから駅に行ったら人がいっぱいのってきて、それでまたしっぱつしました。おわり。

もう一つのお話は「茶色くん」というのだった。むかしむかしブルドーザーがいました、トレーラーをひっぱってて、汽車ぽっぽやパワーショベルやドルリ車やダンプカーをいっぱいつんでました。それから丸っちいセメントミキサーとかもありました。むこうからもうひとり、トレーラーをひっぱった車が来ました。でもぶつからなくて、ぎりぎりすれちがった。ブルドーザーは、ずっとずっとずっとずっとずっとずっとずっと走っていきました。ブルドーザーは「茶色くん」っていう名前。おわり。

チビすけのお話にはきょうくんがついてなかったから、ノリーがかわりに考えてあげた。最初のは、「正面しょう突しても、ちゃんと元どおりになることもある」で、二番めのは、「最初からぜんぜん正面しょう突しないこともある」。

ペックオーヴァー館では、お茶をして、売店でナショナルトラストの消しゴムを買ってもらった。

8　デビーのこと

ノリーはアメリカのマサチューセッツ州ボストン市生まれで、そのことが内心ちょっと自まんだった。ボストンにはペックオーヴァー館みたいな家がたくさんあった。ボストンは古くてきれいなところで、でもノリーにとって一番のポイントは、ボストンはノリーが住んだことがあるたった一つの「市《し》」だったことだ。それ以外の「市」は、三さいのときにイタリアのヴェニスに三週間行ったことがあるだけで、ヴェニスのことで覚えてるのは、がらんとした寒い教会で洗礼を受けて、水をパシャパシャかけられて冷たかったことと、ロウソクを手にもたされたことで、そのロウソクはティッシュにくるんでだいじに取っておいたけどわれちゃったので、すてた。ヴェニスではまっ黒いスパゲッティを食べた。その黒はイカのスミの色で、すごくおいしかった。大むかしは、万年筆に入れたりするインクを作るのにほんもののイカのスミを使った。でもイカのスミで作ったインクだと、インク消めつペンじゃ消えないかもしれない。インク消めつペンは、ブタの皮とブタのフンから作るんだそうだ。クラスの子で、お姉さんが工場見学に行ったことがある子が、そう言っていた。

スレルは「市」じゃなくてただの「町」で、ボストンのつぎに住んでたカリフォルニア州パロアルトもただの「町」だったけど、市《シティ》みたいにごみごみした場所《シーディ》があった。それでちょっと考えたのは、たとえばフランス人の人がアメリカ人といっしょに、カリフォルニア州パロアルトを歩いてたとする。そしたらアメリカ人が言う、「ほら、このあたりはとてもごみごみ《シーディ》してるでしょう」。するとフランス人の人が、すごいフランス語なまりの英語でこう言う、「おお、ではこのあたりは市《シティ》なのですか?」もちろんここの〝市《シティ》〟のところは、スレル小のフランス語の先生みたいな発音で言う。するとアメリカ人はそれをまた聞きまちがえて、悲しそうに「ええ、ごみごみ《シーディ》しています。もうどうしようもありません」と言う。ということが何回もつづいて、それで市《シティ》はごみごみ《シーディ》している、という考えかたができあがったのかもしれない。それか、住んでる人たちがちっとも庭の芝生をからなくて、もしかしたらその人たちは家に病気で寝たきりの人がいて芝生なんかかるヒマがなかったのかもしれないし、ドラッグを注射したりお酒を飲んでばかりいて、庭に出てきて芝生をかる元気なんかなかったのかもしれないけど、とにかくあんまり庭をほったらかしにしすぎて雑草がぼうぼうに伸びて、種《シード》までついてしまった。というのが、ノリーが考えた、市《シティ》はごみごみ《シーディ》しているとみんなが思うようになった理由の二番め。

　パロアルトでノリーがいちばん好きだった通りにはいろんなお店があって、おもちゃ屋さんもあった。夏休みの土曜日にノリーはその店に行って、チビすけが「きかんしゃトーマス」コーナーのクレーン列車であそんでる横で、三十分もかけてバービーのお洋服を一つのこらずぜんぶ見た。さいきん親友になったばかりのデビーが、黒髪で青いドレスを着たバービーが好きと言っていたからだ。ノリーはデビーから、親友になったしるしに友情のペンダントをもらって、それがすごくすごくうれしかったから、お父さんたちに手作りカードを売ってためたお小づかいで、デビーにバービーをプレゼントすることにきめた。ノリーは洋服をすみからすみまでぜんぶ見て、紺色で、前の部分にうすいブルーのキラキラがついたのを奥のほうからやっと一つ見つけだして、それをいちばん前にかけなおして、お母さんを呼びにいった。ところがもどってきたら、べつの女の子がその子のお母さんといっしょにそこにいて、さっきの青いドレスを手にもっていた。ノリーはそばに立って、いかにも悲しげな顔つきでその子のもってる服をじっと見ながら両手をぶらぶらさせて、その服はあたしが三十分もかけて見つけたものなんだけどなー、という感じを必死に表現しようとしたけど、その子もその子のお母さんもぜんぜん気がつかなくて、ていうか、たぶんなんでノリーが手をぶらぶらさせてそこにつっ立ってるのかわからなくて、でもノリーは何も言えなかった。だってその服はその子が見つけたんだし、ただノリーが最初にそれを見つけていちばん手前にかけなおして、たくさんある服の中のナンバーワンみたいな感じにしておかなかったら、ぜったいにその子はその服を見つけられなかったと思うけど。

ノリーたちはつぎの週、べつのおもちゃ屋さんに行ってみたけど、青いドレスのいいのはなかった。青い色は、そのときはあんまりはやりじゃなかったのかもしれない。だからデビーには、うすいブルーのガラスを曲げて作った、パンダが木の枝に乗ってる小っちゃな置き物をあげた。デビーはパンダが大大大好きで、部屋にパンダのものが三十こくらいあった。イギリスに来てすぐ、ノリーはデビーに手紙を書いた。

デビーへ

元気ですか？　学校は楽のしいですか？　わたしはこのあいだフィッツウィリアム美じゅつ館に行きました。フィツウィリアム美じゅつ館にはせんすの部屋があって、口で言ってはいけないことを言うのに使う「せんす言葉」というのがあって、頭のうしろにせんすをやると、それは「わたしを忘れないで！」という意味なんだよ。わたしが特に好きなのは、信じゅ貝とサンゴでできたせんすです。それからペックオーヴァー館というところにも行きました、そこはお家が有名だけど、お庭のほうがもっといいのになあと思ったよ。お庭には女の子と犬のすてきな石のちょう刻があって、温室の中には、さわるとくるっと丸まるシダがあったよ。デビーに会えなくてさびしいです。犬のシャーピーは元気ですか？　まだクツばかりかじってますか？

また会えるといいな。じゃねエレノア　ＰＳ返事ください

そうして手紙の下のほうに、頭のうしろにせんすをやってる女の子の絵をかいた。

いままで見た夢の中でノリーがいちばん気に入ってるのは、デビーが出てくる夢だった。ノリーは死んでいて（そのことに気づくのは、少したってからなんだけど）、デビーのところに行って、耳もとで「デビー、デビー、わたしよ」とささやく。デビーはすぐにノリーの声だってわかって、はっと顔を上げる。デビーの顔はまん丸で、ときどきおすまししてるような、ちょっと不安そうな顔つきをすることがあった。歯のきょう正具をつけてて、くちびるが引っぱられて口が大きく見えた。デビーはいつものあの不安そうな顔になって、ノリーのほうを見る。「ノリー！　ノリーなの？」デビーにはノリーの声が聞こえるけど、姿は見えない。

「こわがらないで、デビー」と、ノリーはやさしい、おだやかな声で言う、「でもわかるわ、あなたがあたしだったらやっぱりこわいと思うもの」。するとデビーは少し落ちついたような顔になる。ノリーはデビーに〝エレノア、火事で死亡〟と大きく書いてある新聞を見せる。でも死んだのはノリーだけで、家のみんなも、他の人もぶじだった。それからノリーはクラスのギャリックという男

の子をからかう。「ギャリック？　ばあああ！」

　するとギャリックは「ノリーなもんか、だってあいつはもう死んだんだ！」と言う。

　ノリーは「あら、そうかしら？」と言って、いかにもユウレイっぽく、ぼわんと姿をあらわしてみせる。ギャリックはびっくりしてにげだそうとして、しりもちをつく。ギャリックは年上で、いつもすごくえばっててごうまんで、ノリーがスペリングが苦手なのをからかうから、ちょっといい気味だった。まあでもたしかにノリーのスペリングは、チビすけ語で言えば〝めちゃらめ〟ではあったけど。でもとにかくその夢は、デビーが声を聞いてすぐにノリーだとわかって、はっと顔を上げる部分が、すごく好きだった。

9　変な野菜

　ノリーはときどき思うことがある、「一つの町にレンガが何個あるのか、想像したら気が遠くなりそう！」古い町は、たいてい建て物のレンガの色が古っぽくて、形もゆがんでる。ボストンのレンガはだいたいみんな赤かったけど、スレルのレンガは、いい意味でよごれた黄色で、ボストンのよりもっと四角くなかった。ゆがんでてよごれた黄色のレンガなんてきれいじゃないと思うかもしれないけど、そんなことはなくて、とくに、前は窓やドアだった場所をレンガや石や古い建て物のかけらでふさいである場所なんかは、すごくすてきな感じだった。

　もう思いだせなくなった昔のことも、ちょっとそれと似てる。そこに窓があったことはわかってるのに、いまはもうレンガのかべになっていて、外のけしきは見えない。スレルの司教館の庭は、うんと高い、上にぎざぎざの石のついたレンガのへいで囲んであって、これは昔、貧乏で腹ぺこで、ほっぺたが落ちそうによだれをたらした人たちが入ってきて、月に照らされたおいしそうなブロッコリーを盗まないように、そうした。ウェイトローズというスーパーには「小型野菜《ドワーフ》」というコーナーがあって、かわいらしいドワーフ・カリフラワーが売っていた。アメリカだったら、ほんものの小人《ドワーフ》の人たちが野菜といっしょにされたような気がして傷つくといけないから、たぶんそんな言いかたはぜったいしないと思う。

ウェイトローズには、緑色でトゲトゲした、カリフラワーと松の木の中間みたいな変てこりんな野菜も売っていて、〝ロマネスコ〟という名前がついていた。〝ロマネスコ〟っていうよりは〝ゴシッコ〟って感じよね、とお母さんは言った。なんだかとても食べ物には見えなくて、お母さんのパソコンに入ってる「パーマフロストⅡ」っていうスクリーンセイバーみたいだった。でもスクリーンセイバーでいちばんかっこいいのは「ワームズ」だと思う。

収かく祭では、大聖堂の南玄関のかざりつけをスレル校がやることになっていて、ノリーはロマネスコをもっていった。他の子たちは、たばねたニンジンとか、ズッキーニ（スレルではみんな〝クージェット〟と呼ぶ）とか、ブロッコリーとか、リンゴとか、サトウダイコンとかをもってきた。でもロマネスコをもってきたのはノリー一人だったので、自分のがどれだかすぐにわかってうれしかった。お父さんは、ノリーが学校の制服を着て、ジャガイモがいっぱい入ってる袋の横に立ってる写真を三枚とった。ジャガイモは、ケンブリッジに行ったとき、芝生に入っちゃいけませんと言うかわりに歩道のはしっこにならべてあった石とそっくりの形だった。ケンブリッジは、みんながはかせごうを取りに行くところだ。ケンブリッジのフィッツウィアム博物館に行った帰り、ノリーは車の中でお人形をだっこして、自分で自分にお話を作った。

10　せんすのお話

昔むかし、小さいちびっちゃい赤ちゃんがいました。未じゅく児だったので、それはそれは小っちゃな赤ん坊でした。ほんとは保育器に入れなくちゃいけなかったんだけど、お家が貧乏だったので、入れられませんでした。だからその子は、とてもとても小さくて背が低く育ってしまいました。すごく未じゅくだったので、頭もまだぶよぶよでした。あと、へそのおが長すぎたりとか、いろいろありました。要するにかの女は、ひとことで言ってとても小っちゃな子でした。ものすごく小っちゃくて背の低い子だったのです。

生まれて三週間くらいで、その子はにぎにぎができるようになりました。寝がえりはまだできなかったけど、頭をほんのちょっとだけ動かすことができました。それで頭をほんのちょっとだけ動かしました。そして何かをもう少しでつかみそうになりました。もちろんほんとうにはできませんでした、もしできたらおとぎ話みたいなありえないことで、もちろんこれはおとぎ話なんだけど、とにかくその子は、お母さんのせんすをつかもうとしていたのです。それからというもの、かの女はせんすが大好きになってしまいました。もうほんとにすごく大好きでした。女の子はテラコッタと名づけられました。

テラコッタは、大きくなってもまだとても小っちゃいままでした。それはかの女が小人だったからです。十二さいで成長が止まってしまいましたが、それでもやっとチビすけくらいの背しかありませんでした。ほんとにすごくすごく背が低かったです。さてある日——ほんとうは、とても背が低いので、そのことをみんなにからかわれるので、学校や博物館に行くのはあんまり好きじゃなかったのですが——ある日テラコッタ一家は、博物館に行きました。中にはお皿とかよろいとかちょう刻とか、いろんなものがありました。みんなあっちこっち歩きまわりました。テラコッタは言いました、「あっちに暗い部屋があるわ。あの暗い部屋には何があるのかしら?」

みんなはその暗い部屋に入りました。するとそこには見たこともない美しいせんすがかざってありました。いろんな大きさや種類や形のせんすがたくさんありました。ガラスケースのすみっこには、せんすに生えるわるいカビを殺す薬の入った小さな黄色い箱が、一つずつおいてありました。

でも、かの女がいちばん心をうばわれたのは、開いた部分が真じゅ貝でできているせんすでした。閉じると、横のところにぞうげでできたきれいな子供の絵がついていて、それがヒスイの上にはりつけてありました。それから、絵の中の髪の毛の部分はぜんぶ、きれいな金メッキになっていました。たとえばお母さんの絵があるとすると、その髪の部分は金メッキ、というように、ぜんぶの髪がほんものの金でできていました。それから、あっちこっちにダイヤモンドもちりばめてありました。その部屋には他にもきれいなせんすがたくさんありましたが、テラコッタはそれがとびきりのお気に入りでした。

かの女は、そのせんすがほしくてほしくてたまりませんでした。せんすのコレクションを集めて、そのまん中にこのせんすをおきたいと思いました。それさえできれば、もう何もいりませんでした。

いつもせんすのことを考えて、せんすの絵をかき、学校でも先生のおしゃべりがつまらないときは、手のひらに「せんす」と落書きをしたりしました。先生のラテン語のおしゃべりはすごく退くつでした。かの女はいつもせんすのことばかり考えていたので、ラテン語はあまりよくわかりませんでした。もうせんすのことしか興味がありませんでした。

テラコッタのたん生日に、一家はまた博物館に行きました。お父さんとお母さんは博物館の人たちに言いました、「すみません、このせんすのふくせいを作ってもらうことはできますか?」

すると博物館の人たちは、「ええ、きっとできると思いますよ」と答えました。その博物館の館長さんは、とてもとてもいい人だったのです。

お父さんたちは「でも、じつはあまりお金がないのです」と言いました。

すると館長さんは「ああ、でもたったの十五ドルですよ」と言いました。

テラコッタはそれを聞いて言いました。「待って、わたし、ちょうど十五ドル持ってるわ! 本物を買おうと思ってずっとお小づかいをためてたけど、もしそれが十五ドルなんだったら、わたしがはらうわ!」

「いやいや、それはいけないよ、お前のおこづかいなんだから」とお父さんたちは言いました。

「いいの、わたしがはらうの。いまお金を取ってくるわ」とテラコッタは言いました。

そしてかの女は博物館に十五ドルはらいました。

ところがお父さんたちは言いました、「いやいや、きみにはらわせるわけにはいかないよ。これはたん生プレゼントなんだから、わたしたちが買ってあげなくちゃならないんだ」

テラコッタは、「じゃあ何かべつのものをちょうだい。でもこのせんすは自分で買いたいの」と言いました。かの女は、お家がとてもとても貧乏なのを知っていました。十五ドルためるのだって、何年もかかったのです。家のお手伝いをしても、五セントぐらいしかおだちんをもらえませんでした。五セントとか、十セントとかでした。

とにかくつぎの日テラコッタは、門外不出の十五ドルをその人にはらいました。するとその人は、館長さんは、「どうもありがとう。でもこのお金はいりませんよ。とても努力してためたお金みたいだから、取っておきなさい。がんばったごほうびに、わたしがせんすをタダでプレゼントしてあげましょう」と言いました。

テラコッタは、「そんな、困ります。はらいます、はらいます」と言いました。

けっきょく、館長さんが何度も説得して、やっとテラコッタはお金をしまいました。こうして館長さんが、このすばらしいせんすをタダであげることになりました。「これはわたしからきみへのたん生プレゼントということにしよう」と館長さんは言いました。館長さんは、あのせんすそっくりのふくせいをボンベイの工場に注文して、できあがったものは、最初のものにおとるともまさらないくらいきれいでした。ほんとうに、信じられないくらいすばらしかったです。

館長さんは、ものすごいお金持ちでした。ほんとにもう、大が百個つくくらいの大金持ちでした。だから館長さんにとっては、こんなの何でもありませんでした。「ふむふむ、どれ、たったの千ドルか。安いなあ」とか、そんな感じでした。館長さんは、この小っちゃいかわいらしいせんすを作るために、何億万ドルもかけました。そしてそれを箱に入れて、とてもすてきにラッピングして、「テラコッタ様　ハーヴォンセイより」と書きました。そしてテラコッタのたん生日に、電話帳でかの女の家の電話を調べて、「もしもし、テラコッタさんのお宅ですか?」と言いました。

テラコッタは「はい、そうです」と言いました。

館長さんは箱をプレゼントしました。

「まあ、ありがとうございます」とテラコッタは言いました。

かの女はまず、お父さんとお母さんからもらったプレゼントの包みをぜんぶ開けて、それからみんなは、このすてきなラッピングの箱の中身はいったい何だろうとわくわくしました。お母さんが、

「この小さな箱を開けてごらんなさい」と言いました。

お父さんとお母さんがプレゼントしてくれたものもぜんぶせんすでしたが、ハーヴォンセイさんがくれた箱の中身も、やっぱりせんすでした。あまりのすばらしさに、みんなハッと息をのみました。するとお父さんたちが、「そうだ、じつはお前にもう一つプレゼントがあるんだよ」と言って、テラコッタを部屋に連れていきました。そこにはガラスケースと、せんすを立てる小さな台がたくさんおいてありました。これでテラコッタも、自分の小さなミニせんすコレクションをもてることになったのです。

かの女はとても喜びましたが、ガラスケースだけはうんと低くしてもらいました、でないと、せんすをならべるのを、ぜんぶお父さんたちにやってもらわなくちゃならなくなるからです。なぜかというと、とても背が小さかったからです。お父さんとお母さんもどちらかといえば背が小さいほうでしたが、かの女はもっとうんと小さかったです。そして、おしまい。

11　白鳥にエサをあげる

大聖堂のとなりの司教館に住んでる司教さまは、ぜったいにカトリック教の司教さまじゃないと思う。ノリーの宗教はカトリックで、なぜかというとそれはノリーのお母さんがカトリックだからで、お母さんがカトリックなのはお母さんのお父さんがカトリックだからで、お母さんのお父さんがカトリックなのは、そのまたお母さんがカトリックだから（というかカトリックだった。もう死んじゃったから）だ。ノリーたちはたまにしか教会に行かなかったけど、食前のお祈りは毎晩かならずした。もし司教館に住んでるのがカトリック教の司教さまだったら（カトリック教は世界でいちばん大きくて有名な宗教で、でももしかしたらキリスト教のほうが、ちょっとだけ大きいかもしれない）、きっとあの大きい庭をへいでかこってみんなから見えなくしたりなんかしないはずだ。カトリックの司教さまは、もってるお金をぜんぶ教会に寄ふして、毎日一生けん命お祈りをして、貧乏な人たちの世話をして、傷口におしぼりを当ててあげる。リッチなお屋しきに住んだり、感じわるい高いレンガのへいを作ったりとかは、カトリックの司教さまはしないはず。

　レンガは、ケーキを焼くみたいに、オーヴンで焼いて作る。それか、小さな型に何千個も流しこんで太陽でかわかす方法もあるけど、それはあんまり雨がふらない場所の話。もし雨がふってるのに焼かないでレンガを作ったら、ぐじゃぐじゃのへいができてしまう。レンガを焼く用のオーヴンに使ってあるレンガは、中でレンガを焼くたびに、片がわだけうんと熱くなって、もうあんまり何度も焼かれてカチカチにかたまりすぎて、電子レンジの中にたれたチーズのしずくがまっ黒黒こげになるみたいに、すごい極限状態になってるかもしれない。

「レンガ《ブリック》」は、レンガを言いあらわすのにすごくぴったりな感じのことばで、うんと引っぽって言うと、本当にレンガみたいに角っぽい、ざらざらした感じがする。ノリーのクラスは、いまちょうど理科で「力とまさつ」のことをやっていて、レンガはとてもまさつが大きいというのを実験でやったばかりだった。そういえばリッキ・ティッキ・タヴィは、というのは『ジャングル・ブック』の中の、男の子の命を助けたマングースの名前だけど、リッキ・ティッキ・タヴィは〝リック・ティック〟と音をたてるのでそういう名前がついた。お話の最後のほう、リッキ・ティッキがコブラの女王ナゲイナと戦って、〝小さな白い牙をヘビの尾に突きたてて〟穴の中に消えたときは（どうして動物の歯って、みがかないのにあんなにまっ白なんだろう？）、一しゅん死んじゃったんじゃないかとハラハラした。どんなお話にもたいてい、人とか動物とかが死んだり、何かとても悲しい目にあったように見せかける場面があって、たとえばディズニーの『わんわん物語』でも、最後のほうで、鼻がきかなくなったおじいさん犬が馬車にひかれて死んじゃったように、すごく本気で見せかけようとしてて、もしお話のそういうルールを知らないで見たら、ほんとに悲しくて胸が苦しくなって、たえられなくなって部屋からとび出しちゃったかもしれない。

でもノリーの意見では、リッキ・ティッキが死んじゃったかもしれないとハラハラさせられる時間は、もうちょっと長くてもよかった気がする。あと、穴の中で、くずれずほんずれずのはげしい戦いがくりひろげられているんだったら、もっとそれっぽく、たとえば耳をすますとドシンバタン音がするとか、ときどき砂ぼこりが穴からもわっとまい上がるとかしてくれないと、ちょっと物足りない。

この本にはもひとつ不満な点があって――っていってももちろん、このお話がぜんぜんだめとか、そういう意味じゃなくて、これは長いことアフリカに住んでた人が書いたとてもいい本で、でもその人はアフリカン・アメリカンじゃなく、ただアフリカか、どこかアフリカっぽい感じのところに住んでた人なんだけど——それは何かというと、こんなにやさしくて、いい人っぽいマングースなのに、どうしてコブラの卵を食べることにしちゃったんだろう?ということだった。コブラの赤ちゃんは、まだだれも殺してないし、こわがらせてもない。卵から出れば、だれかを殺したりこわがらせたりするかもしれない、だってコブラはそういうことをするように自然界で決められてるから。でも、こんなちびっちゃい、くるっと丸まった、まだ生まれてもないような生き物を、わるいことを何もしていないのに(しようと思ってもできない、卵の中にいるんだから)殺しちゃうだなんて、そんなのはお話として良くないと思う。でも考えてみたら、どっちみちこれは自然のコブラのお話じゃない、なぜかというと、ここに出てくるコブラたちはことばをしゃべるからだ。自然のほんもののコブラはことばはしゃべらない。ヘビ語はどうかわからないけど、すくなくとも人間のことばはしゃべれない。もししゃべったとしても、コブラの舌はとても平べったいから、きっとNをうまく発音できなくて、自分のことを「ナゲイナ」とか「ナグ」とかは言わない気がする。たぶん「ラー」とか、そんな名前にするんじゃないかと思う。

　近所の川にいる白鳥は、エサをあげようとすると、おっかない声で鳴く。つぎつぎ地面に上がってきて、肩をいからせるみたいにして羽を広げて、ノリーめがけてずんずん近づいてきて、いくらパンのかけらをちぎってほうっても、ぜんぜん止まってくれない。みんな、ノリーがもういっぽうの手にもってる大きいほうのパンがほしいのだ。ノリーが「ちょっとタンマ、下がって、下がって!」と言うと、白鳥たちはくちばしを開いて、怒ったネコがたてるみたいな、するどい、いやな鳴き声をたてた。そんなときは首がちょっとコブラみたいに見えた。ノリーのお父さんはこわがって、もう二度とエサなんかやるもんかと言って、白鳥が寄ってくるとブリーフケースで追いはらった。でも、こわい鳥はエサをもらえなくて、こわくない、たとえばカモみたいなかわいい鳥だけエサをもらえるっていうのは、なんだか不公平な気もした。その川にはお母さんカモと子ガモ十五ひきくらいのカモの一家もいて、子ガモは茶色いほわほわの毛が頭の上にのっていて、それはそれはかわいかった。一家が道を渡るとこなんか、ノリーが生まれてはじめて読んだ『カモさん　おとおり』という絵本の中の絵にそっくりだった。ノリーはカモたちにクラッカーをあげた。でも同じクラスの、さいきんノリーがよくいっしょにあそぶキラっていう子は、うちでは鳥にパンをあげちゃいけないことになってるの、野生の鳥が食べないものはあげちゃいけないのよ、と言った。だからノリーは、あたしはごまクラッカーを（いつもじゃないけどたまに）鳥にあげてる、ごまは草の種だし、種なら鳥だって食べるもん、と言った。でも、白鳥もカモも、どっちも芝生を食べる。芝生を食べる生き物はいっぱいいるけど、昔は芝生なんてそんなにどこでも生えてなかったはずだから、これだってあんまり自然なことじゃない気がした。

イギリスの人たちは、芝生をとてもだいじにする。大むかしは芝生を短くかるのに牛を使ってたけど、もちろんいまは芝かり機を使う。ときどき、芝をたがいちがいにうんと短くかって、チェックもようみたいにすることもある。学校のそばの大聖堂の横に広い空き地があって、そこが新しく芝生を植える用に、のっぺらぼうの土の地面にしてあった。ある日、お母さんと学校の帰りにそこを通ったら、空き地に男の人が五人、一列にならんで立っていた。みんなおなかのところにパレードのこてき隊のドラムみたいな、プラスチックでできた白い大きいものをつけてて、その中に手を入れては芝生の種をつかんで、茶色い地面にまいていた。お母さんは、絵になる風景ね、と言ったけど、ほんとにそれはすてきなながめだった。ノリーの小学校の運動場には、謎の穴がいくつもあいてて、何の穴なのかだれも知らなかった。コブラやマングースはたぶんいないと思うけど、ひょっとしたらひょっとするかもしれない。中に手を入れてみるなんて、こわくてぜったいできなかった。棒を入れてみる手もあるけど、もしもとがった歯でいきなり棒をがぶっとされたら、やっぱりすごくこわいと思う。大むかしは、こういう何もない地面に死んだ人をうめた。大聖堂の南玄関のへんは、いまはぜんぶ芝生だけど、ローランド修道院長さんの時代の地図では、そこは「修道僧の墓」と書いてある。ちゃんとだれかが修道僧さんたちをべつの場所に移してあげたんだろうか、それとも忘れてそのままだったりして？

12　テントウムシとチョウと親指のけが

むかしノリーは、死んだ人を地面にうめるというのが、すごくいやだった。でもいまはもう、それも人生とわりきっていた。四さいのとき、お父さんにタイプしてもらって、こんな手紙を書いた。

責任者様

エレノア・ウィンスロウが死んだら、地面に埋めないでください。

エレノア・ウィンスロウより

それからサインのまねをして（そのころはまだ字が書けなかったから）、紙に切手をはって、切手の上にまたサインふうのものを書いたら、けっこう正式っぽい感じになった。飼ってたヤドカリが、足を一本ずつぽとり、ぽとりと悲しく落としていって、買って二週間くらいで死んじゃったときには、ノリーはその子を地面にうめて、墓石にこう書いた。

みじかい人生だった
ヤドリーヌ
ここにねむる

ほんとは犬とかウサギとかネコとか、何でもいいからほにゅう類の動物（牛はちょっと困るけど）が飼いたかったけど、お父さんたちはいろいろ理由をつけて、飼わせてくれなかった。

体育でホッケーをやるときの運動場は人工芝だったから、穴はなかった。でも人工芝には砂がたくさんまいてあって、理由はだれにもわからなかった。もしも自分が穴をほる生き物で、地面の下をせっせとほってほって、このへんで「南玄関」を作りましょうと思って地上に向かってほり進んでいったのに上が人工芝だったら、きっと骨折り損のくたびれ損で、すごくがっかりだと思う。もしかしたら、下には修道僧がうまってるのかもしれない。ノリーはいちど、人工芝の上にテントウムシがいるのを見つけて、運動場のすみまで運んで葉っぱの上にのせてあげたことがあった。その日はホッケーの二度めの授業で、ちょっと落ちこむできことがあった日だった。スカートが二度もぬげてしまったのだ。まあでも女子だけの授業だったし、スカートがぬげちゃったのはノリー一人じゃなかったから、いいんだけど。テントウムシを手にのっけて運動場を歩いていくあいだ、飛んでいっちゃったらどうしようとハラハラした。もしも飛んでいっちゃったら、きっともっと人工芝だらけのところに着地して、そしたらきっとこの子はすぐに死んでしまう。

そこでノリーはテントウムシにむかって、言い聞かせるようにやさしく言った、「まだ飛んじゃだめよ、テントウムシさん。もし飛ぼうとしたら、飛ぶ力をボッシュウしますからね。あなたをボッシュウすることはできないけど、手でふたをして閉じこめて、飛ぶ力をボッシュウしちゃいますからね」。〝ボッシュウ〟というのは、このあいだ食堂から教室にもどるときにたまたま話した男の子から教わったことばだった。きみ「5のK」じゃなくてラッキーだよ、「5のK」のたん任って最悪なんだぜ、とその子は言った。ボールペンで書かなくちゃいけないのにエンピツで書いたとか、たったそれっぽっちのわるいことをしただけで、その先生はエンピツをボッシュウして、あした返しますとか言っときながら、ぜったいに返してくれないんだそうだ。だからその子は、エンピツをこっそり取りかえした。「でも、正当ボウエイだよ!」先生の机の引き出しを開けたら、ボッシュウされたものが引き出しにすりきれ一杯はいってて、その子はさんざんひっかきまわして、やっと自分のエンピツを見つけた。

テントウムシはアリマキを食べてくれるので、とてもいい虫だ。ノリーは前は「かわいそうなアリマキたち」と思っていたけど、アリマキがテントウムシの卵を食べることを知ってからは、アリマキを憎しむのもしかたないかも、と思うようになった。リッキ・ティッキ・タヴィとコブラが憎しみあうのとおんなじだ。ガーデニング屋さんでテントウムシを買ってきて庭に放すときは、夜のうちにやるのよと、お母さんが教えてくれた。そうすると、テントウムシは自分がどこにいるのかわからなくて、目の前のアリマキを自分の敵だと思いこむ。でないとテントウムシたちは、ほんとうに自分たちの卵を食べた顔見知りのアリマキたちをさがして、もっと遠くに飛んでいってしまう。人間は、信じられないくらいかんたんに虫の人生を変えてしまう。子供は毎日、朝めしさいさいで、何千びきっていう虫を殺す。ある日のこと、ノリーは生きてるのか死んでるのかよくわからないテントウムシをじっと観察していた。もしかしたら死んだふりをしてるのかもしれないし、ただ寝ころんで日なたぼっこしてるだけかもしれないし、日やけしすぎて苦しんでるのかもしれなかった。そこにだれかべつの子がやってきて、なんにも考えないで、そっちのほうをろくに見もしないで、歩きながらそのテントウムシをバシっとたたき落としてしまった。緑色のものが飛びちった。虫は血が緑色だから。でも、もしこれが人間の子供だったら、みんな髪をとりみだして大さわぎするはずだ。たとえつぶされなくたって、ちょっとけがしただけでも、子供はそのことをいつまでも覚えてて、ずっとあとになってもその話をする。もしかしたら、虫の血はほんとうは白とか、なにかべつの色で、空気にふれたとたん緑色に変わるのかもしれない。人間の血だって、みんな赤だと思ってるけど、外に出てくるまでは青い色をしている。傷口にとどいたしゅん間、空気にふれて、まばたく間に色が変わる。

いつか、ノリーのお父さんと、ノリーのお母さんと、ノリーとで、テレビでピアノのコンテストを見たときがあって、なぜそれを見たかというと、ノリーがキラと電話で話してたら、キラが「このコンテスト、すっごくいいの、ぜったい見て」と言ったからだ。チビすけだけは「きかんしゃトーマス」のジェームズであそんでた。そしたらコンテストに出てきた一人の人が、あんまり力いっぱいピアノをひきすぎて、親指のうらっかわが赤くなってしまった。ユーロスラビアの人だった。ノリーはそれを見て「あの人、指から血が出てるよ」と言った。

お父さんは「いや、影になっているだけだろう」と言った。

でも影じゃなかった。ピアノのけんばんの上に、血が点々と飛びちってるのが見えた。それからつぎの人の番になった。ピアノの前にすわって、けんばんの上にテントウムシみたいな血がいっぱいついてるのを見たとき、その人はどう思っただろう。ふいたりはできない、そんなことをしたらきたない音が出て、それがその人が最初に出した音としてしんさ員の人たちの耳にばっちり残って、それでわるい点がついてしまうかもしれないからだ。もしかしたら、ついつい血のほうに目がいってしまって、いつもよりよけいにまちがえちゃったかもしれない。それとも「へへーんだ、ぼくは血なんか出したりしないよ、おあいにくさま！」と心の中で思ったかもしれない。いままでずっと一生けんめい練習してきた人たちが、コンテストで負けてしまうのって、すごく気の毒な気がする。

そんな親指のけがみたいな小っちゃなことでも、人間にとっては大事件だ。でも虫とか、小さな生き物にとっては、そんなのは日常茶番劇だ。パロアルトに住んでたころ、葉っぱをちぎって丸めてコンポストに入れようとしたら、葉っぱの裏にカタツムリがいて、それがつぶれて、手にどろどろしたものがいっぱいついた。カタツムリをつぶす気なんてこれっぽっちもなかったから、すごくショックだった。それからというもの、葉っぱをつむときには、まず裏がえして何かいないかたしかめるようになった。そうしてみると、葉っぱの裏には、けっこうしょっちゅう何かいた。それから、つかまえたチョウを、葉っぱといっしょにガラスのビンに入れようとしたときがあって、ノリーはちゃんとビンの中に入れたつもりでふたを閉めたけど、じつはチョウの体だけビンの中にあって、頭はまだ外にあった。ふと見たら頭がビンの外に出てたので、大いそぎでふたをはずしたら、頭の切れはしがふたにくっついてきた。チョウはそのまま飛んでいってしまったけど、なんてひどいことをしちゃったんだろうと、後悔の気持ちで胸がいっぱいになった。

お父さんは、後悔するとたいせつなことが学べるから、後悔というのはたいせつな感情なんだよと教えてくれた。後悔すると、その後悔の元になったことをもう二度としちゃいけないんだということがわかって、つぎのときにはもうそのことをしなくなるからだ。でも、それは当てはまる場合もあるけど、ノリーの場合、うっかりカタツムリをつぶしちゃったりチョウの頭をふたで切ってしまったことですごく後悔してて、でもそれはわざとやったことじゃなかった。

でも、たしかに後悔の気もちはノリーの心の中にずっと残って、ノリーはちょっとだけ変わった。たとえば学期がはじまってすぐのある日、食堂のそばの木にチョウがとまってるのをクラスの女の子三人が見つけた。その子たちはチョウを飛ばそうとしてたけど、チョウは非協力的な態度をとった。そしたら一人が自分のバックパックにチョウを入れようとした。ノリーはとっさに思った、「あんな重たい本やノートがいっぱい入ってる中にチョウを入れたら、あたしが前にバックパックに入れてこなごなになったクッキーみたいなことになっちゃう。そんなことをしたら、あのチョウは死だわ」。そこでその子に「ねえ、あたしのふでばこあげるから、それに入れたら？」と言った。その子はノリーの手から何も言わずにふでばこをぱっと取って、中にチョウを入れた。でも、おかげでノリーはまるきりふでばこなしの人になってしまった。そのふでばこにはふつうのエンピツだけじゃなく、バービーのエンピツも、万年筆も、インク消めつペンも、ナショナルトラストの消しゴムも、定規も、コンパスも、ぜんぶ入っていた。ノリーはしかたなく他の子にボールペンを借りた。最初のうちはみんなふつうに貸してくれたけど、二、三日たつうちにだんだんいじわるになってきて、「またペン？　わるいけど、おことわり」と言われてしまった。

その女の子にふでばこをあげたのは、もちろんチョウを助けてあげたいというのもあったけど、ほんとのこと言って、その子に心の広い人だと思われたい気もちのほうが強かったかもしれない。そのうちとうとうお母さんがこう言った、「ちゃんとその子に言って返してもらいなさい。でないと、新しいふでばこは自分のおこづかいで買ってもらうわよ」。それでノリーはその女の子にふでばこを返してと言って、その日のおわりに返してもらって、やれやれひと安心だった。

もう一つ、ふでばこのことで思いだす話で、もっと気もちわるいことがあった。ダニエラ・ハーディングから聞いた話で、だからもしかしたらウソかもしれないんだけど、ダニエラは、コンパスのとがったほうをほっぺたにつき刺して裏がわに出ちゃったことがあるそうだ。キラが「泣いた？」と聞いたら、ダニエラは、保けん室に連れてかれた、と言った。ダニエラの顔には、ほんとに小さな傷あとがあった。でも、パロアルトの国際チャイニーズ・モンテッソーリ校に通ってたとき、クラスにウソばかり言う子がいて、それ以来ノリーは、友だちの言うことを何もかもぜんぶすぐに信じるのはよそうと思うようになっていた。とくに今みたいな話しかたのときは要注意だ。もしかしたらエンピツの先でつっついてできた傷かもしれないし、ころんで顔をすりむいただけかもしれない。

13　ぎりぎり一歩手前で泣かなかったこと

ちょっと前まで、ノリーが作るお話の主人公は、たいていサラ・ローラ・マリア、っていうのはノリーのいちばんお気に入りのアライグマのぬいぐるみで、中に手を入れて動かせるようになってる子で、そのサラ・ローラ・マリアがわるい魔女にさらわれたり、いい魔女に助けられたりするお話だった。けれども最近は、マリアナという人間の女の子が出てくる、ぜんぜんべつのシリーズも作りはじめてて、その子の人生はとってもかわいそうなんだけど、ある意味とってもいい人生だった。クーチの（サラ・ローラ・マリアのこと、アライグマのお人形にはたくさん名前がある）お話も、まだときどきは作った。クーチは、こないだから全りょう制の学校に行きはじめた。学校はノリーの家の、お客さん部屋のクローゼットの中にあった。サマンサとリニアとヴェラ（ノリーのお人形たち）もそこの生徒だったけど、この子たちはりょう生で、クローゼットの引き出しの一つ一つが三人のお部屋だった。学校にはムササビがたくさんいて、よくジャングルジムやうんていのてっぺんから、大きくカーブして飛んだ。クーチもマネしようとしたら、お昼に皮つきポテトを食べすぎたせいで落っこちて、ひどいすり傷やあざだらけになった。すり傷といっても、人工芝でころんでひざこぞうをすりむいて、全体が赤っぽくなるようなのじゃなく、もっと本かく的に切れて血が出るような傷だった。このあいだ、同じクラスのジェシカが（転校してきてすぐのころ、ノリーの話しかたのことを「キーキーしてる」と言った子）ホッケーの時間にころんで、両ひざをすりむいた。

「だいじょうぶ？」とノリーが聞いた。

「だいじょばないわよ、人がたおれて泣いてんのに！」とジェシカは言った。

「あ、うん」とノリーは言った。クラスの子はみんなときどき、とってもひどい口のききかたをする。ノリーもたまにだけど、ひどいことを言っちゃうときがある。こないだも、男の子に歯が大きいとからかわれたから、あんただってきたないクツはいてるじゃない、と言い返してしまった。その子はまっ赤になって、すごく傷ついたような顔つきになって、ノリーはあとで、あんなこと言わければよかったと思った。

だれかがたった一回いやなことを言ったりやったりしたからといって、その人のことを好きになる努力を完ぺきにやめちゃうのは、よくないことだ。だれだって、ついうっかり変なことをしちゃうことがあるからだ。でもときどき、あんまりひどい、いじわるなことを言われると、もうどうやったって、その子と友だちでいることができなくなることだってある。去年までいた国際チャイニーズ・モンテッソーリ校でも、そういうことがあった。バーニスという子が、ケンカをしたあと、折りたたんだ手紙をくれた。表には〝ごめんね〟と書いてあった。中を開いてみると、〝ごめんねエレノア、わるいけどあたし、大きくなったらあなたといっしょのお家には住みたくありません。あたしは**いちばんの**親友といっしょに住むつもりなの〟。この〝いちばんの〟のところで、ノリーはかんにん袋がバクハツしてしまった。いまはもうバーニスのことを思いだしても、一ミクロンだって友情は感じられなかった。いまのノリーの親友は、たぶんデビーだった。デビーのほうがずっとやさしいいし、ずっといい子だ。

チビすけもときどき、すごく傷つくことを言うときがある。でもチビすけはまだ二さいで、自分の言ってることがよくわかってないだけなんだと思う。こないだの土曜日の夕方のこともそう。ノリーはその日の午前中の体育の授業で、人工芝の運動場でホッケーのやりかたを習ってきたばかりだったので、チビすけにもホッケーを教えてあげようと思った。それで、棒きれの先にトイレットペーパーのしんをテープでななめにくっつけて、お人形のサマンサから取ってきた緑色のリボンをらせん状にぐるぐる巻いてかざりにして、お手製のスティックを作ってあげたのに、チビすけはそれをいらないと言ったのだ。ノリーとしてはけっこう自信作だったから、ちょっと傷ついた。

「ねえ、じゃあチビちゃん、このスティックが好き？　それともきらい？」なんとかありがとうを言わせようとして、ノリーはそう聞いた。

「きらい！」チビすけは、にこにこ笑って、元気いっぱいそう言った。それから「ぼく、そっちのやつがいい！」と言って、ノリーがもってるほんもののスティックを指さした。

「こらチビすけ、お姉ちゃんにそんなこと言うもんじゃない」家の中からお父さんが言った。「せっかくトイレットペーパーのしんと、サマンサのリボンまで使って、きれいに作ってくれたんだぞ」

「ごめんなさいお姉ちゃん、ごめんなさい」チビすけは小さな口をかわいらしくキュッとさせて、心配そうな顔でそう言った。

だからノリーも「ううん、いいのよ」と言った。だれかとケンカをしたり、ひどいことを言われて傷ついたりしたあとで、その人がごめんねとあやまってくれたときの、ぱあっと心が晴れる感じが、ノリーは大好きだった。くしゃくしゃの紙くずみたいないやな気分が胸の中から消えてなくなって、その人に対して急にすごくやさしい気持ちになる。「こっちこそごめんね」とノリーはチビすけに言った、「どっちの返事がおりこうさんか、おチビちゃんにわかんないような聞きかたしちゃったお姉ちゃんがいけなかったのよ」。

「ぼくもごめんなさい」とチビすけは言った、「じゃ、ぼくのグースネックトレーラー見せたげる。いま泥んこの中にはまって、きゅんきゅうじたいなんだよ」

チビすけはまだ小っちゃいから、日に百回くらい泣く。十種類ぐらいのいろんな泣きかたがあって、たまに耳がつんざけそうになることもある。でもノリーは学校ではぜったいに泣かなかった。理由は、どんなにひどい、泣きたくなるようなことを言われても、もし一度でも泣いたりすれば、みんなから泣き虫のレーベルをはられてしまうことがわかったからだ。みんなの前で泣くのは、すごくかっこわるいことだ。特に男の子は泣く子がきらいで、泣き虫の女子は男子に人気がない。ジェシカが人工芝でころんだときは、両方のひざをすりむいちゃうくらいのひどいころびかたで、それで泣いてしまった。ノリーに感じわるいことを言ったのも、もともと感じわるい子だっていうのもあったけど、もしかしたら泣いちゃったことが恥ずかしかったのかもしれない。ジェシカは男の子のことをティーンエイジャーっぽくいつもすごく意識してて、ティーンエイジャーは言いすぎかもしれないけど、ふたケタさいぐらいに意識してて、それで自分がホッケーのときに泣いちゃったことを仲よしのダニエラ・ハーディングがコリン・ディートにバラしたらどうしようと思って（ダニエラはすぐ裏切るから）、それでパニックになったのかもしれない。前の学校ではみんなけっこう泣いたけど、こっちの学校の子はあんまり泣かない。

ノリーは今年になってから二度、あとちょっとで泣きそうになったことがあった。一度めは、ジェイコブ・ルイスっていう男の子のことをちょっといいなと思ってるのがシェリー・ケッナーにバレたときだ。ノリーは最初そのことをダニエラ・ハーディングに打ち明けたんだけど、じつはダニエラは最初からシェリー・ケッナーとぐるで、すぐにシェリーがダニエラに「ねえ、ノリー何て言ったの？　ねえねえねえ、言いなさいよ！」と言いだして、それでダニエラがしゃべってしまった。それか、もしかしたらダニエラのほうから先にしゃべったのか、どっちかよくわからないけど。で、シェリーは、次のしゅん間クラスじゅうに「ノリーってばジェイコブ・ルイスにおネツなんだって！」と言いふらしてしまった。

みんなが「うそ！　ほんとに？」と言いだした。ジェイコブ・ルイスはすぐに顔がものすごく赤くなって、机の上のふでばこを怒ったみたいににらんでた。ノリーも赤くなったけど、ノリーの赤くなりかたは、ほっぺたの両わきが、もみあげみたいな形にちょっとだけ赤くなる。クラスのみんなが「ねえねえほんと？　ジェイコブにおネツなの？」とノリーに聞いた。ノリーは最初、ちがうって言おうとした。もちろん正直がいちばんいいに決まってるけど、ときどきそうするのがすごく苦しく思えるときもあるから。でも、ほんとのことを言わないのもやっぱり苦しい、だってもし「ううん、ジェイコブ・ルイスのことなんかこれっぽっちも好きじゃないわ。あったりまえでしょ」と言ったら、ジェイコブはきっと顔ではほっとするだろうけど、心の中ではちょっぴり傷つくかもしれなくて、そしたらきっと「ああ、うそなんかつかなければよかった」という気もちになって、すぐに「えーとね、さっきのは言いまちがい。ほんとはジェイコブのことが好きよ」と言いなおさなくちゃならなくなって、そうするとうそをついたことで苦しくなるのと、ほんとのことを言って苦しくなるのとで、二重に苦しい思いをしなくちゃならなくなるからだ。

だからノリーは「ええ、ジェイコブっていい感じだと思うわ」と言った。

ジュリア・ソールンが「あー、ノリーったら赤くなってる！」と言った。

ノリーは「あっそ。いけない?」と言ったけど、心の中では死ぬほど恥ずかしくて、ほんの一しゅん「ああもう最悪。どうしよう、くちびるのへんがヒクヒクして、泣きそうな感じになってきた。ほんとに泣いちゃったらどうしよう?」と思った。

でも、ちょうどそこにべつの子がやってきて、「ノリー、あんたもシェリーはコリン・ディートにおネツだって言いかえしてやんなさいよ」と言った。シェリーがだれかにそう言ったのだ。ノリーは、そうしようかなとちらっと思ったけど、「おのれの欲するところを他人にもほどこせ」のことを思いだして、やめにした。かわりに、これからはもうぜったいにダニエラ・ハーディングにひみつを打ち明けるのはやめにしようと心にちかった。

でもあとになって、ほんとはそんなにジェイコブ・ルイスのことなんて好きじゃなかったことがわかった。まず第一に、バービー人形なんかダサいとか、アメリカの男の子が言うようなつまんないことばっかり言うのがげんめつだったし、パメラ・シェイヴァーズのことをいじめだしたのが決定的だった。関係ないけど、イギリスの子は〝おネツ《ファンシー》〟ってよく言うけど、これってすごく馬鹿みたいで変でトンマな言いかただと思う。でも、もしもシェリーに「ノリーはジェイコブをアイしてる」って言われてたら、きっともっと恥ずかしかったかも。こんどのできごとはすごく恥ずかしかったけど、いいこともあって、いっぺん「ノリーはだれそれにおネツ」って言われたら、他の男の子、たとえばロジャー・シャープリスとかと仲よくしてても、もうだれにも何も言われない。前にロジャーとふざけてケンカごっこをしてたとき、ロジャーがちょっとムキになって、地理の地図帳を丸めてノリーの顔の横をバホンとたたいた。きっと、そんなに痛くしたつもりはなかったんだと思う。雑誌とか、うすくてやわらかい本とかを丸めると、やわらかくてボヨボヨしてて、紙を丸めたのとそんなに変わらなく思える。でもじっさいたたかれてみると、鉄パイプ？っていうくらいの痛さだった。ノリーは笑いながら「ひどいロジャー、目があざになっちゃうじゃない」と言ったけど、心の中では「ああどうしよう、目に涙がたまってきた。みんなに目を見られたら泣いてるのがばれちゃう」と思った。でもふと、前の学校にいたときのことを思いだして、自分ではものすごく目にいっぱい涙がたまってるような気がしたけど、トイレで鏡を見たら、うんと注意してじっと見ないと泣いてるのがわからなかった。だから「だいじょうぶ、きっとだれにも見つかってないはず」と自分に言い聞かせた。ロジャーもぜんぜん気がついてないみたいだった。でも、あとでちゃんと、本でぶったりしてごめんな、と感じよくあやまってくれた。

というのが、ノリーがあとちょっとのところで泣きそうになって、でも泣かなかった二つのこと。

14　火事の標語

ノリーは、一さいのときにボストンからパロアルトのトランペット・ヒルの家に引っこした。だからボストンやボストンのレンガのことを覚えてるのは、ほんとは引っこしたあとで何度か行ったからだ。そのときはまだアライグマのクーチは生まれてなかった。クーチは、ノリーがアニメのシルヴェスター・ザ・キャットと結婚して生まれた一人娘で、シルヴェスターはそのあと船でアフリカに行っちゃって、いまはもういない。一さいのときのノリーは、ぜんぜん何も知らなかった。たとえば、昔の船乗りの人たちがブタを海に投げて、どっちの方角に泳ぐかを見て陸がどっちかを知ったということも知らなかったし、生まれつきしっぽがないネコは、どこでおトイレをすればいいのかわからなくて困るということも知らなかった、なぜかというと、ネコのしっぽは、どこでおトイレすればいいかのアンテナになってて、だからしっぽのないネコは、犬があっちこっちにちょっとずつするみたいに、そこらじゅうにおトイレしてしまう。

一さいのときは、「ひじ」ということばだって知らなかった。家には、ノリーが庭であそんでいて「ひじ」という言葉を覚えたときのビデオが残ってるけれど、それはずっとあとのことだ。ボストン時代のことでいまのノリーに残ってるものといったら、鼻の頭のうんと小っちゃい傷だけだった。バスタブに入ってたら、お母さんが足をそるプラスチックのかみそりがあったので手でもった、と思ったら、ヒュン！　次のしゅん間にはもう血が出てた。でもその傷も、もうほとんど消えかけてる。チビすけもさいきん「ひじ」を覚えた。チビすけはよく、「ひじパワー・ジャンプ！」と言いながら、ジャンプしてみせた。ほんとに、ひじを使うと高くジャンプできる。チビすけがやるみたくうでをうんとふってとぶと、よけいに高くジャンプしたように見える。

でも、チビすけは「足首」はまだ知らなかった。小っちゃい子は、「足」とか「指」とか「つめ」とか、顔の前にもってこられるものの名前はわりとすぐ覚えるし、「目」や「鼻」や「口」や、顔の中にあるものもやっぱりすぐ覚えるのに、なぜか「足首」はあとまわしになる。頭がそのことばに興味をもとうとしない。もしかしたら、アキレスを川の水の中に入れるあの変な話と、なにか関係があるのかも？

水に入れられたのは、ヘラクレスじゃなくてアキレスという人だったことが、あのあとの古典の時間にわかった。アキレスのお母さんは、アキレスが完ぺきに不死身じゃないのを気にして、「さんずいの川」に、頭からさかさまに入れた。「さんずいの川」というのは、生きてる人の国と生きてない人（というか、つまり死んでる人）の国のあいだを流れてる川のことだ。お母さんは、赤ちゃんアキレスの片方のかかとの上のあたりをぎゅっとつまんでもち上げた。「でも、それって赤ちゃんがすごく痛いんじゃないのかしら？」とノリーは考えた。「それに、うっかり落っことしちゃったらどうするつもりだったんだろう？」

ノリーは、小っちゃいはだかんぼの赤ちゃんが、片っぽの足だけでぶらさげられてるところを想像してみた。赤ちゃんはすごくこわがって、顔をまっ赤にして大声で泣きさけんで、もういっぽうの足をばたばたさせてる。冷たい水が顔までくると、赤ちゃんはあっぷあっぷして、それにさかさまになってるから、水が鼻のなかにどんどん入ってくる。鼻の奥に水が入ると、ツンとしてすごく痛い。もしもお母さん女神がほんとうに赤ちゃんのことを愛してたんなら、まず自分が川に入って、赤ちゃんのお腹のあたりを両手でやさしくもって（もちろんさかさまなんかじゃなく）、そうっと水の中におろしてあげて、自分の手が当たってる部分は、赤ちゃんの体が水に浮かんだら、まず片っぽの手を一しゅんだけパッとはなしてすぐもどして、それからもう片っぽの手もパッとはなしてすぐにもどして、というふうにするはずだ。頭だってしっかり支えてあげないといけない。赤ちゃんを片っぽの足首でぶらさげるなんて、ぜったいに危険だし、だいいちやりにくい。

でも昔の人たちは、危険とか安全とかいうことを、いまほど気にしてなかった。いまはまず安全を第一に考えるけど、昔は危険が、湯水のごとくふんだんだった。ノリーが最初に行った学校は「スモール・ピープル」というところで、そこでまっ先に習ったのは、火事のときの「とまる、ねる、ころがる」という標語だった。服に火がついたら、この「とまる、ねる、ころがる」をやらないといけない。でないと、走ると火がよけいに燃えて「第三度やけど」になっちゃうからだ。「第三度やけど」っていうのは、皮ふがまっ黒こげになるくらいひどいやけどのことだ。

「消防士さんが助けに来たら、みんなはかくれちゃうかな?」と先生が聞いた。

「いいえ!」とみんなは答えた。

「消防士さんが大きなマスクをしていたら、宇宙人だと思ってこわがるかな?」また先生が聞いた。

「いいえ!」またみんなは答えた。

「じゃあ、お洋服に火がついたら?」

「とまる、ねる、ころがる!!」みんな大声でさけんだ。

最初のうちは、「る」が三つ重なるのがすごくおもしろかった。でも、そのあとブラックウッド早期教育校というところに転校したら、そこでもまたおんなじことを教わった。そのときは、ほんものの消防士さんが三人やってきた。その学校の先生は、みんながさわいでばかりでちっとも言うことを聞かないので、ヒステリックを起こしてどなってばかりいた。一人の子なんて、一日じゅう床をころげまわってて、「ねる」も「ころがる」も習う必要がないくらいだった。「とまる」はちょっとは習ったほうがよさそうだったけど。

でもノリーは、そこも転校した。そこは公立の学校で、「G」の字を習うのに三か月もかかったからだ。一つの字に三か月なんてモンダイだ、とお父さんたちは言った。それで国際チャイニーズ・モンテッソーリ校に転校して、そしたらアルファベットなんかビュン! マッハでぜんぶ覚えちゃって、「孫悟空《スン・ウー・コン》」という、昔のおサルさんの中国語の歌を教わった。

でもって、ある日消防士さんが毛布をもって学校にやって来て、二人の子が毛布の両はじをもって床すれすれに低く下げて、それをものすごくまっ黒な煙ということにして、みんなでその下をくぐった。くぐるのはおもしろかったけど、部屋の中にもくもく煙がたちこめてて、床から何十センチしか空気がなくて、窓がどこにあるのかわからないっていう感じがすごくよくわかっちゃって、すごくパニックな感じになった。窓がどこにあるのか、どうやって知ればいいんだろう？　上むきの矢印を書いた紙をはっておくとか？　そしたら息をうんと吸いこんどいてから、えいやっと熱い煙の中に頭を出して、クッションか何かで窓をわって外に出られるのに。「それじゃあみんな、服に火がついたら、どうするのかな？」と消防士さんが聞いた。

「〝とまる、ねる、ころがる〟！」みんなが声を合わせて言った。

これもだけど、あとタバコを吸っちゃいけませんとか、ドラッグをやっちゃいけませんとか、知らない人と口をきいちゃいけませんとか、熱帯雨林がどんどん焼かれてなくなりそうですとか、大人は子供におんなじことばかり何度も何度もくりかえし言いすぎだと思う。コマーシャルでだって、何百ぺんも同じことを言う。でも、ほんとはもっと他に子供に教えるべきことがあるんじゃない？　とノリーは思う。安全のことだったら、たとえば「弟とあそぶときは気をつけましょう、でないと弟の石頭とゲキトツして鼻の骨が折れそうになります」とか、「よそいきの黒いクツは必ずといっていいほど裏がつるつるなので、よそいきグツのときはけっして走っちゃいけません」とか、「高いたなの上にあるダイヤモンドゲームの木の箱を引っぱって取ろうとすると、箱が落ちて足の指に当たって、つめが黒っぽいむらさき色になって、ベロッとはがれちゃいそうになるから気をつけましょう」とか、「物を食べるときあんまりいきおいよくかむと、舌をかんですごく痛いから注意しましょう」とか。

安全とぜんぜん関係ないことでも、たとえばお肉を塩漬けにすることだとか、歯にはまん中の層と、その次の層と、いちばん外がわの層と三つ層があって、いちばん外がわの層は〝歯冠《クラウン》〟と呼ばれてることだとか、エジプト時代のお棺にも三つ層があって、金の層と、銀の層と、あともう一つ、銅かなにかの層だってこととかはどうなんだろう？　エジプトの人たちが死んだ人をミイラにするのは有名だけど、じゃあ、死んだ人は全員ミイラにしてたんだろうか、それとも百人のうち十人くらい？　いつまでも「とまる、ねる、ころがる」ばっかりじゃなしに、もっとそういうギモンに答えてくれるべきだと思う。

昔の人たちは、お肉を保存するのに、たるにものすごくたくさん塩を入れて、その中にお肉を入れた。塩はうんと塩からいので、お肉をくさらせるのが仕事のバイ菌たちは、あまりの塩からさにゲーッとなって、やりたかったことができなくなる。それでお肉は何週間でも何か月でも、ずっとそのままそこにあって、ただひたすら塩からくなっていく。その話を教えてくれたのはスレル小の歴史の先生で、その先生はおもしろくて、授業中に男の子がおしゃべりしてうるさくしてたときにも、その子に「そこ、静かにしないと塩漬けにするぞ」と言った。その子は顔がまっ赤になった。べつのときもその先生（ブライズレナー先生という名前）は、ロジャー・シャープリスに「ロジャー、そんなに鼻の奥まで指をつっこんでると、しまいに耳から出ちまうぞ」と言った。

ノリーは、なんでも食べ物の上に塩がかかってるのが苦手だった。でもパルメザンチーズは大好きで、うんと小っちゃかったときは、お皿の上にパルメザンチーズを山のように出して、だれも見てないと、こっそり指をつけてなめたりした。スパゲッティが出ると、上にかかっているチーズのせいでノリーはほっぺたがまっ赤になったけど、それはべつにチーズを食べるのが恥ずかしいからじゃなかった。だってチーズを食べるのはべつに恥ずかしいことじゃない。同じクラスのパメラ・シェイヴァーズは、パルメザンチーズにはもともと塩がたくさん入ってると教えてくれた。ポテトチップスも、もともとても塩からい。いちどクラスのきらわれ男子二人組が、ごみ箱からポテトチップスの空《から》の袋をひろってきて、パメラに「ようパメラ、ポテトチップス食う？」と言ってわたした。パメラが袋をつかむと、袋はぺちゃんこになって、二人はげらげら笑った。

でも、パルメザンチーズがかかってるのと、お塩がかかってるのとでは、ノリーにしてみれば、ウンデンの差だった。塩が食べ物の中に入ってるのは平気だけど、上にかかってるのは（あのオゾケがよだつ小っちゃいツブツブ！）、どうしたって好きになれなかった。野菜の煮たのとかにお砂糖が入ってるのもいやだった。たとえば、ニンジンのゆでたのに砂糖が入ってるってことを、知らなければぜんぜんオッケーだけど、いちど知っちゃったら、もう考えただけでゲーッだった。さいきんではチビすけも、ふりかけるタイプのチーズがお気に入りだった。ノリーとチビすけは、めいめい自分用のちびっちゃい粉チーズ入れをもっていて、エレノアの〝E〟と、フランクの〝F〟がそれぞれについていた。チビすけはよく、お父さんとお母さんがテーブルマナーの歴史とかの話をしてこっちを見てないすきに、お皿の上に粉チーズをどっちゃり出して、スプーンをなめてチーズがくっつきやすいようにしといてから、山にスプーンをくっつけた。

それはいいとして、スレル小学校ではまだ「とまる、ねる、ころがる」は一滴もやってなくて、やれやれだった。だいいち、あんなおまじないを覚えたって、ほんとに火事のときに役に立つのかしらん？　着てる服によっては、かえって良くないことだってあるかもしれない。たとえば、家の中のいろんな木のものが燃えてて、出口のほうに走ってにげようとしてネグリジェのすそに火がついちゃったら、床にたおれてごろごろころがったりしたりしたら、床も燃えてるかもしれないから、かえってよくない。それに、もしよく伸びる布でできたネグリジェだったら、着たまま床をころがって足をやけどするより、大いそぎで首からすっぽりぬいだほうがずっと早いっていう気がする。

スレル校ではいままでに、火事の予行れんしゅうを二回やった（一度はほんものの予行れんしゅうで、一度はベルの鳴りまちがえ）。もし火事になったら、クラス全員が二列にならんで、いちばん前の人がみんなの名前を順番に呼んで、全員いるかどうか紙でチェックする。でもそれだと、もしもすたこら先に外ににげちゃった子がいたりしたら、名前を呼ぶ係の人は、その子がまだ教室にいて、けがをして返事ができないでいると思いこんじゃうかもしれない。でもじつはその子はとっくに外に出て、人工芝の上にばたんとたおれて、フレッシュな空気を胸いっぱいに吸いこんでる。あと、もしも煙がもうもうと立ちこめていたら、どうやって整列するんだろう？　みんな床にはいつくばったままならんで、名前を呼ぶ？

スレル小には演劇っていう時間があって、すごくすごくおもしろかった。演劇の時間は、男子と女子が二人一組になって、いろんな死にかたの練習をした。まず、片ほうがもう一人の頭にぐらぐらにふっとうした油をかけて、かけられたほうは、ぐらぐらの油をかけられたらどんなだか想像して、そういう演技をした。つぎに役を交代して、もう一度おなじことをやった。演劇の先生は、すごく、すごくおもしろい先生だった。いちばん最初の時間は、ピストルでうたれてたおれる練習をした。先生は、すごくかわいらしい声でこう言った、「みなさあん、先生きょう、とっても悲しいことがあったの。おもちゃのピストルをもってくるのを忘れちゃったわ。あーあ失敗。しょうがないから、これでみんなをうつわね」。そして人さし指をピストルの形にして、「バン！　バン！　バン！　バン！」と言いながら一人ずつ順番にうっていって、みんなたおれて死んだふりをした。たおれたふりのやりかたは、まず最初は立った状態で（あたり前だけど）、それから片ほうのひざをゆっくり、ゆっくり、床にすれすれになるくらい曲げていって、それから頭を横にして横向きにたおれて、最後にうでをだらんとさせて、動かなくなって、死ぬ。ゆっくりやるのはかんたんだけど、ほんとにバタンと死んだみたいに早くやるのは、けっこうむつかしい。だからそれを授業で習うのは、とてもゆういぎなことだ。

それから、寸劇《スキット》もやった。二人でパブに行って（″パブ″というのはアメリカ語の″バー″と同じ意味）、飲み物を注文して、それから一人がぜんぜんちがうほうを指さして「ほら見て、あっちに超おもしろいメニューがある。わあ、なんておもしろいんだろう！」とか言って、もう一方の人がよそ見してるすきに飲み物のなかに小っちゃな赤い毒薬をポチョンと入れる。ノリーはステファンと組んで、まず最初にノリーがステファンの飲み物に毒を入れた。そしたらステファンは床にたおれて体を引きつらせて、あんまりすごくやるので引きつけを起こしているんじゃないかと心配になった（″引きつけ″と″引きつり″は、似てるけどぜんぜんちがって、″引きつけ″のほうがずっと深こくなのに、そのことに気がついてない子がすごく多い）。それからこんどはノリーが毒を入れられる番になったので、おとぎ話のお姫さまが飲み物を飲んで、毒が入ってたのに気づいて（王国を乗っ取ろうとたくらんでいる悪者どものしわざ）、お腹のあたりがぎゅーっと痛くなってきて、わたしはもうじき死んでしまうんだわと気づいて、静かなあきらめのきょくちで、そっと両手を組みあわせて、そしてゆっくり床にたおれて、かすかにまぶたをふるわせながら死んでいく、というつもりでやった。

でも演劇では、ノリーが前から心の中で考えてたいちばんこわいことは、やらなかった。どういうのかというと、ものすごく熱い雨が空からふってきたらどんな感じだろう？というのだった。でも、それはいつも頭の中で作ってるマリアナのお話の中でもうやっちゃってたから、やらなくてかえってよかった。それはオクスバー館を見学にいった帰りのことで、ノリーはそのお話を作るのに、ほんとうにめりこんでしまった。オクスバー館は昔のお屋しきだけど、どっちかというとお城に近かった。

15　死の雨の物語

マリアナがまだ八さいか九さいくらいのころ、とてもおそろしい、インドの人でも二十人に一人くらいしか経験しないようなできごとを経験しました。それは「死の雨」というものでした。

マリアナはいろいろなところに旅行をしていて、サハラ砂ばくも何度も行ったことがあって、これはそのときのお話です。マリアナはサハラ砂ばくに別荘をもっていました。というか、お父さんとお母さんがそれをもっていました。

でも、一つだけマリアナが知らないことがありました。マリアナだけでなく、みんなも知らなかったのですが、その場所にはとても熱い雨がふるのです。あまりに熱いので、ちょっとさわっただけで指の先が、黒か、黒っぽいむらさき色になってしまうほどでした。もしもそのことがわかっていれば、もちろんべつのときにしましたけど、マリアナは知りませんでした。

　マリアナは、小っちゃいポンコツの飛行機をおりて、サハラ砂ばくのオレンジっぽい黄色の砂に最初の第一歩をふみ出しました。そのとたん、ものすごい数のヘビやトカゲやいろんな生き物たちが、そこいらじゅうにうじゃうじゃいることに気がつきました。マリアナはすぐに地面にねて、さらさらした気持ちのいい砂の上をころがりました。それからあたりを見まわしました。すると五分もしないうちに雨がふりはじめました。雨はひと晩じゅうずっとふりつづけました。それはとてもおそろしい雨でした。火のように熱い雨だったのです。

　つぎの日もまだ雨はふりつづきましたが、マリアナはどこまでも、どこまでも、家をめざしてひたすら歩きました。頭の中は、早くサハラ砂ばくを出て、家に帰りたい一心でいっぱいでした。ここでちょっとみなさんの注意をかんきしておくと、雨がふっても、すぐにお家に入ったり、木の下で雨宿りしたりはできませんでした。ここは砂ばくのまん中で、あたりにはヘビ以外、だれもいなかったからです。マリアナが砂をふむと、足あとはすぐにどしゃぶりの雨に消されてしまいました。じつはこの雨は、最初から熱いんじゃなく、空気の熱さが雨の冷たさよりもうんと熱かったので、雨はある高さまで落ちると、ふつふつ、じゅうじゅうと煮えてしまうのです。動物たちは大あわてでにげまわり、あっちこっちの穴にもぐりこみました。マリアナもいっしょに穴にもぐりこめたらどんなによかったでしょう！　でも体が大きすぎてだめでした。

　マリアナはのろのろ歩きをやめて、全速力で走りだしました。涙がほおをつたい、顔はまっ赤になって、前よりいっそうずきずき痛みました。すると、雨がヒリつくような氷のかけらに変わりはじめました。

「あら？」とマリアナは思い、一しゅん立ちどまって空を見あげました。熱い空気のかたまりがなくなって、空からは大つぶのひょうがふっていました。マリアナはほっとしました。そして地面に横たわって眠ることにしました。あすの朝はきっとまた熱い雨がふるだろうから、眠るのはいましかないと思ったのです。

「こんなチャンスはもう二度とないかもしれないわ」かの女はそう思い、さらさらの砂の上にふたたび、でもこんどはうれしい気持ちで寝ころがりました。ところが目を閉じようとしたとき、マリアナはあるものに気がつきました。それは見たこともないようなあるものでした。

それは四さいくらいの小さな女の子でした。もちろん小さい女の子は何度も見たことがありましたが、この子はとてもつかれはてていて、腹ぺこで、よごれていて、熱い雨とひょうのせいで目が見えなくなっていました。女の子はよろよろ歩いて、とがったサボテンにぶつかったりして、もうボロボロでした。マリアナは心の中で思いました、「あの子をほうってはおけないわ。わたしだって病気だったり、ひとりぼっちだったりしたことはあるけど、熱い雨やひょうに打たれて目が見えなくなってしまったことなんて、一度もなかったもの。もしもわたしだったら、きっとだれかに助けに来てほしいって思うにちがいないわ。あの子を助けなきゃ」とマリアナは思いました。そして、「そうよ、あの子をだっこして、わたしの家に連れていくのよ」と心にちかいました。

マリアナは立ちあがって、その子をだき上げました。女の子の心ぞうは、だんだんドキドキしなくなりました。そして女の子はだんだん落ちついてきました。女の子ははじめて目を開けました。そしてうれしそうな、喜びでいっぱいのきらきらした瞳で、「マリアナ、助けてくれてありがとう。あなたはとてもよくやったわ」というようにマリアナを見あげました。

マリアナも、「わたしはただ自分にしてほしいと思うことをしただけよ」というように、その子を見つめかえしました。マリアナは歩きだしました。一歩すすむごとにどんどん足どりが重く、苦しくなってきました。でも女の子が重かったのではありません。そうじゃなく、女の子の涙がマリアナを悲しませたのです。でも女の子は苦しくて泣いていたのではなく、うれしくて泣いていたのです。でもマリアナには、こんなに小さい子供が、こんなにひどい目にあっているのにうれし泣きするなんて、思いもよりませんでした。

つぎの日は、マリアナが思ったとおり、また熱い雨でした。でもこんどのは、ただ熱いだけじゃなく、あんまり熱すぎて、半分ゆげになりかけていました。そうするとどうなるかというと、マリアナの顔じゅうが熱い熱いしずくだらけになってしまうのです。あと女の子もでした。二人の歩く速度は、ますますゆっくりになりました。女の子は苦しくて泣きました。でも自分が苦しかったのではなくて、マリアナが苦しそうな顔なのを見て泣いていたのです。

砂ばくを歩いていくうちに、たくさんの人がいる場所に来ました。大ぜいの人たちが、それも大人の人たちが、マリアナと同じように苦しんでいました。マリアナは一人の人を引っぱっていこうとしましたが、だめでした。三さいの女の子と、六十さいの人を両方とも運ぶには、力が足りませんでした。ふと見ると、サボテンにショールがひっかかっていました。マリアナはそれを取って女の子にかぶせてあげました。女の子はにっこりほほえみました。それからまたショールがあったので、こんどは自分がかぶりました。こうすれば、このひどい雨をふせげて、もっと早く歩けると思ったのですが、ショールはすぐにぬれてしまってだめでした。マリアナは、こんなふうにおそろしい雨に苦しめられて、重たい女の子をだっこして歩かなければならなくなるなんて、きっとばちが当たったんだわと思いました。一年でいちばんいいときをえらんで旅行したり、歩かないで飛行機を使ったり、そんなわがままばかりしたので、きっとばちが当たったのです。

どうして歩いても行けるのがわかっていたかというと、前にもそうしたことがあったからです。インドで、マリナー姫のために、木や林がいっぱいある場所を、重たい金や銀の入ったバケツを歩いて運んだのです。マリアナは、折りたたみナイフでサボテンに穴をあけて、そこにストローを刺しました。そして中身を吸ったら、ひどい味がして、口じゅうがヒリヒリになりました。マリアナがストローを刺した場所には、黒い色をした変な動物の死がいがあったからです。それでかの女は、もう水を手に入れることはできないんだわ、家にたどりつく以外にどうすることもできないんだわ、とさとりました。

すると、女の子がはじめて口をききました。「あたしをおろしてちょうだい」と、その子は言いました、「あたしを家につれて帰ったら、あたしのめんどうを見て、家でいっしょにくらさなくちゃならなくなるわ」。そして、まるでマリアナの心を読んだように、こう言いました、「ばちを受けたいんだったら、あたしなんかよりもサボテンをおんぶすればいいわ。とげがいっぱいあるから、もっとずっと苦しいわ。そのへんに生えてるサボテンを切ってお家《うち》までおんぶしていけば、お家についてからあたしのめんどうを見るばちはなくなるわ」

でも女の子は、ほんとうはかの女（マリアナ）のことが大好きになっていたのです。マリアナも、女の子をおいてきぼりにして死なせる予定はありませんでした。女の子がそのつもりなのが、マリアナにはわかっていたのです。マリアナはずんずん、ずんずん早く歩いていき、雨もずんずん、ずんずん熱くなっていきました。顔じゅうが火ぶくれになって、それくらい熱い雨でした。汗が血で赤くなってきました。女の子は、またマリアナの顔がとても痛そうなのを見て、血の涙を流しました。マリアナは女の子にやさしく言いました、「いい子だから泣かないで。泣いたらたいせつな血がへってしまうわ」。女の子は涙をぬぐいました。女の子が涙をぬぐうのを見たら、マリアナはまた自分の顔のことを思いだして、すごい痛みがおそってきました。マリアナは顔にさわってみました。顔は前よりももっと痛くて、女の子が見て泣くのもむりはないと思えました。顔はぱんぱんにはれていて、中に空気が入ってふくらんだ皮ふが、中に空気が入ってるせいでとてもうすくなっていたので、指でさわると破れて、血が流れだしました。それはすごく痛そうで、じっさいすごく痛かった。

家はもうすぐそこでした。もちろんまだマリアナには見えていませんでしたが、もう全体の四分の二まで進んでいました。あと十キロぐらいでしたが、足がずきずき痛みました。髪の毛は、血のような色になってしまいました。マリアナは、ずんずん、ずんずん、ずんずん、ずんずん歩いていって、もう筆舌しがたいくらいつかれました。女の子は、最初にマリアナにだき上げられたときと同じようにかの女を見あげました。ほっぺたははれていましたが、最初のときよりもずっと幸せそうな表情を浮かべていました。その顔は、とてもかしこそうでした。「お家はもうすぐそこよ」と女の子はささやきました。「ほら、あのサボテンが動かぬ証こよ」。そう言って、マリアナが見たこともないくらい背の高いサボテンを指さしました。マリアナは思わず立ちどまりました。痛みも、女の子の重さも、雨の熱さも、一しゅんのうちに消えさりました。そのサボテンを見て、うんと小っちゃかったときのことを思いだしたのです。マリアナは、とても、とても高いセコイアの木の下で生まれました。木は切られて、すてきなお家を作るのに使われましたが、マリアナの心の中では、切られないで、いまもそこに、オーストラリアの大地に、立っていました。砂の地面がだんだんかたくなってきました。ふつうの人だったら足が痛くなったかもしれないけど、マリアナはお家がますます近くなるので、うれしさ倍増でした。お家に着けば、女の子も元気になって、新しい両親を見つけてあげることもできるし、それか、もしもまだ生きているなら、古い両親をさがしてあげて、その人たちの家に連れていってあげることもできます。マリアナは、心の片すみで、古い両親はもう死んでしまっているかもしれないと思っていましたが、みなさんにだけこっそり教えると、じつはまだ死んでいなかったのです。でもマリアナは、心の奥底でべつのことも考えていました。それはこうです。「この子を養子にしてもいいわ。わたしの子供にして、わたしが育ててもいいわ」

女の子はまたマリアナの心を読んで、言いました。「きょうからあなたがあたしのお母さんよ。あたしの両親は二人とも死んでしまったの」。その言いかたはとてもかしこそうで、ぜんぜん三さいの子供らしくなくて、でも年取った人みたいでもなくて、マリアナのお母さんみたいな感じのしゃべりかたでした。マリアナの心に、お母さんのオーストラリア的な顔が浮かんできました。お母さんの髪は長くて黒くてとてもきれいでしたが、そのときマリアナはふと、あることに気がつきました。じつは女の子もオーストラリア人だったのです。マリアナは、むかしオーストラリア人の女の人たちがやっていたのをまねして、女の子をまっすぐかかえあげて、ぎゅっとだきしめました。

やっとのことで、マリアナは木のお家に着きました。家を見たとたん、きょうい的に元気百倍になりました。かの女は女の子をポーチのソファにねかせてあげました。マリアナのお母さんとお父さんがかの女をだきしめました。すると、マリアナはひざを曲げて、たおれてしまいました。お母さんたちは、マリアナをそっとベッドにねかしつけました。マリアナはすやすやと眠りました。二十日間ずっと眠りつづけたかのように感じられました。そのあと、マリアナはお母さんたちに手つだってもらって女の子を育てて、二人は大の親友になりました。

マリアナの、きょうい的な、おわらない冒険の物語は、まだまだつづく。

16　よくないこともちょっとは必要

〝おわらない冒険《エバーラスティング》〟というのは、大聖堂で言うお祈りと、あと『ネバーエンディング・ストーリー』という映画から思いついた。『ネバーエンディング・ストーリー』は、いろんな意味ですごくいい映画で、一つの理由は、パート2がある映画で、2が1と同じくらいおもしろい映画は、すごく少ないからだ。〝ネバーエンディング〟も〝エバーラスティング〟も、すごく意味と合ってる感じのことばで、あと〝いついつまでも《フォーエバーモア》〟とかもそうだけど、ほんとうに、言ってるあいだ、ずっとはてしなくつづいていく感じがする。

「マリアナのおわらない冒険」シリーズは、もういくつも作ってあったけど、どれも紙に書けないくらい長くて、いったい全体どうやったら覚えていられるか心配だった。なかには、はっきり言ってかなり気もちわるいお話もあったけど、でもそんなにはこわくない。起きてるときに自分の脳みそが考えだす気もちわるいことは、他のだれかが本とか映画とかの中でやる気もちわるいこととは、まるっきりちがうからだ。それにひきかえ、夜ねてるときに自分の脳みそが作りだすものはべつで、ときどきほんとに泣きそうにこわい。でも自分でわざと考えだすことは、たいていの場合そこまではならなくて、これ以上こわくならないといいな、という限界ぎりぎり一歩手前のところで止まってくれるから、限界よりこわくなることはない。

お話には、よくないこともちょっとは必要で、理由は、よくないことが起これば、そのあとは必ずよくなっていくからだ。熱い雨のお話はどうやって考えついたかというと、ある日、うんと細かい雨がふったときに、顔が針でチクチク刺されたみたく感じられた。ほんとに、うんと細かい雨つぶなのに、それがピン、ピン、ピン、びっくりするほど痛かった。もしかしたら、うんと小さながった雨つぶは、大きくて丸っこい雨つぶを追いぬいて、すごいスピードで落ちてくるからかもしれない。

ある日ノリーは、ブリックリング館に行った帰りの車の中で、小さいフェリシティ人形に、べつのお話を作って聞かせた。となりではチビすけが、ぐっすり眠ってピクッとも動かなかったので、とちゅうからは弟のお話のようになった。これもこわいお話だったけど、熱い雨の話ほどはこわくなかった。熱い雨の話は、たぶんノリーがいままでに作ったお話の中で、いちばんこわい。

17 イーラという名前の女の子と弟の物語

あるところに、イーラという女の子がいました。イーラはブリックリング館の近くのきれいなコテージに、弟といっしょに住んでいました。どこもかしこも、とってもすてきな家でした。お父さんとお母さんもとてもすてきで、一回も怒ったことがなくて、いつも二人にやさしくしていました。

ある日イーラは、お気に入りのあそび場であそんだあと、家に帰ろうとして歩いていました。ところが、ぼちゃん！　ひどい泥んこの中に落ちてしまいました。

「まあたいへん」とイーラは言いました。「きれいなドレスがめちゃめちゃになってしまったわ。どうしましょう」。イーラは泣きだしました。そして穴から立ちあがると、お母さんのところに歩いていきました。

「まあイーラ」とお母さんは言いました。「お気に入りのドレスが泥だらけだわ。じゃあお母さんが新しいのを作ってあげるわね。それから、そのドレスにもつぎはぎを当ててあげましょう」

「ありがとう、お母さん」とイーラは言って、おじぎというか、ぶとう会のあいさつのようなのをしました。そしてまた歩いていって、学校のものをきちんとしまいました。「お母さん、お父さんはもう退院したの？」とイーラは言いました。

「ええ。お父さんはティールームにいるわ。いま行けば、きっと会えるわ」

イーラがティールームに行くと、お父さんがいました。お父さんはにっこりとほほえみかけました。イーラはお昼までいろんなことをしてあそびました。でも、その日の悲劇は、ドレスに泥がついてしまっただけではなかったのです。イーラは八さいの弟といっしょにスーパーに行って、いろいろな物を買って、二人で道を歩いていきました。そして弟をねかしつけると（イーラは十三さいでした）、〝プレップ〟をしました。〝プレップ〟というのはアメリカの宿題《ホームワーク》と同じ意味です。

お母さんはお夕食を作っていましたが、洗たく物を取りにべつの部屋に行きました。お父さんはまだティールームにいました。一か月前に足にけがをして、歩けなかったのです。イーラは楽しげにリビングを歩いて自分の部屋に行こうとしました。リビングには弟がいて、マッチを箱から一本ずつ出していました。

「まあたいへんだわ」とイーラは言いました、「だめよ！　だれか！」そして弟からマッチをひったくろうとしました。ところがそのしゅん間、弟が手にもっていたマッチが箱にこすれて、火がついてしまいました。イーラはマッチ箱を放り投げて、大声でさけびました。でもお母さんは、洗たく物をキッチンに運んでいるとちゅうで、頭の上からつま先まで洗たく物まみれだったので、聞こえませんでした。

「火事よ！」イーラはそう言って、弟をひっぱって走りました。二人はマッチ箱につまずいてころんで、弟は足をひどくやけどしてしまいました。イーラは弟をだき上げて急いでにげましたが、またころんで弟の上に乗っかってしまい、痛みに泣きさけぶ弟をだっこして、炎から急いでにげました。とちゅうでナイフをふんでしまって、クツの底が切れました。イーラはにげながら、泣きそうになりました。あまりにおそろしくてヒサンでした。二人は、ドアのところにひいてある、雪やふんをこすって落とすもののところで、またつまずいてころびました。「ああ、神さま」とイーラは思いました。「かわいそうなわたしの弟、それにお父さん、お母さん！」

お父さんは歩けなくて、お母さんも声が聞こえなくて、それで悲しいことに二人とも火事で死んでしまいました。あまりの悲しみに、イーラは涙を手でぬぐいながらすすり泣きました。弟は血がたくさん出ていました。イーラは弟をだき上げて、歩きだしました。弟は、また痛みで泣きはじめました。ああ、その声を聞いていると、イーラまで痛みを感じそうでした。「ああ、かわいそうな弟。泣かないで、泣かないで」。そしてイーラは弟の涙をぬぐいました。弟の顔には苦しみが浮かんでいましたが、弟はとてもすなおないい子なので、お姉さんがこうしてほしいと言ったら、なんでもそのとおりにしました。だから、弟はだまってだっこされていました。けれどもイーラには、弟の顔がとても苦しげなのがわかりました。きっと泣くのをがまんしているんだわ、と思いました。「泣いてもいいのよ、かわいそうな弟」とイーラは弟に言いました。きっと、こらえきれなかったのね、とイーラは心の奥底で思いました。むりもないわ、かわいそうな弟。

一つぶ流れて、それを弟のふるえる手がぬぐいました。弟の顔を小さな涙のつぶが

「お姉ちゃん、ぼく一人で歩けるよ」と弟は言いました。

「だめよ、ころんでしまうわ」とイーラは言いました。弟は足にひどいけがをしていたので、歩けなくて、すぐにころんでしまうからです。イーラは弟をそっと病院まで運びました。白いドレスは血だらけになって、茶色になっていました。

「ああ、助けて」イーラは回転ドアをくぐって中に入ると、泣きながら言いました。そして愛する弟をだきかかえて、よろよろと受付けのところまで歩いていきました。「ああ、助けて」イーラは涙をふいて、ぼさぼさになってしまった髪の毛をちゃんとしようとしました。髪のカールが、うしろのほうが取れてしまっていました。まっすぐになって、だらんとなっていました。なぜかというと、とてもショックだったからです。イーラの髪の毛は、ショックなことがあると、いつもカールが取れてしまうのです。もしかすると、汗でぐっしょりぬれて、それで伸びてしまうせいかもしれません。弟はぶるぶるふるえていました。お医者さんが弟を連れていきました。

それからというもの、イーラはもうまっ白なきれいなドレスを着ることも、すてきな髪形をすることもなくて、いつ見ても、ドレスには血とか泥とかいろんなものがついていました。お金もちょっとしかなくなって、とても貧乏になってしまいました。イーラはとぼとぼと、石のところまで歩

いていきました。その石に、泣きながらお母さんの名前をほりました。でもやっぱりほれなくて、石の表面に泥がついていたので、ひっかいてメッセージを書くことにしました。それからまた歩いていって、四日間、弟とはなればなれでひとりぼっちでくらしました。それから病院に弟をむかえに行きました。弟はなおっていました。そして、すぐにブルーベリーをつまんだり、オレンジの皮をむけるくらい元気になったので、二人でいっしょに楽しく食事をしました。

それからは、イーラはどこへでも弟をだっこしていきました。それで、おしまい。

18 ちょっとだけアライグマのこと

ノリーの人生の「よくないこと」は何かというと、イギリスでまだ親友ができないことだった。アメリカにいる親友のデビーにすごく会いたかったけど、デビーからはまだ手紙の返事が来なかった。でも手紙を書くのがあんまり得意じゃない子も、世の中にはきっといっぱいいる。もひとつ、悲しくていやになるのは、デビーと親友になってから、ほんのちょびっとしかいっしょにいられなかったことだ。はじめて会ってから、まだたったの二年後しかたっていなかった。

デビーがなんといっても最高だったのは、お人形たちにお話をしてあげるのが、大の大の大好きだっていうことだった。デビーは、かたむけるとニャーっと鳴くネコのお人形を四人ももっていて、完ぺきというわけじゃないけど、ほとんど同じ顔をしてて、その子たちの出てくるお話を、すごいおもしろいのばっかり、どんどん、どんどん、どんどん、無限大に作りつづけた。二人はよくいっしょにサマンサごっこをした。サマンサごっこは永えんにおわらないあそびで、サマンサや、お話に出場するいろんな人たちに、つぎからつぎに不幸なできごとが起きる。一度なんか、サマンサがランプシェードから片足だけでぶら下げられて、犬のファーに焼き殺されそうになったこともあった。ファーはほんとはとってもいい子で、中に手を入れて動かせるようになってる犬のお人形で、デビーは動物たちの中でもその子がいちばんのお気に入りで、ねるときもいつもいっしょだった(パンダも好きだったけど、パンダはどっちかというとコレクションっぽかった)。でも、お話の中ではだれかひとりわるい人とか動物が出てこないと「よくないこと」の感じにならないので、ノリーたちはすごい名案を思いついて、ファーは通りかかったどこかのわる者に薬を飲まされて、ちょっとのあいだだけわる者になったということにした。そのせいで、ファーは一しゅんだけすごくこわいわる者になって、サマンサと四人のネコたちを殺そうとした。こうすれば、お話の中ではファーはわる者だけど、デビーが大好きな、いっしょにねるお人形のファーはわる者じゃないことになって、これにて一件着陸だ。四人の勇かんなネコたちは、自分たちが二人しかいないように見せかけて、そのすきにファーに眠り薬を飲ませて、脱出した。目がさめると、ファーは元どおりのいい犬にもどっていた。こんなふうに、デビーと二人でお話ごっこをしてると、もうほんとに鬼のように楽しかった。

デビーと知り合う前は、自分で自分にお話を作って聞かせていた。最初はどんなだったか、もうあんまり覚えてないけど、たぶんおふろの中とか、鏡を見てるときとかに、いろんな声でお話のこまぎれを作ってたんだと思う。おふろの中とか鏡を見てるときとかは、いちばんお話を作ることが多かった。ノリーはゴムのアライグマももってて、その子はおふろの中でもう何百回も冒険の旅をした。もちろんおふろの中にはクーチは連れてけない、なぜかというと（ぜったいにここだけのはなし）クーチは「ぬ」だから——というのはつまり、ぬいぐるみだから、水には入れない。

アライグマのサラ・ローラ・マリアは、一さいのときにすてられて、道で冷たくなってぐったりしていたのを、ノリーが助けてあげた。ノリーとネコのシルヴェスターは、かの女を養子にしたけど、じつはほんとうに二人の子供だったことがあとでわかった。その子供は、ずっと前に魔女にさらわれてしまったのだ。魔女《ウィッチ》は、チーズサンドウィッチをトーストしたときのまっ黒な煙の中から出てきて、たいせつな娘のクーチをさらっていってしまった。それで二人は不幸のどん底になってしまった（チビすけは〝どん底〟のことを〝ぞんどこ〟と言う）。ノリーたちは不幸のぞんどこになって、小っちゃいコテージで何年もくらしていたけれど、ある日、二人の子供より少し大きなアライグマの女の子が道にたおれてぐったりしてるのを見つけた。「この子をわたしたちの養子にしましょうよ、だっていなくなってしまった愛するサラ・ローラ・マリアにそっくりだもの」とノリーたちは言った。すると女の子は目をさまして、自分の身の上ばなしをはじめた。その子は前はお父さんとお母さんといっしょに幸せにくらしていたんだけど、わるい魔女にさらわれてしまった。でも、とちゅうで魔女の目に塩を投げつけて、魔女の船からにげだして、海に飛びこんだ。そして人魚たちに助けられてお城に連れていかれて、人魚たちは一生けん命かの女の世話をして、人魚のアライグマになれるように教育した。サラ・ローラ・マリアは魔女といっしょにいるあいだにガリガリにやせてしまったけど、海のサラダを食べてまたもとにもどった。それから、ときどきなつかしのポテトにも（だれかが船から落としたやつ）ありついた。かの女は人魚になろうと一生けん命がんばって、アフリカの海でとれた最高級のワカメを使ったひらひらのロングドレスを着たりしたけど、心の中はやっぱり地面のアライグマだったので、とうとうある日、人魚たちにお礼を言って、何度もだきしめて、手をふって、陸にむかって泳ぎだした。すると、ちょうど浜辺を、お父さんとお母さんが散歩していた。

「あなた、このアライグマの女の子はわたしたちの娘にそっくりじゃないこと？」とお母さんが言った。

「ほんとうだ」とお父さんも言った、「ぼくらの娘が昔よくあそんでいたおもちゃを見せたら喜ぶかもしれない」。お父さんは悲しみにくれながら子供部屋に行って、いろいんなものが入った箱をもってきた。その中には、フィッシャープライスの「おみせやさんセット」（郵便ポストに入れる手紙が五つついてるやつ）とか、スポンジでできた、くっつけられる数字だとか、他にもいろんなのがあった。

「あたし、これと同じのもっていたわ」とクーチが言った。「これと同じのも」

「ほんとうに？」お父さんとお母さんはおどろいて言った。「もしかしたら……？」二人はあることを考えた。「あなた、名前はなんていうの？」

「サラ・ローラ・マリアよ」と女の子は言った。

「まあ、それはずっと前に魔女にさらわれたわたしたちの娘と同じ名前だわ！」とお母さんたちは言った。

「わたしも魔女にさらわれたの」とクーチははにかんで言った。

「じゃあ、わたしたちの娘だわ！　ああ、こっちにおいで！」そして二人は女の子をだきしめ、キスをして、いついつまでも喜びあいました。

19　中国のお坊さん

デビーと知りあう前のノリーは、そんなふうにお話を一人で作ってあそんでいたんだけど、デビーはほんとにすごくて、お話を思いつきでどんどん進めていって、ノリー一人じゃぜったいに思いつけないようなこわいできごとを、いくつでも考えついた。デビーの顔は、とても大きくてまん丸で、髪の毛は黒くて長くてつやつやしてて、すごくきれいだった。それは両親が中国人とフィリピン人だったからで、でもアメリカ語と、あと国際チャイニーズ・モンテッソーリ校（ちぢめてICMSってもいう）で習うペキン語しかしゃべれなかった。二人ともカントン語はしゃべれなかった。カントン語とペキン語は、おなじ中国語でも非て似なるものだった。でも二人はよくいっしょにお絵かきしながら、中国人の先生から教わった『ナモワミ・トーフォ』というペキン語の歌を歌った。どういう歌かというと、

シェ・アール・ポー、マオ・アール・ポー、
シェン・シャン・ディ・ジァ・シャー・ポー。

意味は、「その人のクツはこわれている、その人のぼうしはこわれている」――ていうか、中国語の先生が配ったプリントにはそう書いてあったんだけど、その先生は英語が一ミクロンもできない

ので、なんか変だった。だからノリーは頭のなかで、「クツはぼろぼろ、ぼうしもぼろぼろ、着てるものは全部ぼろぼろ」というふうに自分で言いかえていた。これは変てこなお坊さんが出てくる歌で、いちばんおもしろいのは「ナモアミ・トーフォ」っていう部分で、それはブッダにお祈りするときの言葉で、そのお坊さんが何かふしぎなことを起こすときに必ずそれを言った。お坊さんはブッダから生まれた人で、済公《ジ・ゴン》という名前だった。お坊さんなのに、とても自由気まぐれな人だった。

ノリーはいまでもその歌をしょっちゅう歌った。中国語の歌にはおもしろいのがいっぱいあって、ついつい歌わずにいられなかった。でも、漢字は前はもっとたくさん知ってたのに、だんだん忘れそうになっていた。漢字は、たとえば

木

これは「木《ウッド》」という意味。それから

灑

これは「まきちらす」という意味。でもいまはもうぜんぜん中国語は書かなくなった。スレル小の

クラスには中国人の子は一人もいなくて（高校には何人かいたけど）、だから漢字がどういうものなのかも、中国語のローマ字表記のことも、漢字には書き順っていうものがあることとかも、だれも知らなかった。

お父さんたちは、さいしょ中国語の家庭教師の人を呼ぼうとした。けど、こっちでは土曜日も学校があって、宿題が山のように出るから、お休みの日は一日しかなくて、もし日曜日まで家庭教師の人が来たら、ノリーはきっと、つかれるとか何とかよりも、「あーあ、お休みがほんのちょびっとしかない！」と思って悲しくなっちゃうのにちがいなかった。それに、いままでお休みの日にはみんなで車でお出かけして、お城や昔のお屋しきを見にいってたのも、もうぜんぜん行けなくなってしまう。こないだ行ったオクスバーグ館というお屋しきは、高い塔のてっぺんに、お姫さまがさいほうをしていた部屋があって、そこには政府のえらい人たちが調べにきたときにカトリックの神父さんが小さくなってかくれる、レンガのせまい場所があった。

とにかく、中国語はもうノリーの頭の中で空前のともしびだった。悲しいけど、それが現実だった。どっちみち、世の中のぜんぶの漢字を知ってたわけじゃない。中国語は四年でしゃべれるようになった――といっても、大人の人や大きい子たちにくらべたらほんのちょびっとだったけど――だから、フランス語は中国語よりやさしいから、二年くらいでしゃべれるようになるんじゃないかと思う。でも、やっぱりフランス語もすごくむつかしい。すごく、すごく、むつかしい。〝dix〟ということばが、ノリーは意味と合っていてとくに好きだった。もう、聞いたしゅん間に「10！」っていう感じがする。でもはじめて聞いたときは、「なにそれ、ぜんぜん10っぽくない」と思った。でも、すぐにとっても10にぴったりのことばだと思うようになった。〝je〟も、〝I〟よりずっと

「わたし」っぽい感じがする。ほんとは、何語でもやさしいことばなんか一つもない。やさしいなんて思うのは大まちがいだ。英語だって、じつを言うと世界じゅうでいちばんむつかしい。文法だけだったら、英語よりも中国語のほうがずっとやさしい。

でも、アフリカのことばのなかには、すごくかんたんなのもある。ふつうは1、2、3、4、5、6、7、8、9、10……と、ずーっと数がつながっていくのに、そこの国の言葉は、1、2、3で、そこからあとは「たくさん」になっちゃうんだそうだ。だからたとえば、「そのお店には人がたくさんいました」というと、それが四人なのか二十五人なのかはだれにもわからない。その話をしてくれたのは、パロアルトにいたとき、おとなりに住んでた人で、その人は一年間アフリカのボンベイに住んでたことがあった。ノリーがその話をデビーにしたら、デビーはそんなのぜぇーったいにウソ、だってそれじゃ電話番号が作れないし、お買い物のとき困るじゃない。じゃあたとえば、ボンベイの人が、家じゅうで映画館に『リトル・マーメイド』を見にいったら、きっぷ売り場の人が、ガラスの小っちゃい穴のところから「大人二人と子供二人ですね？　じゃあぜんぶでたくさんドルになります」とか、ボンベイだったらドルじゃなくて、ポンポコピーだか、ナンジャラホイジャラだかわかんないけど、そんなふうに言うわけ？　たくさんドル？　そんなのはらえなくない？

たしかに、デビーの言うことにも一理あった。デビーはとってもかしこくて、いろんなことがじょうずにできて、ピアノもうまかった。なんでも万能のすごい友だちで、もうぜったいに親友になってもらいたくなるタイプの子だった。だってデビーと親友にならないなんて、ありえないからだ。それにひきかえバーニスは〝ほんとうの〟親友といっしょの家に住みたいとか言って、すごくいじわるだしひどいと思う。バーニスの歯列きょう正用のリテーナーはツートンカラーで、銀色のマーメイドの絵がついていた。デビーのには銀色の字で「デビー」と書いてあった。デビーがリテーナーをつけたので、クラスでつけてない女の子はノリーだけになった。それで、まわりの子たちが一人ずつ、一人ずつリテーナーをつけはじめたときに、ノリーは「そうだ！　わたしは歯列きょう正医になって、みんなのリテーナーをデザインすればいいんだ！」と思いついた。そうなったら、にーっと歯を見せて笑ってる口の絵がついたやつをデザインしたかった。そしてチビすけがつけるようになったら、機関車がついてるのを作ってあげたかった。歯がならんでるところは、列車が一列になって口の中をシュッシュと走りまわってるのにちょっと似てる。

　でもイギリスでは、歯列きょう正医でお金をかせぐのは、たぶんぜったいむりな気がした。スレル小ではだれもそんなものつけてなかったからだ。こっちでは、きょう正器のことは〝疑《ぎ》似《じ》口蓋《こうがい》〟という名前で呼んでて、でもほとんどだれも知らなかった。もしかしたらギジコウガイなんていう、こわい感じの名前だから、だれもつけたがらないのかもしれない。〝ボウコウケッセキ〟みたいに、取っちゃわないといけないわるいものみたいに思われてるのかもしれない。

20　歯のレポート

　みんなのリテーナーをデザインしたいと思ったことや何かがきっかけで、ノリーは歯に興味をもつようになった。そのうちに、歯って想像してたよりずっといろんなおもしろいことがある、ということに気がついた。チャイニーズ・モンテッソーリ校にいたとき、ノリーはベリル先生の授業で

「歯」というレポートを書いて、その中で、何百年も前に作られた歯のも型のことについても書いた。それは虫歯のおそろしさをみんなに教えるために作られたもので、十センチくらいある巨でっかい歯の形をしてて、ぞうげでできていた。も型の表面には、いろんな絵がたくさんほってあって、それは教会のステンドグラスについてる絵と同じ役目をしていた。ステンドグラスは、まだ字の読める人がちょっとしかいなかった時代に、絵でお話を伝えるために考えだされた。昔の人は字が読めなくても、ステンドグラスを見ただけで、ああ、あれはソロモン王の話だわ、とかわかったのに、いまではステンドグラスの意味を知るのに二十五冊くらい本を読まなくちゃならなくて、昔とあべこべだ。そのも型はぞうげでできていたけど、ぞうげは象の歯だから、ぴったりの材料だ。も型には、虫歯の焼けるような痛さをあらわすために、火のなかにガイコツを放りこんでいる人たちの絵がかいてあったり、女の人が何かこわいこと（たぶん乱暴な歯のしじつみたいなこと?）をされてる絵とかがかいてあった。それからちょうつがいもついていて、フタを開けしめできるようになっていた。「この中にお菓子を入れておくといいかも」とノリーは考えた、「そうすれば、火の中にガイコツを放りこんでるおっかない絵を見て、やっぱりレモンドロップを食べるのはやめにしよう、とか思うかもしれない」

そのレポートのなかで（ベリル先生のクラスでやったことの中では、そのレポートがいちばんうまくできた）、歯がいくつも層になってる図もかいた。ノリーは前から「歯はきっといくつも層になってるのにちがいない、ぜったいにそうだと思う、中までぜんぶ同じものでできてるなんて、ぜったいありえない気がする」と思ってて、もしちがってたらどうしようとずっと心配だったけど、図を写すために百科事典を調べたら、あっという間にほんとのことがわかって、思ってたとおりだったので、ほっとした。ノリーは何かが層になっているのが好きだった。地球も層だし、木も層だし、地球のまわりの空気も層になっている。トチの実にも層があった。いちばん外がわは緑色のトゲトゲの層で、それをむくと、すてきにつやつやした層、これはトチの実の本体の層で、お城とかにおいてあるりっぱなテーブルやイスの丸いかざり部分の木みたいにつるつるぴかぴかで、前に行ったイクワース館にもそういう家具がたくさんあった。（イクワース館のろう下の床の板はカーブしてて、蒸気機関車の力を使って曲げたんだそうだ。それを聞いてチビすけはすごく喜んだ。）そしてそのまた内がわには、歯の神経みたいな、あとで芽になる部分の層がある。ときどき双子のトチの実が見つかることもあった。〝トチの実《コンカー》〟っていうのはイギリスの言いかただけど、トチの実はほんとに頭の上にコン！と落ちてくることがあるから、すごくぴったりないい名前だと思う。収かく祭のとき、大聖堂で司祭さまのお話を聞いたあと、みんなで道路をわたってたら、まだ新しいトチの実が千億万億個ぐらい地面に落っこちてて、ノリーは走っていって実をひろいはじめた。トチの実は、落ちてもすぐにだれかがひろっていっちゃうので、すごくきちょうだった。大聖堂に行ってたちょっとのあいだに、すごくたくさん新しい実が落ちてたので、みんな大こうふんだった。礼はいでは、歌をうたった。「考えてごらんなさい、もしもこの世に花が一つもなかったら、もしもこの世に木が一本もなかったら」という歌で、それから「お百姓さんは地面によいものをふやす、でもほんとうはそれは万能の神さまのみわざです、神さまが畑に水をまいて」、そのつぎはちょっと忘れて、それから「でも神さまが毎日のパンをくださるのは、わたしたち子供のためなのです」。イギリスの歌のうたいかたは、中国の歌いかたとぜんぜんちがう。イギリスでは、一つの音をうんと長くのばして、中国の歌みたいにこまかく上げ下げしたりしない。イギリスの人たちは歌うときの声がすごく高くて、それにイギリスっぽいアクセントで歌うので、中に一人でもアメリカ人の子が混じってると、すごく変に聞こえてしまう。

　中国語のクラスでお花つみの歌を歌ったとき、ときどきバーニスはリテーナーを口から半分はみださせて歌った。これはとてもおぎょうぎがわるいし気もちわるいので、中国語の先生は怒りまくって、バーニスはとうとう一ぺん立たされた。（イギリスの学校には「立たされ」はなくて、かわりに「DT（いのこり）」というのがあった。）それからバーニスは、リテーナーを口から半分出して、わざと幼ちなしゃべりかたをすることもあった。一度なんか、リテーナーを思いきりかんでわっちゃって、かけらがのどと鼻の奥がつながった部分に入って、お医者さんを呼んで取ってもらった。そのままにしておくと、かけらがずっとそのままになって、病気になるかもしれないからだ。デビーはもちろん、リテーナーをわったりなんかしなかった。デビーはほんとにいろんな意味ですばらしい。デビーは、歯列きょう正のせいで口が広がって見えて、とてもかしこそうな顔に見えた。その口と、髪の毛が、デビーの顔でいちばん目立つところだった。あともちろん、顔がとても大きくてまん丸だった。それにひきかえノリーの顔は、ぐしゃっとなってて、細っちくて、小っちゃくしぼんでるみたいで、つまんなかった。自分の顔が小っちゃくしぼんで見えるのは、デビーや他のアジアンの子たちといつもいっしょにいたせいも、たぶんちょっとはあって、アジアンの子たちは、ほんとに世界じゅうの子供のなかででいちばんキュートだと思う。ノリーはときどき自分の顔の絵をかいて、「なんだかぎゅっとすぼまって変な顔になっちゃった、まあいいけど」と思って、それから鏡を見て「でもほんとにぎゅっとすぼまってるんだからしょうがないや」と思ってがっかりすることがあった。お父さんたちは、そんなことないよ、ノリーはとっても美人さんだよ、と言ってくれて、自分でもときどきちょっとかわいいかもって思うこともあったけど、それを口に出して言うのは、自まんになるからよくないことだ。お父さんお母さんが自分の子供にかわいいよと言うのは少しもいけなくないけど、その場合でも、よその家の子がいる前で自分の子供にかわいいよと言うのはよくない。よその子の前でそんなことを言ったら、そのよその子は一人だけ仲間はずれになって、悲しい気もちになるからだ。

新しい学校（スレル小）になってから、サーム先生の国語の時間に、自分を主人公にした物語の最初の部分だけ書く、というのをやった。ノリーはこう書いた、「マリエルは髪が茶色で、目も茶色の女の子で、背は一一〇センチでした」。でも、内心すこし不満だった。「目も茶色の女の子で」のあとに、ほんとは背のことなんかじゃなく、『小公女』の中に出てくるみたいなことを書きたかった。それはヒロインの女の子が学校の中を案内してもらうところで、「はきはきとして、かしこそうで、おおむね物静かなものごしでした」、というところがあって、完ぺきにそのことばどおりじゃないけど、だいたいそんな感じのことが書いてあって、そこがすごく好きだった。それに映画で小公女の役をやった子は、ちょっぴりノリーに似てた。だからノリーはほんとはこう書きたかった、マリエルは、というのはじつは自分のことだけど、マリエルは「おおむね物静かなものごしで、とても物静かで、そのうえ神ぴ的でした。正確には神ぴ的とはすこしちがうけれど、神ぴ的のことばの意味をすこし弱めるか、『小公女』のあの場面のところをちょっと強めるかした感じの、おおむね神ぴ的な感じの女の子でした」。でも思っただけで、じっさいには書かなかった。その子の名前はマリエルだったけど、みんなそれがノリーのことだって知ってるから、自まんぽいと思われるからだ。

21　いやだけどやらなきゃいけないこと

自分の顔についていちばん考えるのは、もちろん鏡を見てるときで、ということはつまりねる前に歯をみがくときだった。よくコマーシャルで、歯みがきを歯ブラシの先っちょから根もとまで長ーく出したりするけど、あれはノリーに言わせれば、大きなまちがいだった。あれじゃ正しい量よりも、ぜんぜん多すぎる。あんなにたくさんつけたら、歯ぐきは神経がたくさん集まってるから、口じゅうがヒリヒリになって、まだぜんぜんみがかないうちに、すぐペッとしてしまうかもしれない。それでその人は「歯？　もちろんばっちりみがいたわ」と思ってるけど、じつはまるでみがけてない。それか、みがいても、うんと大いそぎのやっつけ仕事で、ぜんぜんよごれが取れてないかもしれない。だから「歯みがきは豆つぶひとつぶん」と覚えておくと、とても役に立つ。

歯をみがくときは、いつもニーッと歯をむき出して笑った顔を作る（というか、自然とそうなっちゃう）。そうやってると、べつのだれかのふりをしてるような気分になって、その気分のままお話作りがはじまることもあった。さいしょ、鏡の中で歯をみがいてる自分そっくりの双子に話しかけて、そのうちに、双子がおたがいに質問をしあうあそびになって、それから三つ子が出てくる。ノリーは一人一人の役を演じわけて、たまにそのうちの一人に悲しいできごとが起こったりする。一度なんか、自分が五人に増えちゃったこともあった。アメリカにいたときのことだったけど。鏡の中の子はみんな、口にキャンディみたいな形の、変な歯列きょう正具っぽいものをはめてて、味もキャンディみたいな味がする。双子とか三つ子は一人ずつ前に出てきて、自分の歯列きょう正がどんなにすてきか自まんしあう。「ハイ！　あたしのはラズベリー味なの。とってもおいしいんだから！」「あたしのはアップル・シナモン味。あたしのだって最高よ！」みたいに、みんなが順番に自分の歯列きょう正を宣伝する。それからみんながおたがいに話をはじめて、そのうちだれかに起こった悲しいできごとの話が始まる。すると下からお母さんたちが「ノリー！　お召しかえはすんだの？」と呼んで、ノリーは「あ、まだ！　ちょっとぼんやりしてたの！」と言いかえす。

ノリーは大きくなったら、歯医者さんのしかくを取る勉強をしながら、おじいちゃんみたいに広告の仕事もしたいと思っていた。なぜかというと、広告にとても興味があったからだ。でも、いちばんやりたいのははかせごうというものを取ることだった。お母さんからはかせごうの話を聞いて、ぜったい取ることにきめたのだ。どうしてそんなにほしいかというと、すごく頭がよさそうな感じがするし、だいいち他の人もみんなもっているからだ。変てこな歯医者さんのバッジとひきかえにはかせごうをあきらめるだなんて、ぜったいいやだった。だからたぶん、はかせごうをもってなきゃいけない仕事をするためには、ただの歯医者さんじゃなく、「外科歯科医」とか、「植物学歯科医」（どうして歯が生えるかとか、どうして虫歯ができるかとかを研究する）みたいなものにならなくちゃいけないかもしれない。でも、それでもやっぱり、歯医者さんの学校にはぜったいに行かないといけない。そのバーベルは、飛びこえなくちゃならない。

ノリーは、歯医者さんになるためにどうしても必要っていうんなら、死体だってさわるかくごができていた。お医者さんは、死体でじつの練習をするんだそうだ。だったら、死体には歯だってあるんだから、外科歯科医になりたい人たちも、死体で練習するのにちがいない。だって、歯をぬくんだったら、生きた人だって死んだ人だって同じだからだ。学校がブードゥー人形みたいなプラスチックの大きい人形を作ってくれて、それで生徒が歯をぬく練習をするんだったらもっといいんだけど、きっとすごくお金がかかるし、人の体をこまかいところまでねん土で（それか紙ねん土で）一からぜんぶ作るのって、きっとすごくたいへんなんだと思う。歯だって入れたりはずしたりできるようにしとかなきゃいけないし、だったらせっかく死体があるんだから、使うべきだ。ノリーはぜったいに歯医者さんになりたかったから、もうかくごはできていた。そのかわり、算数は死ぬほどいやだった。計算、計算、また計算。シャーペンのしんがなくなってく、一本、一本、また一本。とうとうしんがなくなって、ふつうのエンピツを使わなくちゃならなくなる。けずって、けずって、またけずる。まちがった答えをせっせと消すので、大きな消しゴムがどんどん小っちゃくなっていく。だいじなナショナルトラストの消しゴムも、角がぜんぶ丸くなって、いまはもう卵みたいな悲しい姿だ。歯医者さんになるためには算数を山ほどやらなくちゃいけないと思うと、車に酔ったときみたいに、ゲーッという気分になる。

　でも、「起こらぬわるいことの皮算用」。これはノリーが自分で作ったことわざで、「とらぬタヌキの皮算用」を逆にしたもの。

22　なぜかみんなパメラをいじめる

ほんとの世界でも、双子は学校にいた。二人とも歯列きょう正はしてなかった。さいしょノリーは二人と友だちになれそうな気がしたけど、やってみるとうまくいかなかった。理由は、二人に同時に話しかけると、二人を一人ぶんにあつかってるみたいに思われて双子たちが気をわるくするといけないから、まず片方の子に話しかけたら、無視してないよというしるしに、すぐにもう片方の子にも話しかけないといけない。それでその子に何か質問すると、もう一人の子がノリーに何か質問して、ノリーはそれに答えてから、その子にクラブは何に入るの、卓球部、それとも編み物部？とか聞きかえす。すると、その子はクラブの話をはじめる。そうするともう一人の子にもクラブのことを聞かなくちゃならなくなる。二人ともだいたい同じことをしてるけど、たまにちがうときもある。ときどきどっちの子に何を聞かれたのか、わからなくなっちゃうこともある。そんなつもりじゃないのに、「こっちが一つ質問したらあっちは二つ質問する」みたいなことになっちゃう。二人は友だちもだいたいいっしょで、ほんとはどっちと話しても、そんなに変わらなかった。二人とも同じくらいいい子だったし、同じくらいおもしろくて、見た目もほとんど同じで、色が白くて金髪で、同じくらいあいそがよかった。だからどっちと話しても、おもしろさは同じくらいだった。

でもけっきょく二人とはあんまり仲よくなれなかった。二人とも、前の学年からの仲よしの子たちとべったりだったし、正直、ときどきノリーにちょっとツンケンした態度をとったり、うわべだけ友だちっぽくしてる感じがすることもあった。それに、いちど他の女の子たちといっしょになってパメラ・シェイヴァーズにいじわるしたこともあった。パメラはなんにもわるいことをしてないのに、いじめの標的にされて、みんなにからかわれたり、笑われたり、ひどいことを言われたりしていた。パメラは一年飛び級していたので、年は第五学年（というのはアメリカの四年生のこと）だけど、第六学年にへん入していた。でも、いったいそれのどこがわるいっていうの？　いちどパメラがロッカールームで宿題帳をなくして、必死になってさがしてたときに、四人ぐらいの女の子たちが、あんたの宿題帳はトイレの紙にしちゃったわよ、と言ったことがあった。もちろん、そんなことうそにきまってる。双子たちはその四人の中には入ってなくて、ただ笑って見ていた。でもお姉さんのほうの子は「家庭科の時間にパイのなかに入れちゃったんじゃない？」みたいなことを言った。パメラはいまにも泣きそうな声で「電車に乗りおくれちゃう！」と言っていた。ノリーはだまってられなくなって、「ちょっと、タンマ、ストップ！　いじわるするのやめなさいよ」と言った。

「あらら？　あんた、この子のオトモダチなの？」と一人がノリーに言った。「いいこと教えてあげよっか？　あんたアメリカ人だからわかんないだろうけど、あんたのしゃべりかたってすっごくキーキーしてて変よ」

「そうよ、アメリカ人よ。アメリカ人なんだからアメリカのしゃべりかたにきまってるでしょ」とノリーは言いかえした。「こっちこそ言わせてもらうけど、あんたのしゃべりかただってすっごく変。トドの鳴き声そっくりよ」

他の子たちがちょっと笑った。この一件でノリーはすっかり有名になって、相手の子をものすごく怒らせちゃったけど、ともかくそのすきにパメラはノートをさがして、ちゃんと見つかった。

べつのときにはパメラのブレザーがなくなったこともあった。もしかしたらだれかがかくしたのかもしれない。パメラは必死になってさがしてるのに、だれもいっしょにさがしてあげなくて、それればかりか「ああ、それならいつも救世軍に寄ふするものを集めにくるヨレヨレのおじいさんにあげちゃったから、もうないわよ」とか、ひどいことを言ったりした。

パメラは何度も「電車におくれちゃう！」と言っていた。声にいまにも泣きそうな感じが混じっていたけど、泣かなかった。たぶんパメラは怒ると声の感じがそういうふうになるのかもしれない。泣きそうなのも少しは入ってたと思うけど。（ノリーの泣いていない記録はいまのところまだパーフェクトで、まだ一回も泣いたことがなかった。これからもぜったい泣かないつもり。）ブレザーを見つけないかぎり、パメラは帰れなかった。出口のところにダーパス先生が立っていて、すごくこわい顔で見はっていたからだ。制服の紺のブレザーを着てない子は先生に首根っこをつかまれて、ブン！と教室にもどされる。だから何がなんでも見つけなくちゃいけなかった。ノリーはパメラといっしょに、そこいらじゅうを狂ったようにさがし狂って、とうとう積みかさなったバックパックの下じきになってたのを見つけて、「パメラ、ほらあった！」と言った。でもブレザーはみんなにふまれてひどい有りさまだった。みんなが気がつかないうちにふんづけて、シッチャカメッチャカになってしまっていた。ノリーはブレザーのほこりをいっしょにはたいてあげた。パメラは「ありがとう」と言うと、大いそぎで走っていった。前のめりになって、背中でバックパックがカンガルーみたいにぴょこぴょこはねていたけど、顔はうつむいて、地面の少し先をきっとにらんでいた。すごく悲しげな走りかただった。

ノリーの友だちのキラも——イギリスに来てからは、キラがノリーのいちばんの仲よしだった——キラまで、ノリーがパメラと仲よくしようとするのをいやがった。でもパメラはノリーが転校してきたばかりのころ、食堂から校舎までの帰り道が（まただ！）わからなくなっちゃったときに、とても親切にしてくれたのだ。ノリーの方向音ち は、もう殺人的にヒサンだった。スペリング音ちもそうとうヒサンだったけど、それよりヒサンかもしれなかった。もしかしたら二つは関係があるんじゃないかと思う。道をどっちに曲がればいいかわからないのと、“failure”と書きたいときに“faleyer”なのか“fayelyor”なのかなんなのかさっぱりわからないのとは、なんだか感じが似てる気がする。母音をえらぶのに、北に行けばいいのか南に行けばいいのかまるっきりわからない感じ。方向感覚があまりにゼロすぎて、ITでは四回も飛行機をつい落させた。ITは、キーボードのまん中の列はもう習いおわって、いまは「フライト・イミテーター」とかいうもので、まっ暗な画面のなかを地図をたよりに飛行機を着陸させる練習をしていたけれど、ノリーはその地図の読みかたがまるっきりとんちんかんちんだった。飛行機が星空のほうにビュンとはねあがって、きりもみせん回をはじめたことを知らせるライトがちかちかしだしたかと思うと、あっというまについ落してしまう。あんまり何度もつい落したので、その日の夜はこわい夢を見た。それくらいノリーの方向感覚はショチなしだった。「おやおや、こいつは目も当てられないぞ」とITの先生はノリーのを見て言ったけど、その言いかたは、先生が教室でよくみんなにむかって「さてさて、淑女およびクラゲしょ君《レディス・アンド・ジェリーフィッシュ》」と言うときと同じ、やさしい、はげますような感じだったから、ノリーはちょっとだけ気分がましになった。ともかく転校してきたばかりのころ、方向感覚がわからなくなって、同じところをぐるぐるまわって、自分がどっちにむかってるのかぜんぜんわからなくなって、それでパメラに道を聞いたら、パメラはノリーが道に迷ったことを少しも変に思わずに、ふつうのことのように受けとめて、なんでもないおしゃべりを感じよくしながら、いっしょに校舎まで連れていってくれた。

　べつのときには、ダニエラ・ハーディングが——ダニエラは、正直けっこう性格がわるい子だった、いつもいつももっていうわけじゃないけど——時計の裏に自分のイニシャルの〝D．H．〟をほりたくて、ノリーにコンパスを貸してと言った。ノリーは、だれかに何かを貸してと言われて、それがちゃんと自分のふでばこの中にあるとちょっといい気分になるので、貸してあげた。ところが一時間後にコンパスがもどってくると、つけてあったはずのエンピツが、きれいさっぱり、あとかたもなく、さよならバイバイ、消えていた。(コンパスはほんとは〝コンパス・セット〟が正しい名前で、うでみたいに伸びてる部分は〝コンパスのアーム〟という。)おまけにそのエンピツは、そのときノリーがもってたたった一つのエンピツで、どういうわけだか他のはぜんぶ、シャーペンまで、なくなっちゃっていた。でもそのときもパメラは、とても感じよくノリーにエンピツを貸してくれて、算数のわからないところも教えてくれた。ノリーはかけ算のやり方をまちがって覚えてて、小数点の右がわの数字をぜんぶ、最後に答えを出すときに足すぶんまで足しちゃっていた。でもパメラに教えてもらって、すごくめんどうなことをやってたことがわかって、ほんとうは、かけようとしている数字どうしの小数点の右がわの数字だけ足せばいいんだった。

でも、たとえパメラに一度も親切にしてもらったことがなくても、ノリーはやっぱり何か言ったと思う。だって、パメラだけが毎日悲しい、いやな気もちで学校に行かなくちゃならないなんて、そんなのまちがってるし不公平だからだ。だいいちパメラのお家《うち》だって、この学校に何十万ドルもお金をはらっているのだ。パメラはこのことをまだお家の人に言ってなかった。いつ言っていいかわからないからだそうだ。ノリーが家に帰ってこのことを相談すると、お父さんお母さんは、パメラをかばってえらかったねとほめてくれた。パメラはすぐに先生に言うべきだとお父さんたちは言った。でもパメラは言いたくないと言った。

でもどうしてもわからない、なぜこんなことが起きちゃうんだろう? パメラは人にいじわるしたり、でしゃばったり、スカしたりとかは一度もしたことがなかった。だれにでも、すごく感じよくしていた。ただ運が悪かっただけなの？　だれか一人がたまたまパメラに目をつけて、みんなもそれをマネした？　それともパメラのしたことの何かがみんなのしゃくにさわって、それでつまはじきになった？　パメラは顔だってちっとも変じゃなかった——ほっぺたがほんの少しふくらんで、あと歯並びもちょっぴりわるくて、前歯がリスっぽく見えるところ以外は。前にクラスの男子二人がパメラのことを〝ネズミ顔〟って言ったこともあった。そんなのぜったいにひどい、ありえないくらい失礼な悪口だ。もっとも、その子たちはすごいぼうにゃくぶじんの二人組で、いつも人にひどいことばっかり言うから、クラスのオジャマ虫に認定されてたけど。あと、パメラは鼻も少し団子っ鼻だったけど、そんなこと言ったらダニエラの鼻なんかもっと団子で、なのにそのことはだれも何も言わなかった。それどころか、なんとなんと、ダニエラはクラスの人気者だったりした。

ノリーはパメラに言った、「ねえ、ぜったいにサーム先生のとこに言いにいくべきよ」。でもパメラは、去年べつのことでサーム先生のところに言いにいったら、先生はパメラがやってないことを、あれもこれもパメラがやったみたいに決めつけて、だからサーム先生のところには行きたくないと言った。ノリーは「じゃ、ピアーズ先生は？」と言った。ピアーズ先生は小学部の校長先生で、とってもやさしかった。前にヘクトールの話をみんなの前で読んでくれたのもピアーズ先生だった。でもヘクトールのお話にはちょっと問題があって、じゃなかったアキレスだった、アキレスのお話には問題があって、最初のうち、まだ生まれたての赤ちゃんのときは、アキレスはとってもいいヒロインなのに、大きくなって戦争の部分になると、だんだんわるい人になっていってしまう。最後の終わりかたも、いまいち気に入らなかった。アキレスは、女の人を好きになったり、人を何百人も殺したり、だれかを馬車で引きずったり、もう戦いたくないとか言ってふてくされて自分のテントに閉じこもったりして、どう考えてもぜんぜんいい人じゃない。でもお話の最初のほうの、体が半分シカで、半分人間の人がアキレスを育てて、シカの皮を食べさせた、という部分はおもしろかった。でも待って、半分シカっていうのは変かも、だって半分シカの人がシカの皮を食べさせたら共食いになっちゃう。もしかしたら半分ウシで、半分人間だったかもしれない。とにかくその半分ずつの人が、アキレスにシカの皮とクリームを食べさせてあげる。シカの皮は力を強くするのによくて、クリームだかお砂糖だかは、心だか体だかにいい。はっきり言ってここの部分は、あんまりちゃんと聞いてなかった。とちゅうでバットマンの定規とバービーのエンピツが出てくるアクションっぽいお話を思いついちゃったからだ。でもクリームとシカの皮を食べてたときのアキレスは、まだいい人だった。大きくなるにつれて、だんだんいい人じゃなくなった。

パメラは言った、「それもだめ、ピアーズ先生に言ったら、きっとピアーズ先生はサーム先生に言うもの」。だからパメラは何もしないでいた。そうするうちに、いじめは、毎日、毎日、ちょっとずつ、ちょっとずつ、ひどくなっていった。キラはノリーに何度も「いいからとにかくパメラとはぜったいに口きいちゃだめ」と言った。「パメラと口きくと、あなたまできらわれちゃうわよ」と言って、それから「ノリーはあたしとずっといっしょにいればいいの」。ノリーはキラのことが好きだったし、そのときはまだ仲よくなってすぐのころで、キラに夢中だったから、二日ぐらいは、いつもほどパメラのそばに行かないで（でも完全にじゃなかった、一ぺんお昼にとなりの席になったから）、ほとんどいつもキラといっしょにいた。でも、そうしていると心がちくちくした。パメラをみごろしにしてるし、傷つけちゃったかもしれないという気がしたからだ。ノリーは家でその話をした。お母さんたちは、みんなでいっしょになってだれかと口をきかないようにしたり、その人が存在してないみたいにふるまうことを「村八分」といって、なぐったり、どなったりといった目に見える暴力ではないけど、精神的に痛めつけることなので、ぜったいにやってはいけないことだと教えてくれた。お母さんたちは学校のだれかに相談しようと言ったけど、ノリーは、パメラがだれにも言わないでって言ったから、と言った。お母さんたちは、いじめがこわいのは、どんどん広がっていってしまうことで、たとえばキラみたいに、最初はとくにいじわるするつもりのなかった人たちまで、いじわるするようになってしまう、と言った。そのうちにいじめられてる人もどうしていいかわからなくなって、心が死んだようになって、何も反げきできなくなってしまう。

だからそのつぎの休み時間、ノリーはまたパメラのところに行って、いっしょにカベによりかかってすわった。キラは怒って、ぷいとどこかにいなくなった。ノリーがあとでさがしにいくと、キラは音楽室でヘッドホンをして本を読んでいた。ノリーは言った、「キラったら！　もう、すっごくさがし狂っちゃった！　ロッカールームもさがしたし、教室もさがしたし、木の下もさがしたし、トイレもさがしたし、トイレなんか、キラをさがすのに夢中で、自分が行くの忘れちゃった。校門のほうまで見にいっちゃったんだから！」と言った。

キラは「あっそ」と言っただけで、ぜんぜんあやまらなくて、ただシレっとしてすわってるだけだった。

キラは仲よしだけど、ときどきちょっとヤだなと思うのは、すごく独せん欲が強くて、ノリーが他の子と仲よくするとしっとして、いつも二人でいっしょにいないと気がすまないことだった。それともひとつ、キラはわりといつも乱暴で、すぐに人をぶったりした（仲よしっぽいぶちかただったけど)。それにときどき何かで腹をたてると、ネクタイをぎゅうっと引っぱるので、あとでえりのこすれた部分がヒカヒカになる。でも、ノリーがまたパメラと仲よくしだすと、キラは半分じょう談のような、そうでないような、イヤミっぽいことをノリーに言うようになった。たとえば「ノリーって、人を痛めつけるのが好きなの?」。〝痛めつける〟というのはお母さんたちが使ったことばだったので、ノリーは一しゅんかんちがいして、パメラのことを言っているのかと思った。だから「え? キラはそうなの?」と言った。

キラは「まっさか。でもノリーはぜったいそうよね、だって歯医者さんになりたいんだもんね」と言った。

ノリーは「ひどーい!」と言って笑ったけど、ちょっと頭にきた。そしてあとでそのことを思いだしたら、ますます腹がたってきた。もっとじょう談ぽく、でもきっぱりと、こんなふうに言いかえしてやればよかった、「歯医者さんはみんなのために働いているのに、そんなふうに言うなんてひどいわ。だいいちわるいのは自分じゃない。虫歯になるほうがいけないのよ。くやしかったらちゃんと歯をみがきなさいよ。そうすれば、歯医者さんがあの甘いペーストみたいなのを口の中にぬってくれて、あとはベロの下にたまったつばを自分で〝カラカラくん〟で吸って、それですんじゃうんだから」。ノリーは〝カラカラくん〟でつばを吸うときの、あのゴボゴボいう音がすごく好きだった。〝カラカラくん〟というのは、先の曲がった、つばを吸うチューブのことで、子供たちに好きになってもらえるように、歯医者さんがそういう名前をつけた。そして子供はほんとにみんなあれが大好きだ。〝カラカラくん〟をずっとやってたら、ほんとに口の中が完ぺきにカラカラになるかどうか、いつか実験してみたらおもしろいだろうなと思う。もしかしたら、研究者の人はもう実験ずみかもしれないけど。ノリーは昔よく、ベロを長いあいだ突きだして完ぺきにかわかそうとした。ベッドにねころんで、ベロをずっと長いこと出してると、カラカラにかわいて、引っこめると口の内がわにぺたっとはりつく。でも、あんまり何度もやらないほうがいいのかもしれない。ノリーがもってるエジプトの本のなかに、ミイラが丸まって横をむいてて、ベロが外に出てるブキミな写真がのっていた。ミイラが見つかったとき、ベロはもちろん完ぺきにかわいてて、ばらばらになっていて、だからそっと元どおりノリでくっつけて、口の中にもどしたんだそうだ。ベロはまっ黒で、すごく気もちがわるかった。

23　ギョウザを作るのはむつかしい

パメラと仲よくするようになってから、ときどきコリンっていう男の子が——ノリーが知ってるコリンは三人いる、コリン・シェアリングスとコリン・ディートとコリン・ライズマン——コリンっていう子がやってきて、いじわるを言うようになった。コリンは変に高い、ねちょねちょした声で言った、「パメラのお友だちなんだ？　へええ、パメラのオトモダチなんだ？」。ノリーは、ヤなやつに何か言われたときのために、仕返し用のセリフをいくつか考えてあった。たとえばこんなの、「全パトカーに告ぐ、全パトカーに告ぐ、教室でイモムシ発見。大至急ハイジョせよ！」前にノリーが住んでたトランペット・ヒルの家の庭にはイモムシがごちゃまんといた。白くてもぞもぞしてて、うっかりふんづけると赤い汁がビシャッと出た。

もしコリンが校庭で何かヤなことを言ったら、「ミミズの言うことなんかには聞く耳もたないもんね」と言ってやる。

ミミズのほうは、放課後にいちど使ってみたことがあった。「あらふしぎ！　ミミズがしゃべるだなんて、はじめて聞いたわ。おどろきもものきサンショの葉っぱ！」そしたらコリンは地面をけっぽって、「そうだぜ、ミミズはしゃべるんだぜ、そんなことも知らねえのかよ、パメラのオトモダチのくせに？」そうしてイヤったらしく鼻を上にむけて行ってしまった。このときはまあ、引き分けっていう感じだった。ケンカはけっこうむつかしい。あまりにも相手を傷つけるようなひどいことは言いっこなしっていう絶対ルールがあって、でも頭にくることを言われたらやっぱり言いかえさないとだめで、でもきたない言葉とか、真けんに相手を傷つけちゃうようなひどいことは言っちゃいけない。たとえばアーサーの横っちょの歯のすごい虫歯のことは、からかうようなことじゃないから、言っちゃだめ。コリン・シェアリングスの耳のピンク色のいぼのことも言っちゃだめ。あと、何か言われたら速攻で言いかえさないといけない、でないといじわるを言った相手をいつまでも得意げにニヤつかせとくことになって、その子の言ったいじわるなことばがそこにある時間がどんどん長くなって、よけいに恥がふえるから。

いちばん最初にパメラと仲よくしていることをコリンにからかわれたときは、まだ心の準備ができてなかった。だから「そうよ、パメラとお友だちよ。いけない？」ぐらいしか言えなかった。それはそれでわるくなかったんだけど、そのときノリーはキラといっしょにいて、そしたらコリンは、わるもの大魔王のコリンは、キラに向かって「そんじゃお前もパメラのことが好きなんだ、やーい」と、歌うような、すごく気もちわるい声ではやしたてた。キラが何も言わなかったので、ノリーがかわりに言った、「ちがうもん、キラはべつにパメラのことなんか好きじゃありません。ざんねんむねん、また来て毛虫！」

でもそのときはパメラがすぐ近くにいて、もしかしたら、キラはパメラを好きじゃないって言ったのがパメラに聞こえちゃったかもしれなくて、あとでくよくよした。でもつぎに二人で話したとき、パメラは何も言わなかった。そんな青天のへきえきな出来事があって以来、うっかり相手にのせられて変なことを言っちゃわないように、仕返しのセリフを頭のなかに用意しとくようになった。

でも、もひとつ問題なのは、たぶんこっちのほうがずっと問題かもしれないけど、パメラと仲よくしたいのは、パメラがほんとうはいい子で、だれかが仲よくなってあげなくちゃと思うからで、もしノリーがすすんでパメラと仲よくすれば、それがラクダの背中にのせた最後のワラの一本みたいになって、みんながパメラをいじめるのをやめてくれるかもしれないと思ったからだ。でもノリーとパメラはいろんな意味でちがっていて、ほんとの親友と呼べるような、心からの友だちにはなれないかもっていう予感もした。他の子たちがみんなパメラに冷たくするから、ノリーはそのソンシツをホテンしようと思って、ほんとの気持ちよりよけいにパメラと仲よくしてるかもしれなくて、それってなんだかちょっと不自然かもしれなかった。小学部の校舎までいっしょに歩いたときは、わりあいいい感じでおしゃべりしたけど、それはデビーと昔よく話しあったみたいな、たとえば「マイ・リトル・ポニー」の馬のお人形にバービーのクツをはかせて、たてがみにお花をつけてあげるとすっごくおもしろいっていうような話とはぜんぜんちがってた。デビーは「マイ・リトル・ポニー」の馬の人形が大大大好きで、バービーのハイヒールをはいて、たてがみをふわふわにふくらませたすてきな「マイ・リトル・ポニー」がずらっとならんでるところを見たら、だれだってきっとうっとりなると思う。それとか、学校でキラやジャネットやトビーとおしゃべりしてて、もうほんとに腹わたがよじれそうなくらいおかしくて、だれかが同じことを何度も言おうとするんだけど、笑っちゃってぜんぜん最後まで言えなくてっていうようなのとも、パメラのおしゃべりはちがってた。パメラはお家《うち》の人たちや親せきのことをたくさん話した。おじさんや、おばさんや、またいとこが、どんな顔をしてて、どんなことをして、どんなテレビが好きかとかいうことで、とても興味ぶかかった。ノリーも自分の親せきのことを話したけど、あんまりたくさんは話すことがなかった。いとこは、〝また〟じゃないふつうのいとこが四人いるだけだったし、大おばさんとか、そういう人はみんな死んじゃっていて、そんなに自まんできることがなかった。カレーについてるチャツネはすごく変な味だっていうことでは意見が一致したけど、そのあとでノリーが、世界でいちばん、こんりんざい大きらいな食べ物はフライドチキンだと言ったら、パメラが、わたしはフライドチキンが大好きで、週に一度はお父さんがキャプテン・チキン・USAのを買ってきてくれる、と言った。（キャプテン・チキンは自分をケンタッキー・フライドチキンに見せかけようとして、ケンタッキーそっくりの赤い字を使ってる。きっと「どうせここはイギリスなんだから、ちがいなんかだれにもわかりっこないさ」と思ってるんだと思う。）だからノリーは大あわてで、あたしがフライドチキンをきらいなのには特しゅな理由があって、前にチャイニーズ・モンテッソーリ校にいたときに、お昼にフライドチキンが大きなアルミのお皿にのってどっちゃり出て、それが冷えて黒っぽくなって油でぎとぎとしてて、そういうチャイニーズのフライドチキンをいっぱい食べすぎたから、もうチキンは見るのもいやになっちゃったの、ほかのお料理はすごくおいしかったんだけど、と言った。もちろん皮つきポテトも出なかった。中国の人たちは、アメリカやイギリスほどポテト好きじゃないみたいだ。皮つきポテトはヨーロッパのお料理だからかもしれない。前にいちどチャイニーズ・モンテッソーリ校にいたとき、授業でギョウザを作ったことがあって、ノリーはその話をパメラにした。ギョウザは、皮が小さすぎてお肉が（ギョウザの中にはお肉を入れる）はみ出ちゃったり、逆に中身がちょびっとになっちゃったり、なかなかうまく作れない。コツやむつかしい部分がたくさんあって、すぐに失敗してしまう。とにかくすごくむつかしくて、あと皮をとじるのにタマゴを使う。

パメラがギョウザってどんなものなの、と質問したので、ギョウザは中国の食べ物で、中にお肉が入ってて、食べると口の中がやけどしそうになる、とノリーは言った。それから前の学校で中国の字の書きかたを習ったことも話した。

パメラが笑って言った。「中国！　中国の字を書いてたの？」

「そうよ」とノリーは言った。みんなとちがう変わったことができるのが、ちょっと得意だった。「そこはチャイニーズ・モンテッソーリ校だったから、みんな習わされたの。毎日はんぶんが中国語の授業で、九九とかもぜんぶ中国語でやってたのよ。なにか書いてみせたげようか？」

パメラがうんと言ったので、ノリーはバックパックから紙を出して、歩道にしゃがんで〝ハオ〟という字を書いた。ハオは二つの字からできてて、一つは「お母さん」という意味の字で、もう一つは「子供」という意味の字で、理由は、昔の中国の人が、お母さんプラス子供イコール良いこと、と考えたからだ。子供にとって、お母さんがそばにいるのは良いことだし、お母さんも、子供がそばにいるのは良いこと。だから〝ハオ〟は「良い」という意味になる。中国語で書くと、こんな感じ。

好

ノリーはその紙をパメラにあげた。パメラはそれを見て、こっくりうなずいた。それから「じゃあ六かける七って、中国語でなんて言うの?」と言った。ノリーは「リュー・チェン・チー・ドゥン・ユー・スー・シ・アール。ろくしち四十二って言ったの」

「へえー」とパメラは言った。

「いちど数字を覚えちゃえば、あとはすごくかんたんなの」とノリーは言った、「中国語の二と英語の数字の2は似てて、中国語の三と英語の3も似てるの。書いてみせたげようか?」

「うん、でもまたこんどにする」とパメラが言った。「もうそろそろお教室に入らないと」

「そうね」とノリーは言った。「じゃあね」

「じゃあね」とパメラも言った。

24　覚えていること、忘れてしまうこと

その日の午後、ノリーはチャイニーズ・モンテッソーリ校のことで覚えてることを頭のなかではんすいしてみた。パメラと話してて、もうずいぶんいろんなことを忘れかけてるのに気がついたか

らだ。チャイニーズ・モンテッソーリ校はすごくいい学校で、友だちもみんないい子だった。でもちょっとはヤな子もいた。小学校上級クラスに入ってすぐのころ、カールっていう（本当はとくに名にしないといけないのかもしれないけど）男の子が、お前なんか殺してやるとか、毒虫がいっぱい入ったプールに突きおとすぞとか、そんなことをいっぱいノリーに言った。カールは年長だったけど、すごくゆがんだ性格で、そのあとしばらくして転校した。

　その学年がはじまってすぐのころ、何人かの子からいじわるされた。それは、大人たちが〝いじめ〟と呼んでいることをノリーがされた、最初で最後だった。パメラのいまの気もちはあのときと似てるのかもしれないと思うと、それだけで胸が悲しくなった。でも、とノリーは考えてみた、「ほんとのことといって、あのカールって子にいじわるを言われたり、他の子たちにからかわれたりしたのって、そんなにヤなことだったっけ？」ノリーのなかでは、そのときのことはずっとずっと前のできごとだったから、もうそんなにひどくつらい、悲しいことっていう感じがしなかった。でももしかしたら、そんなに永えんにはつづかなかったからかもしれない。「とまる、ねる、ころがる」みたいに、何だって、何度も何度もくり返すもののほうが、頭にのこる。（あんまりしょっちゅう起こりすぎて、いちいち気がつかないようなものはべつだけれど。）映画の『ネバーエンディング・ストーリー』の中で、ところどころすごくはっきり覚えてる場面があって、たとえば男の子が出会う岩食べ巨人や、空とぶ犬なんかがそうだった。お姫さま役の女の子も出てきて、その子は死にそうになったりして、重要な役なんだけど、でもじつはわき役で、ヒロインは男の子のほうだった。そんなふうに、映画のある部分はぼんやりしか思いだせないのに、ところどころとてもくっきり、いきいきと覚えてるのは、もしかしたら、さいきんお母さんが借りてきてくれたべつのビデオの予告へんかなにかで『ネバーエンディング・ストーリー』の広告を見たせいかもしれない。最初のほうで、いじめっ子たちがヒロインの男の子をゴミバケツに放りこむんだけど、最後には、ヒロインの子がその子たちを三人まとめてバケツに放りこむ。それからだれかの馬が底なし沼にしずんで死んでしまう。でももしかしたらそれは『ネバーエンディング・ストーリー2』のほうだったかもしれない。このあいだ大聖堂の売店でお父さんに買ってもらった本に、そのシーンに似た話が書いてあった。一人の人がべつの人に、うんと泥んこの道にぼうしが浮かんでいるのを見ませんでしたか、と聞いて、その人が「いいえ、見ませんでしたよ。どうしてですか？」と聞くと、最初の人が「いや、馬に乗ってぼうしをかぶった人をさがしているものですから」と言う。

クラスの男の子たちにいじわるされたとき、ノリーはフィスカー先生のところに言いつけにいった。フィスカー先生は上級クラスの先生で、午後の英語の時間を教えていた（午前中はバイ先生《ラオ・シー》の中国語の時間だった）。ところが先生は、自分で問題を解決するよう努力してごらんなさい、相手が年長の子でも立ちむかわなければだめよ、と言った。「ほうらノリー、告げ口屋さんのとんがりお口がどんどん伸びてきたわよ」――これはフィスカー先生の口ぐせだった。先生は告げ口が大きらいで、いつも「告げ口は大きいことだけ、小さいことの告げ口は禁止」と言っていた。たとえばだれかがわざとだれかの指をドアにはさんでけがさせたとか、そういう大きいことなら告げ口してもよかった。でもノリーのお父さんたちは、先生が男の子たちに注意しなかったのはまちがってると言った。けど、いじわるはあるときぴたっとなくなった。いまはもう、ノリーの頭のなかにしか残ってない。

カールに毒虫のいっぱい入ったプールに突きおとすぞと言われたとき、ノリーはムカッときたけど、やっとこう言いかえしただけだった、「なによ、あんたなんかデブちんのくせに」

そしたらカールは「お前のおケツのほうがデブちんだね」と言った。

ノリーはうっかり吹きだしてしまった。するとカールはノリーを指さして「やーい、やーい、笑った！　自分でおもしろがってやんの！」と言った。というわけで、このけんかはノリーの圧敗だった。こういうときに吹きだしちゃうと、すごく馬鹿みたいに見える。とにかくカールは理くつぬきにノリーがきらいで、ノリーもカールがきらいだった。

でも、その年に起こった他のことは、もうその部分以外はよく思いだせなかった。イギリス語では「その部分」のことを〝ザット・ビット〟と言う。だれかに家においでよと言うときも〝カム・オーヴァー〟じゃなく〝カム・ラウンド〟と言う。さいきんでは、モンテッソーリ校で習った授業やワークを（数字ピラミッドや地理パズルみたいなちょっとした問題のことを、モンテッソーリ校では〝ワーク〟と言っていた）どういう順番で習ったかも、もうあまり思いだせなくなってきた。クラスの子の名前も、もう何人か忘れちゃってる子がいた。とちゅうで転校してしまったけど、ステフィっていうすごくいい子がいて、その子のことは、よく覚えていた。ノリーはステフィのおたん生パーティに呼ばれて、プールでぱしゃぱしゃやってるうちに深いほうに行っちゃって、水を百ガロンくらい飲んで、芝生の上に少しもどしてしまった。プレゼントにあげたのはガラスのクツで、そのときの包み紙は今まででノリーが作ったなかの最高けっ作で、女の子がボートに乗っていて、その横にヤナギの木が生えてる絵だった。ノリーはいまでもときどき、あのガラスのクツのことを考えた。ガラス屋さんが手作りしたもので、ペーパーウェイトだったけど、ほんとにお人形にはかせることもできた。うっとりするほどきれいで、ノリーもあんなのがほしかった。でもステフィはお家《うち》がラフィエットに引っこしたので、学校もべつべつになってしまった。だから、ステフィとはもうそれっきりおたん生会ができなかった。

ノリーはときどき、大きくなったら、自分の昔のことをほんのちょっとしか覚えてられないかもしれないと思って、すごく心配になることがあった。大きくなったら、大きくなってから起こったこととか、いま起こっていること――きのうとか、おとといとか、うんとがんばっても前の週のおわりのほうとか――しか覚えてられないかもしれない。だれでも、生きているときは「きょう」だ。そのきょうだって、一日のうちに小さなできごとが何千万億個も起こって、夜ねるころにはもうぜんぶは思いだせなくなっている。なにか特別なことでもないかぎり忘れてしまう。たとえばだれかが「けさ定規を落っことしたこと、覚えてる?」とか聞いてくれれば思いだすかもしれないけど、そうでなければ、もうごっちゃになって、わからなくなる。

もちろん、どうやったって思いだすのはムリで、あきらめるしかないことだってある。覚えてられたらすてきだけど、そんなのぜったいに不可能なこと。たとえば、お母さんの「シキュウ」の中にいたときのことなんかがそうだ。うんと小っちゃい子供は覚えてる、という人もいる。ノリーはある日チビすけに、ママのおなかの中に小っちゃくなって入ってたときのこと覚えてる?と聞いたことがある。そしたらチビすけはこう言った、「うん、あのね、ママのポンポンはね、いろんなものがいっぱいあったよ。じょうききかんしゃがあってね、いっぱいいっぱいあったの。じょうききかんしゃはね、シティオブトルロとね、ロードオブジアイルとね、あとマラードがあったよ。あと、じょうききかんしゃの絵とね、おもちゃのとね、飛ぶやつとね、ぜんぶいっぱい、いっぱいあったよ」。もちろん、お母さんのシキュウの中におもちゃはなかったと思うけど、もしかしたら腸がぐるぐるうずをまいてるのがそんなふうに見えたのかもしれない。食べ物が消化されて、貨物列車みたいにつながって自分のまわりをぐるぐる動いてくのを、覚えてたのかもしれない。でもたぶんちがうと思うけど。

でも、せめて三さいぐらいのときのことを覚えてられたらいいのになあ、と思う。それだったらそんなにムリじゃない気がする。だってチビすけはびっくりするくらいたくさんのことを知っていて、でもまだ二さいなのだ。なのにノリーは三さいのときのことを、ほんのちょびっとっきりしか覚えてない。八さいのときのことは覚えてるし、七さいのときも覚えてる、五さいもまだまだいっぱい覚えてる——でも、そこから先はもう、うにゃむにゃだった。四さいのことで覚えてるのは、おたん生パーティのことだけで、それはマーメイド・パーティで、なぜかというと、そのころはビデオで『リトル・マーメイド』ばっかり見てたからだ。

それでも一つだけ、これだけはぜったいに忘れないようにして、あとの自分にバトンタッチしようと心に決めてることがあった。毎年ノリーは一つ年が大きくなるたびに、お父さんとお母さんにこう言うようにしていた、「あたしが五さいになったとき、いま五さいでこんど六さいになるのって言ってたでしょ？　それで六さいのときは、いま六さいでこんど七さいになるって言ってたでしょ？　七さいのときは、いま七さいでこんど八さいになるって言ってて、八さいになったら八さいでこんど九さいって言ってたでしょ？　だから今は九さいで、こんど十さいになるの」。そうやって、毎年ちょっとずつ長くなっていくけど、こうすれば前のときのことも忘れないでいられる。ノリーは早く十三さいになりたいと思っていた。十三さいはもうお姉さんで、よく大きな字で書いてある〝十二さい以下のお子様は付きそえません〟という看板も、もう見ないですむ。もう一つ、ノリーが忘れないように毎年努力してることがあって、それはお父さんお母さんにちょっとずつ借りたままになってるお金をちゃんと返す、ということだった。車の中でひろった、自分のだと思ったけどそうじゃないかもしれないコインだとか、お人形の服とかを買ってもらって、家に帰ったらお小づかいのなかからベンショウするからと言ってたのに忘れちゃったのだとか、だれかのおたん生プレゼントを買いにいって、おサイフを忘れたのでかわりに出してもらった分とか、そういうのだ。一週間ぐらい忘れてて、でもまた思いだしてつぎの週にバトンタッチして、また一週間ぐらい忘れて、また思いだしてバトンタッチして、そうやって頭の中で足し算したり引き算したりしてるうちに、いくらだかわからなくなってきちゃって、どうしようと思ったけど、こう考えることにした、「まあいいや、大人になったらお母さんたちに百ドルはらおう。それならきっと借りたぶんをぜんぶ足したぐらいになるだろうから」。それでもう、頭の中でいちいち計算しなくてもいいことになった。

25　最後のワラ

フィスカー先生はとってもいい先生で、記憶力が超すごくて、クラスのどの子が何ができて何をまだ習ってないか、ぜんぶ頭の中に入っていた。それに、クラスをいつも静かにさせて、めいめいのワークをさせるようにするのがじょうずだった。モンテッソーリの先生は、みんなそうしなくちゃいけなくて、理由は、一人一人の子のレベルがバラバラで、みんながちがうことをやっていて、一つのクラスにいろんな年の子がいたからだ。ノリーのクラスにも、七さいの子がいたし、十一さいの子もいた。「六たす五は」みたいなことをやってる子もいれば、「光が地球まで届くのにかかった秒数わる光の速度」とかをやってる子もいて、フィスカー先生は、どっちにもりんきほうへんに答えられた。国語も、ある子はまだ単語をシラブルに分けるところをやっていて、べつの子は、名詞は大きい黒い三角形、動詞は大きい赤の丸で、その理由は、動詞は動きだから、赤いボールがころころころがるのに似てるから、というようなことを習っていた。それからこゆう名詞は、よく忘れちゃったけど、たぶんむらさき色の長《なが》三角で、“a”とか“an”とか“the”とかは空色だったか紺色だったかのま三角、そしてけいよう詞は空色か紺色か、どっちか“a”や“the”じゃないほうの色のま三角。あと副詞は小さいオレンジの丸。みんなそれを一つ一つ、センテンスの上についてる形に色をぬりながら覚えていくんだけど、まだ黒三角のところをやってる子もいれば、小さいオレンジの丸まで進んでる子もいた。あと、カギ穴の形とか、グリーンの半月の形とか、まだまだいっぱいあったけど、ノリーはそこまでいかなかった。でもこれはモンテッソーリ校のために特別に考えられたやりかただったから、スレル小では、だれもこの文法の形のことは知らなかった。だからノリーが、名詞はどうして黒い三角形なんだろう、底辺がどっしりしてて動かない感じが名詞っぽいからかなとか、いっぱいいろいろ考えた時間はみんな、こっちの先生から見ればぜんぜん焼け石に泡かもしれなかった。でもノリーはいまでも「動詞はころがるから赤い丸」というふうに考えるのが好きで、それはたとえば「重さは青い三角、力は赤い丸」みたいに、いま習っているべつのことにも応用できた。

そんなふうにモンテッソーリ校のクラスでは、生徒の頭の中に、それぞれにちがう文法の形とか、計算のやりかたがごちゃごちゃにつまってて、なのにフィスカー先生はそれをぜんぶ、あの子はあのレベル、というふうに、一つの頭の中に入れてて、それだけでもフィスカー先生はすごいと思った。カールがいなくなってからはノリーもクラスにとけこんで、フィスカー先生とも仲よくなって、いろんなことをお話しした。でもフィスカー先生が、もうすぐ結婚して遠いところに行っちゃうのよと教えてくれたときには、ものすごくびっくりした。フィスカー先生みたいに落ちついてて、堂々とした感じの先生が結婚するなんて、なんだかすごくふしぎな気がした。もちろん先生は前にも結婚したことがあって、十八さいの男の子がいるのはわかってたけど、みんなそのことをほんとうには考えたことがなかった。先生のお家《うち》のこととかは、だれもあんまり知らなかった。先生の家には、すごいあばれんぼのネコがいて、先生が朝目をさますと、そこらじゅうを走りまわって、ビンやなんかを床に落とした。ほんとにすごくあばれんぼのネコだった。前に先生の子供がひざのしじつをしたとき、そのネコがひざの上にとびのって、ほんとに天井まで飛びあがりそうになった。もしも先生を一からぜんぶデザインするとしても、フィスカー先生よりいい先生はぜったいにデザインできないと思う。でもフィスカー先生が最後に学校に来たのは学期末のしゃおん会のときで、そのときのメイン・ディッシュはおっきなブタの丸焼きだった。ブタの頭だけべつに大きなお皿にのせて、テーブルのまん中にどかんと置いてあった。ノリーが思うに、ブタの丸焼きは、しゃおん会のお料理にはあんまり適してないと思う。小さい子たちが頭を見てこわがるし、ノリーみたいな大きい子たちが見てもブキミだからだ。ブタが目をつぶってるのが、すごくよくわかっていやだった。ノリーはちょこっとだけ味見したけど、ほんとにちょこっとだけだった。それがフィスカー先生と会った最後だった。

フィスカー先生のあとに来たのはベリル先生で、ベリル先生もいい先生だったけど、フィスカー先生とはぜんぜんちがっていた。フィスカー先生は、自分のことはほんの少し、たとえばネコが朝あばれたこととかしか言わないようにしてたけど、ベリル先生は自分の話ばかりした。それにベリル先生は"dicotyledon"とか"pinnate"とか"microeconomics"とか、ものすごくむつかしいスペリングを教えたがった。たぶん先生は十一さいぐらいの大きい子にしか興味がなくて、その子たちが大学に行けるようにするので頭がせいいっぱいで、もっと下の子たちがまだ"really"とか"tomorrow"とか"would"とか"unknown"を一生けんめい頭に入れようとしていることなんて、すっかり忘れてたんだと思う。ノリーは"tomorrow"をどうしても"tomaro"と書いてしまうクセがなおらなかった。算数だって、ベリル先生になってから、きゅうに「へいほんこん」とか「代数」とかがいっぱい出てきて、xとかyとか、なにかをインスウブンカイしたりする話になって、でもノリーはまだ九九を覚えるので必死だった。友だちのバーニスは、「xとかyとかって、ブラするようになってからやるもんよ、ぜぇったい」と言っていた。

おかげでノリーは授業にぜんぜん集中できなくなって、かべにはってある一週間の時間わり表をながめて、「曜日のSuMTWTHFRSって〝smothers with furs（毛皮でちっそくさせる）〟の略みたい」とか考えたり、たまにバーニスと二人して、すごいいきおいでコッコツ笑いをしたりした（バーニスはものすごいコッコツ笑い魔だった）。二人とも、ほんとに泣きそうになりながら、おたがい「やめて、もうこれ以上笑ったら死んじゃう」っていう目をするんだけど、それでますます笑っちゃって、ついにベリル先生のカミナリが落ちる。〝コッコツ笑い〟っていうのは、あんまりおかしすぎて、笑い声がのどの奥でコッコツいう音になっちゃう笑いかたのこと。いちどベリル先生がカンカンに怒って、ノリーの連らく帳に、おたくのお子さんはもっと集中力をきたえる努力をしなければいけません、いつも他の子が何をしているのか気にしたり、くすくす笑って他の子が勉強するのをじゃましてばかりいるのは、ノリーの**チメイ的欠かん**です、と書いた。ベリル先生は、それを読みあげながら、**チメイ的欠かん**の部分にビュッビュッビュッと線を三本ひいた。ノリーはすこしはなれたところに立って、べつのことを考えてるか、なにも考えてないふりをしてたけれど、そのことばはすごくはっきり聞こえた。そのときのノリーにはまだ〝チメイ的〟というのがどういうことなのか、よくわからなかった。でもこっちの学校に来て、古典でアキレスとかのヒロインのことを習うようになったから、いまはもうわかる。

〝チメイ的〟というのは、ラクダの背骨が折れる最後のワラ、というのとだいたい同じ意味だ。〝最後のワラ《ラスト・ストロー》〟は、ファミレスとかにあるストローを取りだす機械の中に、もうあと一本しかストローが残ってなくて、それを取っちゃったら、あとの人はシェイクを飲むのにストローなしでがまんしなくちゃいけないという意味です……というのは**まっ赤な**うそ。子供はみんな、うんと小っちゃい子でも、シェイクを飲むときは、ふつうに口で飲むんじゃなく、ストローで飲みたがる。きっとストローで飲むと、魔法の力で「ちちんぷいぷい、シェイクよあがれ！」と命令してるみたいな気になれるからだと思う。

でも、ワラのせいでラクダの背骨が折れる、というのは、あんまり感心なたとえじゃない気がする。だって、背骨が折れちゃうだなんて、あまりにラクダがかわいそすぎる。ラクダが聞いたらきっとすごくいやがると思う。だいいちラクダの背骨は、すごくじょうぶだ。乗ったことのある人ならわかると思うけど、ラクダは二人くらい楽勝で乗せられるし、もしかしたら三人だっていけるかもしれない。人間を二人か三人乗せられるんなら、ワラなんて、もういっぱいいっぱい、すごくいっぱい乗せられるはずだ。人間はすごく重いけど、ワラは空気みたいに軽い。ワラ一本はたぶん千分の一グラムぐらいで、二本だと千分の二グラムで、三本だと千分の三グラムで、そうやってどんどんどんどん乗っけていっても、まだぜんぜん軽い。ワラを集めてうんと重くしようと思ったら、よく車で何時間もかかる遠くのお屋しきを見学に行くとちゅう、畑のところどころにワラがこんもりした山の形や四角い形につみ重ねてある、あれっくらいの大きさになって、ラクダの背中にロープでしばりつけようとしても、きっとドサッと落っこちちゃう。それで山をしばってるロープの下に、最後の一本のワラをうんとそっと入れようとしても、それだけで山のバランスがくずれて、ラクダのおなかにくくりつけてあるロープがずれて（もしかしたらまさつで〝インドつねり〟をされたみたくヒリヒリになっちゃうかもしれない）、山ぜんたいが地面に落っこちる。機械を使ってワラをうんと小さく、角砂糖くらいの大きさに圧しゅくして、重くてもち上げられないからかっ車でもち上げて、ラクダの背中の上にならべればできるかもしれないけど、たぶんそんなことだれもやらないと思う。

それにもう一つ、ラクダはほにゅう類で、ほにゅう類はとてもかしこい生き物だ。だから、そんなふうにされてじっとしてるはずがない。背中に乗っかった荷物がどうしようもなく重くなってきたら、きっとラクダがよくやるみたいに、前足を折ってひざをついちゃうと思う。そんなすごい大ケガをするまで、ただぼんやりつっ立ってるはずがない。ラクダは怒るとけっこうこわい。まず第一に、ものすごく大量のつばを口から吐く。『タンタン』のハドック船長も一ぺんやられた。ラクダのあごの下をくすぐってたら、とつぜん、ブシューン！　船長の顔がなくなって、かわりにラクダのつばがそこにある。だからラクダの背中に最後のワラを乗っける係の人は、つばに要注意したほうがいい。それと、もしそのときノリーが近くにいたら、ノリーにも要注意したほうがいい。なぜかというと、前に動物園でラクダを見たときに、ラクダのひざが、やわらかい砂じゃなくて固い石のうえにばかりひざをつくせいで、灰色になってとても痛そうで、ノリーもいちど海で泳いでて岩でひざを切ったことがあって、その傷がしばらくしてまた開いてまた血が出て、思ってたよりずっとすごい傷になったことがあって、だからひざがケガするとどんなに痛いかよく知っていた。もしも砂ばくで、だれかがラクダの背中に背骨が折れそうになるくらいたくさんワラを乗っけようとしてるのを見たら、ノリーはぜったい前に立ちはだかってこう言ってやる、「やめなさい！　あなたたちのしていることはチメイ的欠かんよ！　このままじゃラクダが死んでしまうわ！」

　そうだ、こういうのこそほんとうのチメイ的欠かんだ。ベリル先生のことばの使いかたはぜんぜんまちがってる。たしかにノリーはときどき少しおしゃべりしちゃうことがあったけど、そんなの今までのどの学校でだってそうだったし、きっと生まれつきのおしゃべりなんだからしょうがない。それに他の子なんかノリーの五万倍くらいおしゃべりで、大声でわめいたり物を投げたりする子もいたし、ノリーはあのときはまだ八さい（こんど九さいの八さい）だった。午前中の中国語のときは、ノリーは〝チメイ的欠かん〟はほとんどしなくて、でもやっぱりときどきついうっかり、バーニスやデビーとおしゃべりすることがあった。中国語のバイ先生《ラオ・シー》は、ベリル先生よりもずっときびしくて、ときどきバーニスが、先生にわからないようなスラングっぽい英語を小っちゃい声で言ってからかったりしたときに、とてもこわい声で中国語でしかったけど、それでもベリル先生みたいにヒステリックは起こさなかった。朝は毎日、クラスみんなで校舎の前の運動場に立って、イー、アール、サン、と数をかぞえながら、中国体そうをやった。バイ先生は銀色の笛をピッピッと吹いた。ときどき笛を歯でくわえることもあった。バイ先生は銀歯が一本あった。

26 シッターさんちのジョーが見たこわい夢のこと

ノリーのお父さんお母さんは、ベリル先生のことをあまりいい先生だと思ってなくて、〝チメイ的欠かん〟のことがあってからはますますそうで、それで夕ごはんを食べながら、来年どうするかで、ああでもない、こうでもない、そうでもないと話しあった。そうしてとうとう、いま住んでる家をだれかに貸して、「イギリスに住んじゃえ！」ということになった。イギリスに来てよかったのは、こっちの学校には先生がいっぱいいて、それぞれの先生が、得意なことと、そんなに得意じゃないことがあるっていうことだった。だから、どこまでいってもベリル先生ばっかり、ということは、もうなかった。毎朝学校までは、お母さんがノリーとチビすけを送ってくれた。ノリーはブレザーとネクタイとグレーのスカートをはいてバックパックをしょって、チビすけも、ノリーのを小さくしたみたいなすごくかわいい保育園の制服を着て、帰りはお父さんかお母さんがむかえにきて、もしもチビすけがうまいことベビーカーの中で眠っててくれれば、大聖堂の近くのティーハウスに行って、ペパーミント・ティーと、横にホイップクリームがちょぼっとついてるチョコレートケーキを食べた。そうして本を読んだり、その日あったことをお話ししたりした。

どんな人も、世の中でなにかの役割がある。たとえばレンガを作る人もいるし、チョコレートケーキを作る人もいる。新しい強力ボンドとか、マグネット式マリオネットとかを発明する人もいる。笛の中に、くるくるまわるあのちびっちゃい玉を入れる人もいる。もちろん、すごく役に立つ人もいれば、そんなでもない人もいるだろうけど。ノリーの役割は、たぶん大きくなって歯医者さんになって、みんなの歯をなおしてあげること。ノリーのお母さんの役割は、ノリーとチビすけに、ウソをついちゃいけませんとか、人にいじわるしちゃいけませんとか、いろんなことを教えること。お父さんの役割は、みんなが眠くなるのの役に立つ本を書くこと。ノリーが眠くなるのの役に立つ本は、「ガーフィールド」のまんがや、「タンタン」の本や、あと学校のリーダーの『ザンジバル号のそうなん』――でもこれは、おぼれ死んだ牛が、手も足も上にむけてたおれてるっていう場面が、ちょっといやだったけど。もうあとちょっとで目が閉じちゃいそうなときは、字が大きくて手書きっぽくて、こわいことが一ミリも出てこない、楽しい本を読むようにする。タンタンはイギリスでも有名だけど、ガーフィールドはアメリカほど有名じゃない。ガーフィールドのまんがで、ネコのガーフィールドが記おくそう失になる話があって、ガーフィールドが、たいへんだ、記おくがなくなっちゃったよ、と言って、ジョンも心配してるんだと言って、それからテーブルの上にあおむけにねて、ちょっとうしろを見て、背泳ぎするみたく片手をうしろに伸ばして、指を立ててケーキのクリームをすくって「でも腹ぺこなのは覚えてるみたいだな」と言う。じゃなくて「腹ぺこなのは覚えてたっけな?」だったかもしれない。

夜ねるとき、こわい夢を見ないようにするコツは、ねる直前にマンガっぽい、楽しい本を見ることだ。それでもこわい夢は、ときどきそんなのおかまいなしに頭のなかに飛びこんでくる。たとえば映画で見たことなんかがそうだ。パロアルトに住んでたころ、ガールスカウトのお母さんで、大人が見るようなこわい映画を子供たちに見せるのがしゅみの人がいた。ノリーはその子の家で、お母さんがじつは悪魔で、キバが黄色くて目の中がぜんぶまっ白、というのを見ちゃったことがあった。ノリーはその映画のことをなるべく考えないようにして、考えないようにしてることも考えないようにした、でないと強力に頭の中にこびりついて、いちど考えちゃうと考えるのをやめられなくなって、そのことを考えないようにするにはもっとこわいことを考えるしかなくて、もっとこわいことを考えないようにするには、もっともっとこわいことを考えるしかなくて、とうとう頭の中がこわいことだらけになって、朝までぬけ出せなくなっちゃうからだ。

たまに、他の部分はぜんぜんこわくないのに、一か所だけきゅうにこわくなる映画もある。前に見た映画で、男の子が飛行機に乗ってたら、パイロットの人が心ぞう発作で死んじゃって、飛行機がカナダのどこかに落っこちて、ヒロインの男の子は一人ぼっちで森の中で生きぬいて、最後に助かる、というのがあった。全体的にはとてもおもしろい映画だったけど、一か所だけ、男の子が何かだいじなものを取りにいこうとして、沼のまん中に浮かんでる飛行機のところまで泳いでいくシーンがあって、水の中に飛びこんだしゅん間、きゅうにこわい音楽が鳴って、底のほうから死んだ人のうすむらさき色っぽい顔がニュッと出てきた。そんなこわいシーンがあるなんて、だれも最初に言ってくれなかった。そういうのはぜったい、ビデオの箱のところに「これはとてもいい映画ですけど、一か所だけ心ぞうが止まるくらいこわいシーンがあって、どんなに忘れようとしても一生忘れられなくなるかもしれません（それと、男の子が芋虫を食べる気持ちわるいシーンもあります）」とか書いておくべきだと思う。でも最近では、もうその映画のこともあんまり思いださなくなった。外国に住んでると、毎日毎日、山のように新しいことが頭の中に入ってくるから、見る夢も変わっちゃうのかもしれない。もひとつこわかったのは、男の子が犬ぞりレースに出る映画で、最初はぜんぜんふつうの映画だったのに、とちゅうできゅうに死体を出すことを思いついて、夜、男の子が犬ぞりで走ってたら、死体がどこかからすべってきてそりに当たって、死体は地面のこぶにぶつかってぴょこんと起きあがって、紙みたいなまっ白な死人っぽい顔が、うしろ向きにこっちを見る。

　もしかしたら、こわくなくするためにみんながよくやる一つの方法は、一つの映画を何度も何度も何度も見ることで、そしたら脳みそにまめができて、ラクダのひざみたいにかたくなって、もう何も感じなくなる。でも、やりすぎてカチカチになっちゃうってこともあると思うから、あんまりやりすぎるのはよくない。それより、こわい気分を変えるんだったら、もっといい方法がある。たとえばこわい夢を見て、すごくこわい気分で目をさまして、でも外はまだまっ暗というときには、ぜったいにこわい気もちのままねないこと。そういうときは、自分で夢をいい形に変えちゃえばいい。ノリーはいつもこんなふうに自分に言い聞かせている、「いいこと、これはあたしの夢なのよ。あたしの頭の中から出てきたことなんだから、自分の力で変えれるはず。せっかく目をさましたんだから、ちょっと手なおしってやつをしちゃえばいいのよ」。ジョーにもこの方法を教えてあげた。ジョーはベビーシッターのルースの子供で、こわい夢を見たというので、教えてあげた。ジョーは前は、アフリカの中にあるエチオピアという国に住んでて、そこではぜんぜんまるきりちがうアフリカン・アメリカンの人たち（じゃなくてアフリカン・アフリカン？）のことばをしゃべってたのに、パロアルトに来てたったの一年で、すごくじょうずに英語がしゃべれるようになった。ジョーが見たこわい夢というのは、ジョーがお父さんと歩いてたら、知らない男の人が木から飛びおりてきて、「ンフォヤ、ンフォヤ！」とか、そんなようなことばを言って、それは「死んだ、死んだ！」という意味だった。その人が指さすほうを見たら、骨が落ちていた。お父さんはその人のことをジョーの友だちか、ただの親切な人だろうと思ってて、それでお父さんがよそ見をしたすきに、その人はジョーの首にがぶっとかみついた。ジョーが「ぎゃー」と言うと、お父さんがびっくりしてふりかえった。それからお父さんはその人と戦って、その人の首をしめて、頭を石にぶつけて殺してしまった。そしたらその人の奥さんがやって来て、ものすごく怒りだした。その人たちは、どうやら人食い人種みたいだった。奥さんはジョーを何もかも、手取り足取り食べてしまった。それでジョーは骨だけになって、道ばたの草むらにころがっていて、そこでおしまい。

ノリーはジョーに言った、「うーん、たしかにけっこうこわいかも。でも、そういうときは、あとを自分で変えちゃえばいいのよ。ちょっとやってみせたげるね。……するとお父さんはジョーの骨を見て言いました、『これはたいへんだ、すぐに病院に連れていかなくちゃ』。お父さんはジョーの骨をぜんぶ袋に入れて、病院に行きました。『すみません、この子をなおしてもらえませんか？』とお父さんは言いました」

ジョーは言った、「そうしたらお医者さんが、『ええ、いいですよ、でも二千ドルかかります』って言うんだ」

「そう」とノリーは言った、「でもお父さんはちょうど宝くじが当たったばかりだったので、ポケットからおサイフを出してこう言いました、『やあ、きょうはツイてるなあ！』」

「そしたらお医者さんはぼくを機械に入れて、足とか手とかをぜんぶ元どおりにくっつけて、人工心ぞうとか、人工肝ぞうとかもぜんぶつけてくれました」とジョーが言った。「そしてぼくは目をさましてお父さんを見て、こう言いました、『あれ、パパ！　ここどこ？』」

27　ノリーの博物館

それはパロアルトの家に住んでたときで、その日はお父さんとお母さんがお夕食に出かけたので、ベビーシッターのルースが来てくれた。その同じ日、ノリーはジョーに、アフリカには日本レストランのウィンドウにかざってあるような、あんなきれいな日本料理のサンプルってあった？と聞いた。ジョーは、なかったと答えた。アフリカでは、日本はそんなに有名じゃないからだ。そこでこんどは、日本料理のサンプルは好き？と聞いてみた。ジョーは好き、と答えた。そこでノリーは、いろんな国の料理のサンプルを集めて博物館を作るアイデアのことを話した。うんときれいなほんもののお皿を用意して、その上に料理のサンプルをならべる。ひと部屋だけの小っちゃい博物館で、ガラスのショーケースがずらっとおいてある。ぜんぶの日本レストランに行って、ぜんぶのおもちゃ屋さんに電話をかける。子供のあそび場所とギフトショップも作る。何千っていうおもちゃ屋さんが一度にたくさんサンプルを送ってくれるから、もし同じのがあったら、それも安くで売る。サンプルはたぶんほとんどが果物か野菜か、それか日本の、たとえばのりをコーン型に巻いて中にお米がつめてあって、カニの肉がかかってるような料理になると思う。子供コーナーにはプラスチックのお皿を用意して、でもそれもちゃんときれいな絵がついたのにする。「そういう博物館のアイデアって、どう思う？」とノリーは聞いた。

「いいと思う」とジョーは言った。それからジョーは、前に学校にえいようその話をしに来たおばさんがいて、その人が食べ物のサンプルをものすごくたくさんもってきた、という話をした。チョコチップクッキーがあんまりリアルだったので、ジョーはてっきりほんものだと思った。お肉もすっごいクールだったよ、とジョーは言った。赤くて、向こうっかわの光がすけて見えてたんだ。

「そういうのを〝半とう明《トランスルーセント》〟っていうのよ」とノリーは言った。「〝とう明《トランスペアレント》〟は向こうの物がすけて見えてることで、向こうがわの光は見えるけど物の形は見えないのは〝半とう明《トランスルーセント》〟っていうの」。ジョーは首をこっくりさせた。ほんとうに、ジョーはびっくりするほどいろんな英語を知っていた。前に英語をぜんぜんしゃべれないときがあったなんて、ウソみたいだ。ノリーは中国語を四年も習ってたけど、ノリーが中国語を知っているのの何倍もジョーは英語を知っていた。でも、二人とも九九が苦手なところはいっしょだった。イギリスに引っこすとき、ノリーのお父さんたちは、使っていた小さい赤い車をルースにあげた。ルースは手紙をくれて、車はエンジンを新しいのとかえないといけない以外は、とても調子がいいです、と書いていた。

28 ウサギの問題

だから夜ねる前は、ガーフィールドのまんがを読んだり、お料理のサンプルの博物館を作る計画のこととか、作り物のパンを小さいお皿にどんなふうにならべようかとか、楽しくなるようなことを考えて、こわい夢を見ないように努力する。それでもときどきそれは起こって、起こっちゃうともう、どうにもできない。ジャジャーン！　こわい映像がはじまって、追いかけられて必死に走ってにげて、目をさますともう汗ぐっしょり。いちばん最近みたこわい夢は、お家《うち》のみんなでお散歩に行って、地面の穴からウサギが百ぴきぐらい顔を出してるのを見た日の夜に見た。どうしてあんなにかわいいものが、あんなこわい夢に変わっちゃうんだろう？　そんなことしていったいなんになるんだろう？　でも、もしかしたらその夢は、前に見た地図から来てるのかもしれなかった。大聖堂のそばに、何もない芝生の地面があって、でもそこは地図では「修道僧のまいそう地」と書いてあった。墓石はきれいさっぱり、一つのこらずなくなっていたけど、もしかしたら、お坊さんたちはまだ土の中にうまったままなのかもしれない。そのこわい夢の中で、ノリーははじめお坊さんで、フードみたいなものをかぶってて、毎日ウサギたちにエサをあげていた。大きな白いたるの中からセロリを出してウサギたちにあげると、ウサギたちはすごく喜んだ。ところがウサギたちが病気にかかってしまった。聖書に出てくるみたいな、目のまわりがただれる、こわい伝せん病だ。一生けん命かん病したけど、ウサギはどんどん死んでいってしまった。ノリーは森の中で毒消しの黄色い花を見つけるけど、自分も死んで、お坊さんなので、芝生の地面の、お坊さん専用の場所にうめられた。そのうちウサギたちは病気がなおって、数ももとどおりになって、地面にせっせとトンネルをほりだした。するとこんどはノリーはウサギになっていて、土を歯でコリコリかじってほりすすんでいた。とつぜん、それまでとはちょっとちがう感じのものが歯に当たった。この白い、ポロポロしたものは何かしら？と思ったら、ガーン！　なんとそれは骨だった。するとまわりの地面がボロボロくずれてきて、よく見るとそこは巨でっかい地下の墓場で、おまけにノリーはお坊さんの死体のおなかのまんまん中をくぐりぬけてしまっていた。死体はミイラっぽくて、すごくブキミで、おまけになんだかモゾモゾ動きだしてたので、ウサギたちは上から何かをかぶせようとした。そしたらノリーはいつのまにか飛行機で空を飛んでて、飛行機がガソリンがなくなって、方向感覚がわからなくなった。飛行機がきりもみせん回をはじめたので、ノリーはパラシュートで脱出して、地面にドシンとぶつかって気ぜつした。ウサギたちはパラシュートが地面にふんわり広がるのを見て、「そうだ、あの布ならお坊さんの死体にかけるのにぴったりだわ！」と考えた。そしてみんなでパラシュートを歯でくわえて、うんしょこらしょと引っぱって、でもノリーはまだパラシュートとひもでつながったままだったので、いっしょに穴の中に引っぱっていかれて、はっと目をさましたらそこは地面の下で、まわりじゅうでウサギがはね回ってて、すぐ横にこんもりした、なんだかいやな感じのものがあって、パラシュートが上からかけてあった。ノリーがパラシュートをどけてみると、しわくちゃの死体の顔が目と口を一度にぐわっと開けて、まっ黒なベロがだらんとたれた。というところで目がさめて、ほんとうの世界にもどった。

こんな、いちばんこわいところで目がさめちゃうなんて、もうほんとに最悪だった。ベッドを出て、バスルームまでよろよろ歩いていったら、またまた最悪なことに、鏡の上の電球が切れてて、外の道路の明かりが入ってくるだけで、あとはまっ暗だった。だからノリーはお父さんたちの部屋に行って、「こわい夢みたの」と言ったら、お母さんが手を伸ばしてノリーのうでや手をぎゅっとして、むにゃむにゃした声で「いい子いい子、かわいそうに。何も心配することないから、もう忘れなさい。いい子ね、おやすみ」と言って、口でチュッとキスの音をたてた。

ノリーは「おやすみママ」と言って、とぼとぼ部屋にもどったけど、まだおなかのあたりにこわさのかたまりが残ってて、ベッドのおふとんを見たら、「だめ、一人でこの中に入るなんて、やっぱりムリ」と思って、まわれ右してまたお父さんたちの部屋に行って、「ねえ、やっぱりまだこわいの。ここでねちゃだめ?」と言った。でもお父さんたちは、どんなときでもぜったいにベッドの中には入れてくれなくて、なのにチビすけは二さいになるまでいっしょにねかせてもらってて、なんだかちょっと不公平だった。でもノリーも、ときどき朝行くと入れてもらえることがあって、お母さんが毛布のはしっこをもち上げて「はい、どうぞ」と言ってくれると、すごく幸せな気分になった。

そしたらお父さんが起きあがって「おいで、ベッドまでついていってあげよう」と言った。お父さんはノリーをベッドにねかせて、上から毛布をかけてくれて、頭をなぜながら「もうだいじょうぶ、何もこわいことなんかないからね。頭の中がお日さまでいっぱいになるような楽しいことを考えるといい。〈スプラッシュ・マウンテン〉のことでもいいし、せんすの部屋があった博物館でお茶を飲んだことでも、オクスバーグ館から外の景色を見たことでもいい。デビーと庭のスプリンクラーで遊んだことだっていい」と言った。

「でもまだすごくこわいの」とノリーは言った、「ご本を読んじゃだめ?」

「こんな夜中に?」とお父さんは言った、「まあ、どうしても頭が切りかえられないっていうんなら、読んでごらん。おやすみ、お姫さま」

「おやすみ、パパ」とノリーは言って、ライトをつけて、リーダソン用の本をちょこっと読んだ。リーダソンっていうのは、学校でやってる読書コンクールのことで、みんなが読んだ本のぶんだけ、白血病にお金が寄ふされる。いま読んでる本はすごくおもしろくて、メンドリがいろいろな乗り物に乗って、そのたびになにか事件が起こって、でも最後にはめでたく解決する。たとえば、メンドリができたての道のアスファルトに足がくっついちゃって動けなくなって、道を平らにするローラーみたいな機械にぺちゃんこにされそうになったりする。メンドリは、だれかに助けてもらうたびに、お礼に卵を一つ生む。工事の人のヘルメットの中に生んであげたこともあった。題は『けっしてあきらめないメンドリのおはなし』というのだった。

ノリーはもうフラフラのクタクタで、かわいいメンドリの話もほんとはあんまり読みたくなかったけど、いま眠っちゃったらたいへんなことになる。ものすごくこわい夢のとちゅうで目がさめて、そのあとすぐまた眠っちゃうと、せっかくぷつんと切れた夢の切り口がまたつながって、つづきがはじまって、元のやみくもになっちゃうからだ。うんと、うんと、うんと意志が強くてしっかりした人なら、十分くらいがんばってねないでいて、そうすればこわい夢はひとりでに消えてなくなって、かわりにいい夢がはじまる。なぜかというと、人間の脳みそは忘れっぽくて、「どうもこのプログラムはいつまでたっても応答がないなあ。それじゃあつぎのプログラムをためしてみよう。なになに、料理のサンプル？　これは興味ぶかい。よし、料理のサンプルのことを考えよう」というふうに思うからだ。

ノリーは歯をくいしばってがんばったけど、もうあと一秒だって目をあけてられなくなった。でも眠っちゃうのもこわかった。だから頭の中でこう思った、「よし、もう本も読まないし眠らない、そのかわり考えごとをしよう。本を読むのは考えることだし、夢を見るのだって考えることなんだから、どっちみち考えごとはしなくちゃいけない。それでもしこわい考えが頭の中に出てきちゃったら、自分で変えればいいんだもの」。こわい夢の手口は決まっていて、思い出のなかの楽しいことや、なんでもないふつうのできごとを——たとえばウサギを見たこととか（一ぴきだけ草の上で死んでる子がいたけど)、大聖堂の地図を見たこととか——そういうものを、おそろしい、いやなものに変えてしまう。だから、こわい夢をやっつけるためには、それをまたもとどおりの楽しいことにもどせばいい。そこで考えごとをはじめたら、さっそく頭の中に、あの死体の顔がボワンと浮かんできたので、ノリーは心の中で言った。「落ちついて、にげないで、立ちむかうのよ」

ノリーは夢の中にちょこっとだけ入っていって、あたりを見まわした。すると、なあんだ。死んでると思ったお坊さんは、じつはぜんぜん死んでなくて、ただこわいお面をかぶって、ぐっすり眠ってるだけだった。しかもそのお坊さんはじつは女の子で、どこかのお姫さまで、肌は生クリームのように白く、くちびるはボイゼンベリーのように赤く、髪の毛は流れるような金色だった。どうしてそんなこわいお面をかぶって、ぼろぼろのくさったみたいな服を着てたかというと、みんなをこわがらせて、眠っているあいだにだれも近づけなくするためだった。でもノリーだけはとても勇かんだったので、お姫さまを助けて、お面を取ってあげた。お面を裏返してみると、それはプラスチックでできていた。黒いベロは中が空っぽの紙ねん土でできてて、小さいバネでビョンと外にとび出すようになっていた。お姫さまは、いっしょに力を合わせて動物の病気をなおせるような人があらわれるまで、何百年もずっと待ちつづけていたのだ。お姫さまは「こわがらせてごめんなさい。でもこうするしかなかったの」と言った。二人はウサギの穴から出て、それからノリーは何か月もかかって、お姫さまから動物の手当てのしかたを教わった。足を骨折した犬がやってきたけど、特別な白い布を巻いてあげたら、つぎの日にはすっかりなおった。骨折には、単純骨折と、複雑骨折と、若木骨折《グリーンスティック》と、三種類ある。お姫さまは救急医りょうの専門家だったので、そういうことをぜんぶ知っていた。若木骨折《グリーンスティック》は、骨が木の枝がしなるみたいに曲がって、こごもったような音がするけど、完全には折れないようなののことを言う。単純骨折は、骨がぽきんと二つにわかれて、レントゲンで見ると、骨の切り口がはっきり見える。複雑骨折は、折れた骨が皮ふを突き破って外に出ちゃうようなので、いちばん最悪でグロくて、きっとお医者さんだって見たくないと思う。前の学校にジェイソンっていう子がいて、校庭のジャングルジムから飛びおりて、単純骨折した。ムササビはよく校庭のジャングルジムから飛びおりるけど、アライグマはそんなあぶないことはしない。

そんなことを考えてるうちに、ノリーの考えは、めでたく楽しい夢に変わった。

29 キルトを作ってみよう

夜のあいだにそんなにはげしく頭を洗脳したら、つぎの朝はすっかりヘトヘトで暗い気分かっていうと、ぜんぜんそんなことはなくて、目がさめたら気分さわやか、お目目ぱっちりで、さっそく「お絵かき部屋」に行って何か新しいことをしてあそびたくなった。たとえば飛行機が出てくる〝とび出す絵本〟を作ってもいいし（座席についてる小っちゃいテーブルが開いたり閉じたりする）、ねん土でティーカップを作って、ひも状に巻いたのでちゃんとゆげも表現するとか（前に作ったやつはチビすけにこわされちゃったから）、お人形たちに着せかえしてあげながら、長いお話を作って聞かせてあげてもいいし、二ひきのバクテリアがいろいろな冒険をする『二ひきのバクテリア』という四コマまんがをかくのでもいい。バクテリアの名前は〝テリア〟と〝プードル〟で、前に本で見た、歯の上にバクテリアが二ひき立ってて、一人が「なあ、このへんほったら、おいしいぞうげ質がザクザク出てきそうだぜ」と言ってるまんがを見て、思いついた。
ノリーはベッドの中でふとんをかぶったまま、きょう一日でできそうなことを指をおって数えあげた。お絵かき、発明、なにかの研究。それか、チビすけにパズルブックを作ってあげるんでもいい。チビすけが喜びそうなものを題材にして、たとえば迷路でも、「くっさくきソロモンをじょうずに運転して、どろんこ道からこうじげんばに運んであげましょう」みたいな感じにするとか。ヴァーモント州のバーリントンに、アイリーンといういとこが住んでいて、ノリーはアイリーンと二人で、子供のための自由研究のテキストブックを作り中だった。もうノリーは何ページか書いてあって、一つは「ツリーを作ろう！」というのだった。「ツリーを作って、いいことをしたら、そのことをカードに書いて、枝にぶらさげてみよう。ますますうれしくなるよ」。自分ではツリーを作ってカードをつるしたことはなかったけど、われながらけっこういいアイデアだと思う。もう一つ、定規を作るというのも書いた。

じょう木を作ってみよう！

用意するもの
ボール紙
じょう木
ボールペン＆えんぴつ
はさみ（うすいボール紙のとき）

ボール紙があついときは、カッター（**かならず大人についてもらう！**）
作ぎょうできる場所
紙&セロテープ
そばについていてくれる大人の人

① あつい（うすい）ボール紙を切って、たて4・7インチ横1・1インチぐらいに切る。
② ボール紙を紙の上において、えんぴつで形をなぞって、1インチもしくは1センチもくしは1ミリずつ切りながら印しをつけていく。そして番号をふる
ミリかインチかセンチか書くのを忘れずに！

ノリーはまだ定規を作ったことはなくて、この定規の作りかたのページに図をかいたのがはじめてだった。あと、キルトのことも書いた。「もしあまっているきれがあったら、キルトを作ってみよう。それか刺しゅうでもいいです。すごくむつかしいけど、ぜひチャレンジしてみて！」それとももう一つは――

お話を書いてみよう！

お話を書いてみよう。とってもおもしろいよ。

(お話のみほん)

「寒い氷たいこごえそうな秋のある日のことでした。ぼろぼろの服を着たかわいそうな女の子が、道にしゃがんでぶるぶるふるえていました。」

でも、アイリーンはアメリカのヴァーモント州バーリントンに住んでて、ノリーはまだ書いたページを一つもアイリーンに送ってなかったから、ワークブック作りはカタツムリみたいにゆっくりゆっくりしか進まなかった。アイリーンはシモーヌという犬を飼ってて、とてもかわいい。

30　寒い氷たいこごえそうな秋の日の話のつづき

寒い氷たいこごえそうな秋の日の話は、ノリーの他のお話とはかなりちがっていて、なぜかというと、いままでのは、お人形たちに話して聞かせてたやつだけど、これは学校で、サーム先生の授業で書いたものだからだ。ということはつまり、これが書いてあるノートをなくさないかぎり、このお話はぜったいに忘れない。いままでに書いたところは、こうだ。

(パート1・人物のとう場)寒い氷たいこごえそうな秋のある日のことでした。ぼろぼろの服を着たかわいそうな女の子が、道にしゃがんでぶるぶるふるえていました。長くて茶色いかみの毛が顔にかかっていて、もしゃもしゃにもつれていました。でも本当は、ブラシやクシでとかせばとてもきれいなかみの毛でした。遠くで犬の泣き声がして、女の子はためいきをついて、ああわたしも犬をかって、いつも一しょに遊んだりできたらいいのになあ。「でも、きっともうだれか他の人の犬だわ」と女の子は言いました。そうして顔からかみの毛をふっと吹きました。すると、犬の泣き声がさっきより近づいた気がしました。女の子が注意して聞くと、それはシーリアム・テリアの泣き声でした。かの女は犬のことなら何でも知っていました、世界中で犬がいちばん大好きでした、よく夜中に犬の声を聞いてハッとなりました。そうするうちに泣き声はますます近くなって、肉きゅうが地面をパタパタたたく音まで聞こえそうになりました。女の子は、声がした方向に顔を向けたするとそこには小さな黒い生き物が、いて、みんながびっくりするくらい大きな音を立てたのでうれしそうな顔をしていました。犬は首わもヒモもなくて持ち主もいなくて、みんな犬のことをシッシと追いはらおうとしていました。それは女の子が心の中で、そうなればいいなあ。と思っていたとうりのことでした。かの女はがまんできなくなって、力のかぎり全速力で犬に向かって足っていきました、そして犬の首をだきしめました。温たかい息が手にかかって、やらわかな毛皮が顔にあたっていい気持ちでした。犬はほえるのをやめて、黒いきれいな瞳でかの女を見ました。シーリアム・テリアのわりには多きくて、そしてとてもたくましかったです。女の子は勇気をふりしぼって犬のそばにひざまずきました。犬に向かってにっこりほほえみかけて、あなたの名前はなに?。犬はとてもうれしそうな顔をして短かく3回ほえて、ルア、ラン、ロフとそれは聞こえた。犬がとても万足そうにしているので、女の子はきっとこの子の名前はランロフというのだわ。と思いました。かの女は「ランロフってすてきな名前ね」とい言ました。あたりを見回すと、みんながかの女たちのことをじっと見ていたので、2人はとぼとぼと歩きだしまし。わたしの名前はマリエルよ。とかの女は言て年はいくつなの。と聞くと、犬はライン。と答えました。マリエルは、きっとナインのことだわと思って、「あたしも9さいよ」と答えました。そしてもう1度「そろそろお食時にしましょう」と言いました。2人はベリーの生えているしげみのところまで来て、べリーはとてもたくさんでしげみよりも多いくらいで、そして2人は素適なベリーの夕ごはんをおなかいっぱい食べました。

(パート2・物語の発てん) マリエルは長い眠りからめざめると、ランロフがいなくなってしました。マリエルは悲しくなって、もしかしたら夢だったのかもしれない。と思いました。もう1度ランロフに会いたい、あのやわらかな毛皮や温たかい息や美しい黒い瞳をもう1度見たい。「夢が本とうならいいのに」とマリエルは言いました。「ためしに名前をよんでみようかしら」。マリエルは何度も何度も呼んだけど何も起こらなかったので、またすわって、ランロフが夢じゃなかったという証こをさがそうとしました。足あとがあったけれど、何か他のものかもしれなかった。マリエルが横になって気を、おちつけようとしたら地面の土がとてもやわらかくなっている部分があったので、起きて見たら犬の足あとのようなものがあって、でももしかしたら、わざとそこにつけてあるのかもしれませんでした。犬がふつうに歩いててそこをふんだという感じじゃなくて、ぎゅーと押しつけたような足あとだったからです。その場所はその犬のものだという印しだったのかもしれないけれど、もしかしたらそれは、もしかしたらカードのかわりかもしれなくて、もしそうなら中に、なにかお別かれのしるしのプレゼントが人っているかもしれない。マリエルは考えて、自分のものかもしれないのに開けないままよりは、自分のものじゃなくても開けてみるほうがいいわ。と思いました。なぜかというと、もし開けてみて自分のものでなければ元どうりにしておけばいいし、ランロフが夢じゃなかったという証こがほしかったし、もし犬からのプレゼントならきっとランロフからのプレゼントだと思ったからです。

するとすぐそばで奇妙なシューという音が聞こえました。マリエルがふりむくと、2ひきの大きなネコがおたがいにシューといったりニャアと泣いたりしていました、2ひきはけんかしているようでした。ちょっとあなたたち。とかの女は言った、けんかしてはいけないわ。でもネコはちっともやめないのでマリエルは2ひきのあいだにしゃがんで続けれないようにしました。おちついて。とかの女はそっと言いました、なぜかとゆうとネコはとても大きくて、ちょっとこわかったからです。ネコたちは困ったような顔になって、「何の用よ」という目でマリエルを見ました。だからマリエルはネコたちの「何の用よ」という目に、「ほんとはわかってるくせに」という目で答えました。するとネコたちは2ひきでひそひそ何か語しあいました。それはとても小さなひそひそ声だったのでマリエルは自分の心ぞうの音が聞こえるかと思いました。なぜかというと、ネコたちがとても大きいので心ぞうがとてもドキドキしていたからです。そのときマリエルはいいことを思いつきました。このネコたちと友だちになったほうがいいかもしれない、もしかしたらランロフとどこかで出合ったかもしれないし、それにネコたちはとても大きかったからです。そこで思いきってネコたちを見ることに決めました、それまではずっと空を見ていたからです。ネコたちは変なことをしていました。2ひきともシッポをまっすぐ立てて、ゆらゆらゆれながら、かの女のまわりをぐるぐる回わっていました。2ひきは反体方向に歩いていって、ゴッンとぶつかると、くるりと向きをかえて、また別の方向に歩きだしました。だから、まるで片方のネコはカガミの中にいるみたいに見えました。マリエルはしばらくじっと見ていて、ときどき本とうに片方がカガミの中にいるみたいだと思いました。なぜかというと、言うのを忘れてましたが、2ひきはそっくりで、他の人が見てもどっちがどっちかわからなかったからです。ネコたちを5分くらい見ていたら目がつかれてきたので、ちょっと他のほうを目たら、2ひきはすぐに地面にすわって丸くなりました。まるでずーとそうするのを待っていたみたいで、もしマリエルがずーと1晩じゅう見ていたらどうなっていたかわかりません。そのとき、何かがかの女をペロリとなめました。

（パート3）**つづく。**

31　オートミール

ノリーはお話の最後に「つづく」と書くのが好きだった。もちろんすぐにまたつづきを書こうと思ってそうするんだけど、パロアルトにいたころ、机の中から大むかしの、七、八さいごろに書いたお話がいっぱい出てきて、どれもこれも、いちばん最後に「つづく」と大きな字で書いたままほったらかしになっていて、それを見たときにノリーは「まあ、あたしったら、言ったことをぜんぜん守ってないじゃない」と思った。はっきり言って、ノリーのお話の最後の「つづく」は、たいてい「ぜったいつづかない」とか「そのままコロッと忘れちゃう」と同じ意味だった。それがわかったときには、ちょっぴり落ちこんだ。最後に「つづく」をつけるようになったのは、映画の『バック・トゥ・ザ・フューチャー』で最後に大きく「つづく」という字が出ておわったのを見てからだった。『バック・トゥ・ザ・フューチャー』も、『ネバーエンディング・ストーリー』と『ネバーエンディング・ストーリー2』と同じで、『バック・トゥ・ザ・フューチャー2』は『バック・トゥ・ザ・フューチャー1』と同じくらいおもしろい。

だから、もしかしたらランロフのお話のつづきはもう書かないかもしれなかった。それに、いつかつづきを書く気になったとしても、そのときにはたぶんいまよりもっとお姉さんになってるから、もうこんなの子供っぽいと思うかもしれないし、またべつのなにか変なことにこってるかもしれない。それに、クラスで書いたものを一人ずつ読みあげたとき、ノリーが女の子が犬の首をだきしめたところを読んだら、男子たちがバカにしたみたいに笑ったりゲェッという声を出したりした。きっと女っぽいとかかわいぶってるとか思ったんだろうけど、ノリーは自分ですごく気に入っているからぜんぜん平気だった。でもやっぱり、ゲェッと言われてからは、なんとなく書くのをやめてしまった。

ノリーがまだベッドの中で、寝ぼけナマコで何をして遊ぶか考えてたら、お母さんが入ってきて、早く起きなさい、と言った。それから少しして、こんどはお父さんがやって来て「ほいほい何してる、起きた起きた！」と言った。なんてこと、きょうは学校の日だった！　土曜日なのに、あんまりじゃないこと？　ノリーは鏡の中の自分とちょっとだけおしゃべりして、横からきゅうにとび出てきた歯ブラシにおどろいたようなふりをして、いろんなおどろいた顔を作ってみた。それからお人形たちをみんなねかしつけるのに、けっこう時間がかかった。アメリカからイギリスに来るとき、お人形たちはアライグマの他に十一人しか連れてこれなかった。下からお母さんの声がした。「ノリーさんノリーさん、大至急出動せよ！」それからお父さんも、「緊急警報、残り時間あと二分！」だからノリーは大あわてで学校の制服を着て、タイを結んで、あまった先っぽをスカートの中に入れて（このタイは、五年生の子にはぜんぜんにあわないように長く作りすぎてた）、下におりていってオートミールを食べた。

　電子レンジでチンしたボウルは、さわるとやけどしそうに熱かったけど、冷たい牛乳を入れたら、もつところがちょうどよくなった。お父さんはときどき電子レンジの音にあわせてハミングした。この電子レンジはすごく音がうるさくて、アメリカの家にあったのより百倍くらい大きな音がした。「アメリカ」はアメリゴ・ラスプッチという人の名前から来てて、この人は昔アメリカの地図を作ったけど、そのころの科学はいまほどちゃんとしてなかったから、あんまり正確な地図じゃなくて、でもって電子レンジはバグパイプみたいなブオーンという音がした。お父さんは、ノリーが学校で習ってきて家でよく歌う賛美歌、たとえば『かくしてかのみ足、いにしえの丘を踏み』なんかをハミングした。ときどき『せせら笑われし者、ねり歩きつつ目くばせし』みたいなインチキ歌を自分で作ってハミングすることもあった。でもお父さんには、一こおぎょうぎのわるいくせがあって、オートミールをスプーンですくって口に入れるときにも、ハミングっぽい変な声を出した。お父さんは、熱いんだからしょうがないじゃないかと言いわけしたけど、お母さんは、朝いちばんでそんなインキくさい声を聞かされる身にもなってちょうだい、と言いかえして、ノリーはいちど「フィ、ファイ・フォ・ファム、口ゲンカのにおいがするぞ」と歌ってせいいっぱいに入ったことがあった。これはお父さんとお母さんがけんかモードに入ったときによく使う手だったけど、いつもいつも成功するわけじゃなかった。それでも友だちのお家にくらべれば、ノリーの家はあんまりけんかしなかった。

アメリカにいたころは、朝ごはんはコーンフレークか、冷凍のワッフルにメープルシロップをかけたのだった。シロップは、かわいてじゃりじゃりのほんものの砂糖になったのがキャップのところにくっついてかたまって、うんともすんとも回せなくなる。でもイギリスには冷凍のワッフルは存在しなかった。チビすけは、アメリカではチェリオスにババンダ（チビすけ語でバナナのこと）をのっけたのだった。でも、こっちではみんな、というのはノリーの家ではみんなという意味だけど、みんなオートミールを食べてて、もういまではオートミールのことが好きになって、電子レンジの音にあわせてみんなで楽しく賛美歌をハミングした。チャイニーズ・モンテッソーリ校にいたときは、賛美歌の本なんて一つももってなかった。でもこっちに来てからは、宿題帳があって、賛美歌の本があって、読書感想ノートがあって、一つ一つ色のちがう科目別のノートが七つか八つあった。ノリーがいちばん好きなのは「国語・作文」のノートで、理由は色があわいブルーなのと、あと表紙にまちがえて“Engish”と書いちゃって、あとでちょこっと“l”をつけたしたのが、最初は悲しかったけど、だんだん目がなれてきたからだ。サーム先生に提出するお話はこのノートに書くことになっていて、あの犬と出会う女の子のお話もこの中に書いてあった。

スレルでは、アメリカにいたときとそれほど変わらないけれど、ほんの少しだけ変わったことをするのが、ノリーたちにはおもしろかった。こっちでは、宗教のことが前よりもずっと多かった。アメリカにいたときは、教会に行くのはクリスマスとイースターのときだけで、あとおばあちゃんが家に来ると、おばあちゃんがいつも行くので、行った。でもこっちでは週に一度、たいてい月曜日に、大聖堂でスレル校全体の礼はいがあった。ノリーが知ってるすごくおもしろい笑い話で、フライデーの笑い話というのがあって、それは「お魚がきらいな曜日はなあんだ？」「フライデー」、というのだった。この笑い話を作ったのは、たぶんぜったいイギリス人だと思う。イギリスは何でもかんでも熱い油の中に入れたがる国だからだ。ある日、家の人たちと外に朝ごはんを食べに行ったとき、お父さんがベーコンエッグをたのんだら、ベーコンがレタスみたいにチリチリにちぢこまって出てきて、それを見てお父さんは「なんてこった《ジーザス・クライスト》！　ベーコンが揚げてある！」と言った。その日にノリーは、卵を料理するお人形のアイデアを思いついた。でもイエスさまの名前をみだらに口にしたり、だれかがまちがったことをしたからといって、ヒボウチョウシュウするのは、よくないことだ。

　晩ごはんのとき、ノリーたちは毎日かならずお祈りをした。アメリカでもお祈りしてたけど、そのときはノリーが言うことは毎回いつもきまっていて、「神さま、きょうもおいしいごはんをありがとうございます、父と子と精霊のみ名においてアーメン」、というのだった。ノリーのお父さんは神さまを信じてなかったけど、ほかの人たちが信じるのはいいことだと思っていて、お母さんは神さまというのは人間の中の良い部分のことだと信じてて、でも特別な神さまみたいなものがいて、人間が考えることを何もかも知っていてみんなをマグネット式マリオネットみたいにあやつってるわけじゃないと思っていた。でもノリーは神さまはほんとうにいると信じてて、きっとすごくやさしくて、すごくすばらしい人にちがいないと思っていた。チビすけは、神さまは蒸気機関車を運転してて、悪魔はディーゼル車を運転してると信じてた。でも、神さまのことを信じてても信じてなくても、目の前のお料理にかぶりつく前に心を落ちつけて、神せいな気もちになるのはいいことなので、ノリーたちはみんなお祈りするのが好きだった。

ノリーはイギリスに来てからは大聖堂にしょっちゅう行くようになったし、学校の「宗教」という授業でいろんなことを習ったので、お祈りのときにもっとちがうことを言うようになった。たとえば「神さま、きょうのこのおいしいごはんに感謝します、法王さまと司教さまと教会の人たちとあと校長先生のピアーズ先生と、あと世界じゅうの心や体が病気の人たちと、あといろんなことをぜんぶお守りください、父と子と精霊のみ名においてアーメン」とか、「われらが主よ、きょうのこのおいしいごはんに感謝します、それからいままで一生けんめい働いて、いまも働いているすべての人に感謝します、わたしたちがひどい目にあわせて殺してしまった息子さんのイエスさまに恵みがありますように、それから法王さまと司祭さまと大司教さまと司教さまと学校の牧師さまたちと他の教会のすべての人たちをお守りください、へたくそな祈りをお許しください、父と子と精霊のみ名において、アーメン」とか、毎日ちがうお祈りのセリフを考えて、ときどき言うことを頭の中で考えながらやるので、とちゅうでつまっちゃうこともあった。さいきんはノリーのお祈りがおわったあとで、チビすけまで「ぼくも！　せいれいと、教会の人たちと、アーメン！」と言って、かわいらしく胸に手をあてるようになった。

するとお父さんとお母さんはうなずいて「ありがとう、よくできました」と言って、それからみんなで食べはじめる。ごはんよと何度も呼ばれたのに、ぐずぐずしててしかられちゃったときでも、お祈りをすると、ごはんの前までのことと、ごはんのあいだに、かべみたいなものができて、それでもうしかられなくなる。ごはん中は歌を歌うのは禁止だったけど、ごはんとデザートのあいだは歌っていいことになっていて、あと演劇の時間に習ったことをやってみせたり、クラスでだれかがやったことを説明したり、そういう立ってやらなくちゃいけないことがあるときも、ごはんとデザートのあいだならやっていいことになっていた。たとえば、ノリーがロジャー・シャープリスとよくやるウソっこのケンカで、ロジャーがノリーの顔をはたこうとすると、ノリーがシュッとかがんで、ロジャーのげんこつがかべにぶつかっちゃうっていうのがあって、これはタンタンの中によく出てくるおもしろいギャグだった。ロジャーとノリーはどっちもタンタンの大ファンで、あとどっちも99フレークが好きだった。99フレークはチョコバーで、アメリカではあんまり売ってない。でもほんとは「99フレーク」はチョコバー味のアイスのことで、チョコバーそのもののことを言うときは、ただ「フレーク」と言う。

32　ふでばこ忘れるべからず

でも、まだウサギと死体のこわい夢を見た日の話のつづき。朝ごはんがすむと、チビすけの大好きなアップルジュースが入ったマグカップがわれちゃうという大ヒサン事が起きた。おまけに、もうずっと前に出さなきゃいけなかったのにまだ出してなかったノリーのリーダソンの申しこみ用紙も、見つからなかった。だからみんなでアップルジュースをふいたり、あっちこっちの紙の山をさがしたり、大さわぎだった。リーダソンの紙は、電話帳にはさまってたのをお母さんが発見した。アップルジュースは、マグカップが床に落ちた中心地点から信じられない遠くまで飛びちっていた。

まるで太陽のコロナの爆発をアップルジュースでやったみたいだった。もうちこくしそうだったので、歩きじゃなく車で行くことになった。でもどっちみち、お父さんは何かを調べにロンドンに行くことになってたので、ちょうどよかった。窓から外を見ていたら、パメラが電車の駅から、いつもみたいにつんのめりになって、まっすぐ前を見て走っていくのが見えた。ノリーは「パメラ！パメラ！」とさけんだけど、ノリーが窓を開ける前に通りすぎちゃったのと、すごく寒すぎて、あんまり大きく窓は開けられなかったので、パメラには聞こえなかった。

お父さんが、その後パメラのことはどうなった、と聞いた。

「うーん、ふつう」とノリーは答えた。

「みんな前ほどいじわるしなくなった？」

「ううん、あんまり変わらない」とノリーは言った。

「お父さんたちがピアーズ先生に言いにいったほうがよくないかな？」

「でも、たぶんパメラがいやがると思う」とノリーは言った、「だからもうちょっと待ってて」

「了解」とお父さんは言った。「きのうはこわい夢を見たんだったね、かわいそうに」

「うん、でももうだいじょうぶ」とノリーは言った。「ちょっとどうてんしちゃっただけ。じゃあね、おチビちゃん！　バイバイ！」

「いってらっしゃい！　気つけてね！　つぎはぼくのガッコウにしっぱつしんこう！」とチビすけが言った。

でもけっきょく、すべりこみアウトでちこくしてしまった。ちこくしたときは、事務室で出席ぼにチェックしてもらうことになっていたけど、行ったらだれもいなかった。それで自分の校舎（ロード・ランパー）の出席ぼをさがそうとしたけど、ものすごくあわてて頭がパニクってて、見つけられなかった。スレル小には校舎がぜんぶで五つあって、ブレディングスティール、ビーストン、モリス・サーラー、ロード・ハイヴル、ロード・ランパーの五つだった。ロード・ランパーの出席ぼは、モリス・サーラーの下になってて見えなくて、ノリーはあっちこっちさがし狂って、事務室を出て、入って、出て、また入って、「ああこれじゃものすごいちこくになっちゃう」と思ってたら、ろう下でベティと会った。ベティはいつもとっても親切な子だったけど、「出席ぼだったら事務室にあるわよ」しか言ってくれなくて、それはわかってたんだけど、でもどうしようもなかった。そこに、ときどきノリーのスペルのまちがいを直してくれる事務のおばさんがやって来て、たいしょしてくれたので、急いで教室に行こうとしたら、サーム先生とシェリー・ケッナーが立って話をしていた。サーム先生はほんとうにすごくやさしそうににこにこしてて、パメラがこの先生を好きじゃないなんて、ウソみたいだった。サーム先生はロード・ランパーの主任先生で、とてもいい先生だった。シェリーは、性格が最高の反対だったけど、シェリーに「きょうはハント先生のお教室でほ習だって。あたしが連れてってたげる」と言われて、ノリーはことわれなかった。ノリーだって算数のほ習があることぐらいぜんぜん知ってたし、ハント先生の教室の場所も知ってたけど、いつもとちょっとちがう教室に行くときには、一人よりだれかといっしょのほうが、ちょっと安心だった。たとえそれがシェリーみたいな子でも——っていうのは、シェリーは、この学校に来てから今までにノリーがされた中でいちばんヤなことをした子で、それは「ノリーはジェイコブ・ルイスにおネツ！」と言いふらしたことだった。

でも、それもけっきょくそんなに気にするほどのことじゃなかった。シェリーがそのことを言いふらした次の次の週くらいに、シェリーがこんどは「ノリーがベルジ・コールマンをののしった！」と言いふらして、ものすごくひどいきたないことばをたくさん言った。ノリーは「ぜぇぇったい言ってないもん！」と言いかえした、「そんなこと言った覚えないわ」とかじゃなしに。一しゅん「ぜったい言わなかったとは断言できないけど、でもたぶん言わなかったと思うわ」と言うべきかなと思った、だって人はだれでもものすごくたくさんのことを忘れちゃうし、忘れたことでうっかりウソをつくのはよくないと思ったからだ。でも考えたけどやっぱりぜったい言ってない自信があったから、「ぜぇぇったい言ってないもん！」と言った。そのとき聞いてたのは女子二、三人だけで、男子はだれも聞いてなかったし、どっちみちこの件にかんしては、シェリーの言ったことなんかだれも信じなかった。だってシェリーがじつはベルジ・コールマンにおネツなのは見え見えで、でもベルジはクラスの最悪おじゃま虫二人組のうちの一人で、だれもベルジのことなんか、逆立ちしたって、宙がえりしたって、好きになんかなりっこなかった。その日のちょっと前、ベルジはノリーがもってたお菓子（大好きな99フレーク！）をひったくって、ドラキュラのしゃべりかたで「こいつはいただくぜ！」と言って、ぎゅうっとにぎりしめた。ノリーは必死になって取りかえしたけど、お菓子は床に落ちてわれてしまった。でも、ちょうどまっぷたつにわれたから、キラと半分こできて、よかったけど。それでもやっぱりベルジ・コールマンのしたことはわるいことで、みんなどうしてシェリーがあんなアンポンタンのオタンチンを好きなのかぜんぜんわからなかったけど、でもほんとに好きで、なぜそう言えるかというと、前にシェリーがノリーに面と向かって「あたしって、ときどき男の子にすっごく夢中になっちゃうの」と言って、それから「あたしベルジ・コールマンにほんとにおネツで、もうボーッってなっちゃう」と言ったからだ。シェリーが、ノリーがベルジ・コールマンをきたないことばでののしったと言ったのは、ベルジがノリーのお菓子を取ったり、お得意のドラキュラ声を出したりしてノリーにちょっかいを出したのが気に食わなかったからだ。つまり、しっとだ。じつを言うと、シェリーはニュージーランドから来た子で、もしかしたら、ニュージーランドの子はみんなすごくおませなのかもしれない。シェリーがどれくらいしっと深いかというと、これはシェリーのお仲間のテシー・ハーディングが言ってたことだけど、前にテシーが何かをひけらかしてたら、シェリーが木にのぼって、テスに向かってイスを投げつけたんだそうだ！　ノリーには、だれかがだれかにイスを投げつけるなんていうことが信じられなかったし、ちょっとこわかった。だって、もし落ちてきたイスが当たったら大けがするかもしれないし、もしもイスの足が、たとえば頭の横っちょの、目のすぐわきのやわらかい部分、頭のアキレスのかかとの部分に当たったら、死んじゃうかもしれないからだ。あとになって、イス《チェア》じゃなくてさくらんぼ《チェリー》だったことがわかったけど、でもやっぱりひどい。

　というわけで、シェリーはすばらしくいい子っていうわけじゃぜんぜんなかったけど、でも気にしないで、いっしょに算数のほ習の教室に行くことにした。シェリーが「待ってて、ちょっと取ってくるものがあるから」と言った。ノリーはサーム先生のお話のじゃまにならないように、短く「うん、じゃあここで待ってるね」と言った。シェリーがもどってきたので、二人で教室に行きかけたら、きゅうにシェリーが「ちょっと、ふでばこ！　あなたふでばこないじゃない！」と言った。

　ノリーははっとなって立ち止まった。「いっけない、忘れちゃった！　ていうか、二人とも忘れてるじゃない！」というのは、シェリーはまるっきり手ぶらで、何ももってないように見えたからだ。するとシェリーは、あたしはもう向こうの教室においてあるの、と言った。ノリーは「じゃあ待っててくれる?」と言った。シェリーはオッケーと言った。ノリーが大いそぎでもう一つの教室に入っていって、ふでばこを取って出ていこうとしたら、コプルストン先生が「ノリー、どこ行くの? あなたはきょうはここでしょ?」と言った。

ノリーは「えーと、はい」と言ってすわった。

するとコプルストン先生は帳面を見て、「あらごめん、ハント先生のとこだったわね、先生のまちがい」と言った。

ノリーはハント先生の教室に行きかけた。でもとちゅうでシェリーが待っててくれてるんだったことを思い出した。でも行ったらシェリーはもういなかった。だからノリーはハント先生の教室に行った。ハント先生はまだ来てなくて、シェリーもいなかった。「ここ、ハント先生のほ習の教室?」とノリーは聞いた。

「そうだけど、あなたここじゃないでしょ」とだれかが言った。

「ううん、ここなの」とノリーは言った。そのとき、ふと見たら、ふでばこはちゃんともってきてるのに、頭がパニックだったせいで、ノートを忘れてきてることに気がついた。ノリーはばっと立ち上がって、「たいへん、忘れ物!」と言った。

「やーい、やーい、アメリカじーん!」みんながわざとアメリカっぽいアクセントではやし立てた。

ノリーは「そうよ、うらやましい? わるいけどあたし、忘れ物とりに行かなきゃいけないの」と言って、走ってドアを出た。ろう下にはサーム先生がいて「ノリー、だいじょうぶ? どこに行くかわかったの?」と言った。ノリーは、ノート取りに行くんです、と言った。

「じゃあ、コブルストン先生のとこなのね？」とサーム先生が言った。

ノリーは「いいえ、ハント先生だと思うんですけど」と言った。

サーム先生は「ああ、そうだったそうだった」と言って手をふった。「で、最後があたしのところだったわね、たしか」

ノリーがハント先生の教室にもどると、先生はもう来ていた。「先生、あの子ここじゃありません」とだれかが言った。

「あなた、ほんとうにここでまちがいない？」と先生が言った。

「たぶんそうだと思うんですけど」とノリーは言った。

そしたら先生は「ああ、そうそう、あなたはここでいいんだった」と言った。というわけで、やっとこさちゃんとふでばこもノートもそろって、正しい教室にすわることができた。そこにシェリーがばたばた入ってきてすわった。こうして何もかもがきちんとしたら、あとはずっと、ずっと、はてしなく算数だった。そうして算数がおわって、みんな国語のクラスに移った。

きょうの国語の時間は、まるまるリーダソンにあてられていた。その日の夜がリーダソンのしめ切りだったので、みんなでできるだけたくさん本を読んで、白血病にたくさんお金を寄ふしなくちゃならなかったからだ。キラもノリーといっしょの国語のクラスにいて、猛特急で本を読んでいた。一秒も休まず、ノンストップで、ガガガガガ、すごいいきおいで読んでいた。キラのお父さんは、一冊につき二十ポンドの寄ふを申しこんだとキラが言っていた。シェリーとか、前の学校のバーニスみたいなタイプの子は、何か言ってもほんとかウソかわからなかったけど、キラはそんな子じゃなかった。シェリー・ケツナーは「人体突然（だったか自然だったか）発火」の本をもってきていた。その本には、だれかの体が何もしないのにきゅうにバクハツして、血だらけの足の片っぽだけしか残ってない写真がのっていて、シェリーはそれをほんとのことだと言いはって、みんなも最初は信じかけたけど、そのうちだんだん、あんなインチキ写真かんたんに作れるじゃん、ということになった。それにひきかえ、キラが何かをほんとうだと言えば、それはぜったいにほんとうにあったことだった。キラはほんとに本にめりこんでて、もう五里夢中っていう感じで、なんでそんなに必死かっていうと、リーダソンで五年生の一番になりたかったからで、たぶんほんとに一番だった。キラは読んだ本の感想とかはぜんぜん言わなくて、ただどんどこ読むだけだった。ノリーはそんなに早く本を読めなかったし、一冊の本を、たとえば『ザンジバル号のそうなん』とかを一日で読んじゃったりすると、目が寄り目になって頭がくらくらして、パソコンのスクリーンセイバーで長いことあそびすぎたあとみたいな感じになる。

国語のクラスのみんなは、最初のうちはまじめにリーダソンの本を読んでたけど、ヒソヒソおしゃべりする声もちょっとだけした。おしゃべりまったく一滴もなし、というのは、もともとムリな注文だ。なのに先生が出ていっちゃったものだから、ヒソヒソがゴニョゴニョになって、ゴニョゴニョがガヤガヤになって、ワーワーになって、最後にはあっちでもこっちでもギャーギャー大さわぎになった。先生が教室からいなくなると、いつだって待ってましたとばかりにみんなさわぎだす。がやがや、ワーワーの主犯格はポールと〝オヴァルチン〟で、なんでそう呼ばれてるかっていうと、オヴァルチンが好きだからで――それか、もしかしたら強がって好きって言ってるだけかもしれない、なぜかというとオヴァルチンはおいしいから、ふつうだれだって好きで、だれもそのことで大さわぎして、たとえばイスの上に立ち上がって「みんな聞いてよ、ぼくはオヴァルチンが大好きなんだよ！」なんて宣伝したりしないから――あと下の名前がオリヴァーなのと、上の名前がディーンなのと、あと顔が細長い《オーヴァル》のと、あと忘れたけど、だいたい大きい理由はそれでぜんぶだ。ポールとオヴァルチンは仲よしだったけど、ずーっとおしゃべりしたりけんかしたりしっぱなしだった。先生が出ていったとたんに二人はけんかをはじめて、ほんとにおたがいのほっぺたをつねったりした。

そしたらまた先生がもどってきて、みんな大あわてでまたリーダソンにもどった。そのうちにベルが鳴って、つぎの古典に行く時間になった。でも古典の時間もリーダソンになっちゃってたので、アキレスのことで先生に質問しようと思っていたことは、聞けなかった。

33　どうしても謎なこと

ノリーが聞きたかったことというのは、こうだ。アキレスには一か所だけ不死身じゃない部分があって、それは足首のうしろで、つまりかかとで、アキレスのお母さんが川の水につけるとき、ものすごくいいかげんで乱暴なやりかたをしたからそうなった。でもそれなら、アキレスは戦いのとき、かかとの部分にだけよろいをつけるだけでよかったんじゃないかと思う。大むかしの人がよく着るような、変てこな下着みたいなのを着て、足首のまわりにだけ、金や銀でできた大きなちりよけっぽいものをつけていればよかった気がする。ノリーは『済公《ジ・ゴン》』という変ちくりんなお坊さんが出てくる映画を見たことがあったので、昔の下着にはちょっぴりくわしかった。映画の中で、超超超大金持ちの人が、その時代にその人が着ていたみたいな服をぬぐシーンがあった。もしもだれかが中国のお金持ちなら、その人は短いパンツをはいて、大きなエプロンみたいなもののひもをうしろで結ぶ下着を着ている。

アキレスは、首とか心ぞうとかをどんなに刺されても、その部分は不死身なんだから、ぜんぜん平気なはずだ。ヘクトールに千万回刺されたって、アキレスは何もしないでただつっ立って、両手をだらんとさせてるだけでよかったはず。でもそれだと、二人がすごいいきおいで勇ましく戦って、剣と剣がぶつかって火花が出て、その光が夜空を照らして何マイル遠くからでも見えたっていう、あのかっこいいシーンがなかったことになっちゃう。でも、もしかしたらほんとはぜんぜんそんなじゃなかったのかもしれない。二人ともヨレヨレのボロボロの血だらけで、ひどい悪口をどなり合って、どちらか片っぽが泥んこの中にたおれるまで戦ったのかもしれない。ノリーは、だれかがたおれたときに、だれそれが〝泥をかんだ〟っていう言いかたをするのがきらいだった。だってそれは、その人がもう死にそうなくらいふらふらになって、まっすぐ立ってられなくなって、たおれたときに手をつくこともできなくて、それで歯が地面に当たって、土だか泥だか砂だかに刺さっちゃったっていうことで、それはすごく気の毒なことだし、想像したらちょっといやだった。でも、たとえば小さな女の子がドアのかげにかくれてて、戦いの様子をおびえながら見てたとしたら、どうだろう。女の子はアキレスとヘクトールが戦うところや、そのあと人々が剣で刺しあってみんな死んじゃうところとかぜんぶ見てて、その子が大きくなって、自分の子供に「ねえお母さん、お母さんが子供のころ、どんないやなことがあった？」と聞かれて——というのは、ノリーも小さいころ、お父さんとお母さんにしょっちゅう同じことを聞いたからで、「ねえ、子供のころどんないやなことがあった?」という質問を、何度も何度も何度もして、そのたびにお母さんたちは、親指をけがして何針もぬったこととか、紙飛行機を追いかけてて車にひかれたこととか、学校のトイレの手を洗うところで見えないように足をけられたこととか、髪の毛が長いのをからかわれたこととか、階段をまるまる一階ぶん落っこちて脳しんとうになって、眠ってそのままこんすい状態になるといけないので、一晩じゅう『くまのプーさん』の歌を聞かされたこと（これはお母さんが四さいのときのこと）とかを話してくれて、そのうち話すことがなくなって、すっからかんになっちゃうと、また前に話したことをもういちど最初から話してくれた。

　ヘクトールが剣で刺されて死ぬところを見ちゃった女の子は、大人になって、自分の子供に、お母さんはアキレスとヘクトールが戦ってヘクトールが死ぬところを見たのよ、と言ったかもしれない。するとその子は「二人の戦いはどんなだったの?」と聞く。でも、人の体に剣が刺さるところとかは、前にノリーがビンのふたをうっかりしめて、チョウの頭がこわいことになっちゃったときみたいに、ものすごく残こくで気もちわるいことだから、お母さんはそのことを子供に言いたくなくて、何かべつのことを言わなくちゃと考えて、とっさの思いつきで、そうね、剣と剣がぶつかるたびに火花が飛びちるのが見えたわとか、何かそんなきれいなことを言ってごまかしたのかもしれない。たぶんその時代にはもう、ラテン語かアフリカン・アメリカン語か、それか中国語か、なにか昔の人たちのことばで書かれた詩の中に、剣と剣がぶつかって火花が出る、というのがあって、それから思いついたのかもしれない。それに、大人になってからむかし見たことを話してと言われても、その人はもうちゃんと子供をだっこして、すえながく幸せな大人になってるんだから、いやなことをそのとおりに話すことなんて、もうできないのかもしれない。

「でも、それはまあ大目に見よう」とノリーは思った、「このお話には、たしかにところどころうそがあるかもしれないけど、伝説ってそういうものなんだもの」。ピアーズ先生によると、「神話」は一からぜんぶ作った話で、「伝説」はほんとうにあったこととうそが混ぜこぜなんだそうだ。でも、それをちゃんといまでも納得のいく伝説にしようと思ったら、アキレスがどんなふうに不死身だったかをきちんと説明しなくちゃだめなのに、このお話はそこのところがちゃんとしていない。まず一ヘクトールがアキレスの胸を剣で刺した場合どんなことが起こるか、三とおり考えられる。まず一つめは、皮ふが信じられないくらいかたくてがんじょうなので、剣がぜんぜん、百万分の一ミリもアキレスの体に刺さらない、というので、これはいちばんきれいでわかりやすい不死身。二つめは、ふつうの人みたいに剣が体にぐさっと刺さって、ひどいケガをして、病院のＩＢＭに入るくらいたいへんなことになるけど、でも死なない。三つめは、ユウレイみたいに剣が体をヒュンと突きぬけて、アキレスは体の中がちょっとこそばゆいような、ダブルベリー百パーセントのジュースを飲んだときに、うんと冷たくてすっぱい筋が、体の中をチョロチョロ流れてくのがわかる、あんな感じがするだけで、ちょっとも痛くない。

でもノリーがほんとのほんとに聞きたいのは、そのことでもなかった。アキレスは、毒をぬった矢が刺さって死んだのだ。ピアーズ先生は、みんなよく覚えておくこと、アキレスは毒矢で死んだんだよ、と言っていた。矢がアキレスの不死身でない部分（かかと）にあたって、ひどい刺し傷ができたのだ。でも、もし毒がアキレスのかかとだけ殺したんなら、べつに死なないんじゃないかとノリーは思った。足が片ほうなくなったり、一本まるまるなくなっても、人間は死なない。もしも頭が死んだら、その人は死ぬ。心ぞうが死んでも、死ぬ。肝ぞうが死んだら、やっぱり死ぬ。でもかかとが死んだら？　もちろん、すごく痛いだろうし、楽しかったり気もちよかったりはぜったいにぜったいにしないだろうけど——なぜかっていうと、たぶんえそにならないように、足首から先を切っちゃわなきゃならなくなるから。えそのことは、デビーから聞いて知った。えそは、登山をする人たちがよくなる病気だ。デビーはそのことで、けっさくなジョークを思いついた。だれかがえそ《ギャングリーン》になって、お医者さんたちが集まってその人の足を見て（えそになったのが足だとして）、首をふってこう言う、「しょ君《ギャング》、もう青い《グリーン》」、そしてチョン！　切った足をゴミ箱にシュート、得点2。デビーの家には、登るのがものすごくむつかしいエバーラストという山に登った人たちのビデオがあった。一人の人は、ころんで足を骨折して、足が変な方向にねじ曲がってしまった。骨が外にとび出して、そこからバイキンが入ってかのうして、でもこうせいぶっしつがなかったので、ビニールのチューブを傷口のところに刺して、そこからいつも水がぽたぽたたれるようにした。でもその人は、山から下りて、ちゃんと良くなった。

　もしアキレスが足を切られてしまったら、ピョンピョン飛びはねながら戦わなくちゃならないから、もう前みたくたくさん人を殺せなかったにちがいない。それか、車いす（それとも〝馬車いす〟？）に乗って、「たあ！　とう！　やあ！」とか言って剣をふりまわして、それからまたうんしょこらしょと車いすをこいで動きまわらなくちゃならない。それでも、死んだりはしないはずだ。たとえ足がなくなったって、不死身だったら、それだけで死んでお墓の中に入ったりはしなかったはず。だからアキレスが死んだのは、毒が体じゅうにまわったからということになる。でも、それもよく考えるとちょっと変だ。なぜかというと、アキレスは不死身なんだから、かかと以外の体じゅうの細胞はみんな不死身のはずだ。どうやったってぜったいに死なない。電子けんび鏡を最大限にして見たら、きっと毒の分子の一個一個が、チクチクした科学物質の剣を細胞の一個一個にむかってふりまわして、細胞も必死にそれと戦って、火花がまわり何ミリかに飛びちってるのが見えるかもしれない。でも、けっきょく最後には細胞が勝つ、だって細胞はぜったいに死なないからだ。でもそうすると、もう一つ問題なことが出てくる。ほんとの現実の世界では、人の細胞は死ぬようにできてて、一年とか、五年とかで、体じゅうの細胞がすっかり入れかわる。古くなった細胞は溶けて、血管を通ってぼうこうまで運ばれて、ぼうこうがそれを外にすてる。でもアキレスは細胞が一個も死なないから、体がどんどこ、どんどこ、どんどこ、どんどこ大きくなってしまう。骨に新しい細胞が生まれるけど、古い細胞も死ななくて、筋肉も同じ、皮ふも同じ、そうやって、体じゅうがどんどんどんどん、宇宙がぼう張するみたいにぼう張していって、とうとう超巨大な人になってしまう。不死身って、けっこうたいへんだ。

34　やくにたつ　ひょう

というようなことをピアーズ先生に質問したかったのに、できなかったので、かわりにけっしてあきらめないメンドリのお話を最後まで読んだ。それでリーダソンの紙に読みおわったことを書こうとしたら、ふでばこの中に古い定規が入ってるのが目についた。赤いとう明プラスチックの、なんの絵もついてない定規で、それでなんとなく、パロアルトの家においてきたいろんなかわいい定規のことを一つ一つ思い出してみた。「リサ・フランク」の定規が二つに、ポンペイの定規、それから「リトル・マーメイド」の定規、中に水が入ってて小さなお魚がゆっくり動く定規、ジャパンセンターのサンリオショップで買った「ハロー・キティ」の定規、エトセトラ、エトセトラ、ぜんぶつなげたらきっと五メートルぐらいになりそうなくらいのけっこうすごい定規コレクションがあって、それプラス、消しゴムのコレクションもあった。食べ物のサンプルを集めることにくらべたら大したことじゃないと思うけど、でもそんなふうに考えるのはたぶんぜいたくで、もっと感謝しなくちゃいけないんだと思う。消しゴムは、ブルーの製氷皿に一つずつ入れてあって、といってももちろん冷ぞう庫の中にじゃなく、これは消しゴムをきれいにしまっておく、ちょっとしたアイデアだ。

前にノリーは「アンダーウォーター・バービー」がほしくて、お小使いかせぎをしたことがあった。「アンダーウォーター・バービー」は、だれでも知ってると思うけど、おふろに浮かべると足をパタパタ動かすバービーのことだ。買ったばかりのときはすごくうれしかったけど、モーターの音がものすごく巨大で、バービーをゆっくり静かに水の中で泳がせながらいろんなお話を作るのが買う前の夢だったのに、それができなくてちょっと悲しかった。でも、とにかくそのときは「アンダーウォーター・バービー」が死ぬほどほしくて、がんばってお金をためて、あとちょっとというところまでくると、あの手この手でいろんなお小使いかせぎ作戦をやった。その一つはポスター作り屋さんで、いろんなタイプの字と、それにつけるいろんな絵があって、お客さんが（というのはもちろん、ほとんどお父さんとお母さんのことだけど）どんなポスターにしたいかを各自でえらぶ。お父さんが注文したのは、有名なことわざやひょう語が五つ書いてあるポスターで、それはだれかが言ったことわざやひょう語だったり、ノリーが自分で言ったことわざだったりした。ノリーはタイトルのところに「やくにたつ　ひょう語」と書こうとしたけど、「う」まで書いたらいっぱいになっちゃったので、「う」の上に雲の形のふきだしをつけて、中に「語」と書いて、「う」が「語」のことをしみじみ思いだしてるみたいな感じにした。タイトルは一文字につき三セントだったけど、失敗しちゃったので少しおまけした。書いたことわざは、

手作りのプレゼントは、宝石よりもすばらしい

覚えていることと本とうのことはときどきちがう

あなたがあたり前だと思っているものが、
あたり前じゃない人たちもいる

自分がいいと思ったことでも、
他の人は悪るいと思うことがある

五個の予定だったけど、場所が足りなくなったのと、もう他に思いつかなかったので、四個しか書けなかった。でもお父さんはポスターをほめてくれて、ふち取りのもように特別料金をはらってくれようとしたけど、それは基本料金にふくまれていますと言ってことわって、けっきょく料金は、ことわざが一語につき二セントで八十四セント、それにタイトルの三十セントを足して、ぜんぶで一ドル十四セントになった。ノリーがいちばん好きなことわざは「あなたがあたり前だと思っているものが、あたり前じゃない人たちもいる」で、理由は、自分の消しゴムのコレクションとか定規のコレクションとかは、たしかにそうかもしれないと思うし、とくに定規のコレクションなんかはいままでもあたり前のように思ってて、ていうかべつにコレクションだとも思ってなかった。ただ、いまはふでばこの中に「ヘリックス」と書いてある、絵のついてない赤の定規しか入ってなかったから、ちょっとさびしい気もしたけど。定規は、マンガの四角いわくをきちんと引くときに便利だ。

ノリーはつめに顔を書いて、それをまた指でこすって消しながら、雲のことを考えている女の子のマンガをかくにはどうしたらいいだろうと考えた。まず雲の形のふきだしをかいて、そこからコロンとした丸を三つ、女の子の頭のところまでつなげていって、それからふきだしの雲の中にもう一つ雲をかく。でも、それだとふきだしの雲と、女の子が考えてる雲の区別がつきにくいから、ふきだしの中をちがう色にしたほうがいいかも。紙とエンピツがあれば、ほんとになんだってできる。ノリーの好きな雲は、大きくわけて二種類あって、一つは低くてぺたんこで、うすいグレーで、ぴょんと上に飛び乗れそうなので、もう一つはもくもくと、どこまでもはてしなくふくらんでいきそうに見えるのだった。

35　小さい休み時間

そのうちにベルが鳴って古典の時間がおわりになって、小さい休み時間になった。ここんとこ、小さい休み時間はずっとキラといっしょのことが多かったから、平等にするために、きょうはパメラといっしょにいることにした。パメラがえびチップスをくれて、口に入れるとベロにひっついて、「みらい」の水分をぜんぶ吸いとられてカラカラになっちゃいそうな感じがして、でも信じられないくらいおいしい味だった。それにノリーのきらいな、あの上からかけた塩のツブツブ感もなかった。ノリーたちが二人でトチの木の下にすわってたら、キラがやって来て「あっち行こ」とノリーに言った。

「こっちに来ていっしょにすわろうよ」とノリーは言った。「いま、おやつ食べてるの」

するとキラは、「じゃあまたあとで来るね」と言った。ほんとはそこにいるのがいやなのに、そう言いたくないとき、キラはいつもそんな言いかたをした。ほんとはパメラといっしょにいるところを他の子に見られたくなかったんだと思う。パメラはだまってた。パメラはキラをきらってたけど、それはキラがパメラをきらってたからで、キラがパメラをきらってたのは、みんながパメラをきらってたからだ。

コリン・シェアリングスが近づいてきて、パメラにむかって「おまえ、バンジージャンプやったことある？」と言った。

「ないけど」とパメラが言った。

「はー、そいつぁーよかったね」とコリンは言った、「おまえがやったら、きっとヒモが切れて落っこちて、つぶれてグチャグチャになっちまうもんな」

「そういうこと言う人って、馬鹿で、マヌケで、アホで、脳たりんだと思う」とノリーが言った。

「あれぇ？　ひょっとしてパメラのオトモダチなの？」コリンがわざとびっくりしたような声で言った。

「ええそうよ」とノリーは言った、「コリン、あんたってかっこいーい、アンコウのゾンビのわりには」

「へん、なんだアメリカっ子のくせに」コリンがおちょぼ口をますますとんがらかせて言った。

「やーい、アメリカじーん！　オトモダチのパメラがボートに乗んないように気をつけな。乗ったらすぐにしずんじまうね。腹ぺこのアンコウに食われちまうね」コリンはきょうのぶんの悪口を言って満足したらしくて、鼻をぷいと上にむけて、行ってしまった。

「コリン・シェアリングスって、ほんと最低」とノリーは言った。

「うん」とパメラも言った。「頭にバターとパセリをのっけたら、きっと魚そっくりになるよね」そう言ってまた、えびチップスの袋をノリーにさし出した。

「このえびチップス、すんごくおいしいね」とノリーは言った。「これ、どこで売ってるの？」

「ママがテスコで買ってくるの」とパメラは言った。

「うちもいっつもテスコよ」とノリーが言った。

「テスコはとても人気がある店よね」とパメラは言った。「もうそろそろお教室に入らないと」

36　鳥事件

小さい休み時間がおわると、またつぎのできごとが起こった。学校では、毎日できごとが千億万億個起こる。いいできごと、悪いできごと、中くらいのできごと、変なできごと、ちょっとこわいできごと。つぎのできごとはITの時間で、みんなで飛行機を島に着陸させる練習をした。ノリーは、空港の中で飛行機をゆっくり移動させるところまではわりとじょうずにできて楽しかったけど、なんとか飛行機をり陸させたら、そこから先がボロボロだった。ななめになった飛行機をなんとかまっすぐにしようとして、矢印ボタンを長く押しすぎちゃって、飛行機が鋭角ターンをして（「鋭角ターン」の反対は「鈍角ターン」）、もうどうやったって元にもどらなくなって、そのままつい落した。つい落はべつにいつものことだったけど、このときは、あんまりぐるぐる曲がりくねりすぎて、うしろを飛んでた他の飛行機までいっしょについ落させてしまった。ストーン先生がそれを見て、首をふって言った、「おやおや、何百万ポンドもするテクノロジーが、あわれ海のもくずだ」

　ストーン先生はとってもやさしい先生で、スレル小でノリーが習ってる先生のなかで、一度も「うるさい！」とか「静かに！」とかどなったことがない、ゆい一の先生だった。他の先生はみんな「うるさい！《シャーラップ》」を言った。あの、すごくおもしろくて、びっくりするような変なことをいっぱい知ってる歴史のブライズレナー先生だって、ときどき言った。チャイニーズ・モンテッソーリ校では、大人はだれもそんなこと言わなかったのに、こっちでは、もうあっちでもこっちでも「うるさい！」で足のふみ場もなかった。いちどブライズレナー先生が、半分じょう談ぽく、アステカの人たちが毎日いけにえをささげたのは、アメリカ大陸の太陽が、のぼるときとしずむときにうんと赤くて濃い色になるからだ、と話したときがあった。アステカでは太陽が神さまだったから、毎日いけにえの血をささげないと、太陽が怒ってのぼってこなくなって、たいへんなことになってしまう。それでクラスがちょっとザワっとなったんだけど、とくに男子二人がいけにえのことで大声でさわいでおしゃべりしてて、とうとうブライズレナー先生のかんにん袋がバクハツして、「コリン、ジェイコブ！　シャーラァァップ！」たちまち二人は静かになった。

サーム先生も「シャーラップ！」を言う。はじめて言ったとき、ハッと口に手を当てて、みんなも「うそ、先生がそんなこと言うだなんて」って感じで目が点になった。でもいまでは毎日「シャーラップ！　シャーラップ！」で、みんなすっかり慣れっこになった。まあ、そんなにしょっちゅうっていうわけでもなかったけど。それに、さすがに先生たちは「うっせえ《シャッチュアトラップ》」とは言わなかった、ノリーはときどき、いけないとわかってても言っちゃうことがあったけど。ノリーもたまに授業中うるさくしたり話を聞いてなかったりすることがあって、そんなときは反省して、帰りにお父さんかお母さんがむかえにくると、「きょうはあんまりいい子じゃなかったからケーキとお茶はいい。いっぱいおしゃべりしちゃったし、笑っちゃったし、つめにいっぱい落書きもしたし」と言った。

でもＩＴのストーン先生は、ぜったい「うるさい《シャーラップ》！」なんて言わなかった。コンピューターのスクリーンのまん中に小っちゃい四角があって、その中に点々みたいなグリーンの島が五つあって、その中の一つの島のかっ走路に飛行機を着陸させるんだけど、ノリーが一ぺんその四角のことを「バミューダ四角《レクタングル》地帯」と言ったら、ストーン先生にうけて、先生もそう呼ぶようになったので、ノリーはちょっと得意だった。バミューダ四角地帯《レクタングル》の中に入るのは超むつかしくて、たぶんほんもの飛行機をアイスキャンデーの棒の上に着陸させるのと同じくらいむつかしくて、九十パーセント確実についい落する。ノリーは、前にタイピングの練習をしてたときに使ってた古い機械のほうが好きだった。それは、まちがって「k」を「j」と打ったりすると、ブーンという音が鳴って「もう一度！」としゃべった。でもこんどのもおもしろかった。マチルダメディア用の新しいコンピューターが四台あって、サングラスみたいなもののついた黒いぼうしをかぶって、バイタルリアリティ経験ができる。

それから五年生の子はみんなお昼ごはんに行った。お母さんに、もっとお肉っけを食べなきゃダメと口をしょっぱくして言われてたので、悲しいけどきょうは皮つきポテトはがまんしなくちゃいけなかった。でも、きょうはえらべるものの中にハムが入ってなかったので、ちょっとホッとした。「あー、先週のあのハム」とノリーは思った、「塩からくてほんっとにまずかったな」。そのときのハムがボワンと頭に浮かんできて、思わずのどの奥で「うぐぐぐ」という声が出そうになった。ハムは丸くてぺったんこで、細いあぶらみの層がまわりをぐるっと、大文字のGの形に取りまいてて、うすい赤い色で冷たかった。というか、最初は温かかったんだけど、冷めちゃったんだと思うけど。ノリーはほんの一口だけ食べて、もうあとはぜんぶのこそうとした。ほんとはハムなんて取るつもりじゃなかったのに、給食のおばさんが「ハムは？」と言って、すごく感じよくにっこりしたので、うっかり「ください」と言っちゃったのだ。「いえ、いいです」ときっぱり言いたかったけど、そうするとおばさんが傷つくかもしれないと思って、つい「ください」って言ってしまった。それに、その日はほかに食べたいものもあまりなかったから、まあいいやと思った。でも一口食べたら、あまりのしょっぱさにハッキョウしそうになった。そしたら音楽の先生が通りかかって、「あらもったいない、もっと食べなきゃだめよ、おいしいハムなのに」と言った。ノリーは必死にもうちょっとだけ食べた。そしたらまた音楽の先生が来て、「ほらがんばって、あともう少し」と言ったので、がんばって食べて食べて食べて、二百万回くらい口をもぐもぐさせた。そのあいだじゅうずっと、キラが横で小っちゃい声で「かくしちゃいなさいよ、ほら、ここに早く」と言ってノリーのふでばこを指さした。でもノリーは、そんなところにハムなんか入れたくない、だいいちそのふでばこのことではいろいろ事件もあったし、と言って、とうとうぜんぶやりとげた。もしかしたら、あれはデンマークのハムだったのかもしれない。ブライズレナー先生が言ってたけど、先生はさいきんデンマークのハムを買わないようにしてて、理由は、デンマークの人たちは生まれたばかりの赤ちゃんハムを、せまくて暗い箱の中に閉じこめて育ててるからだそうだ。赤ちゃんハムっていうのはもちろんじょう談で、ほんとは赤ちゃんブタのことだけど。肉の塩漬けの話をしてるときだった。船から海に子ブタをほうり投げて、どっちが陸か調べるときのこつは、なるべく早くブタを船にもどすことで、なぜかというと、〝トンソク〟は先がすごくとがっていて、一生けん命ブタかきで泳ぐうちに、自分で自分の顔をひっかいてしまうからだ。ブタは地面にうまっているキノコのにおいをかぐのがじょうずで、それがあまりに驚異的にすごいので、海にいても地面の中のキノコのにおいがわかって、それでどっちが陸かわかるのかもしれない。トンソクは文字どおり豚の足で、馬のひづめみたいなものだ。

　人間でひづめにあたるのは、つめだ。チビすけがまだうんと小っちゃい赤ちゃんだったとき、チビすけのつめはわが家の大問題で、いろんなものをつかもうとして、あっちこっち手を動かすから、つめで自分の顔をひっかいて血が出てしまった。お母さんたちは、チビすけのつめが伸びないようにいつも気をつけて切ってたけど、それでもやっぱりときどきひっかいた。ノリーもチャイニーズ・モンテッソーリ校にいたころ、逆方向のつめ問題があった。バーニスは、自分のつめをすごいいきおいでかじるくせがあって、つめがちびて短くなってもまだ足りなくて、指の皮までかじっていた。ノリーはそのころはまだバーニスと親友だったから、まねしてつめをかじるようになった。だれかと親友どうしになると、だんだんやることも同じになってくるからだ。でもバーニスと親友でなくなると、とたんにノリーのつめは元にもどって、逆に前より長くなった。いままたキラのときがそうだった。キラは階段をおりるとき、最後の三段を飛びおりるくせがあって、食堂の階段なんかではいつもやっていた。ノリーは最近ますますキラと仲よしになりつつあったから、自分もまねして最後の三段を飛びおりるようになって、そうするとつめのときみたく、もうどうやっても止まらなくなった。階段をおりていっていちばん下に近づいて、あっと思ったときにはもう体が勝手にジャンプしてる。家でやるとドスンとすごい音がするので、お母さんにうんとしかられた。それでもいつも忘れてやっちゃって、急いで「ごめん、またやっちゃった！」と言った。

　デビーのときは、そういうことはなかった。ちょっとのあいだしかいっしょにいられなかったし、たぶんもともとデビーにはそんな変なくせなんてなかったんだと思う。もひとつ、ノリーの頭が覚えこんじゃった変なくせがあって、たとえば“had”とか“sad”とか、eなんかどこにも一滴もついてない言葉のうしろにeをつけちゃう、というのだった。いつも頭で「ストップ！　エンジンきんきゅう停止！　その最後のところを〝くるん〟とやっちゃダメ！」と思うんだけどもう手おくれで、手が勝手にくるんとやっちゃってる。そのたびにインク消めつペンを使わなくちゃならないので、すごくイラつく。でも“say”の過去形は、ずっと“sayed”だと思いこんでたけど、サーム先生が白板に“said”と正しいスペルを書いてくれてから、まちがえなくなった。

いちどベッドの中でねかかってたときに、頭のなかで勝手にこわい考えがはじまって、止まらなくなっちゃったことがあった。はじまりはぜんぜんふつうで、ロケットに乗って宇宙を飛んで、宇宙の果てにある原っぱみたいなところに着陸した。そこは牛がたくさんいて、ところどころ地面がぬかるんでて、どんどん歩いていくと、宇宙のほんとのはしっこにある、万里の長城みたいな大っきいかべがあって、それをよじ登って乗りこえると、向こうっかわにまた原っぱがあって、牛がもっとたくさん、こんどはうす茶色のがいて、草の感じもちょっとちがっていた。そこもずんずん歩いていくと、突きあたりにおほりがあって、またかべがあって、乗りこえるとまたべつの原っぱがあって、そこには白と黒のブチの牛がいて、そうやって歩いてはよじのぼり、歩いてはよじのぼり、どこまで行ってもきりがなくて、だんだんこわくなってきた。ふとうしろをふりかえったら、怒った牛たちがずらっとならんでこっちを見てた。牛たちは、かべの秘密のぬけ道を知ってるらしかった。怒っていまにも歯をむきだしにしそうにしてる牛もいた。ノリーはとうとうベッドを出て、一階におりていった。お父さんとお母さんはキッチンにいて、いかにも子供がねたあとの大人っぽく、ひそひそと静かな声で話をしていて、ノリーが「あのね、頭の中でこわい考えが止まらなくなっちゃったの。すごくいやなスクリーンセーバーみたいな感じなの」と言うと、お母さんが部屋までいっしょについてきてくれて、ノリーのほっぺの横にクーチをねかせてくれて、だいじょうぶよ、だれでも眠たくなると、勝手に脳みそが何かをくり返しちゃうものなの、と言って、そういうときは脳になにか単純作業をさせてあげるといいのよ、ママはいっつもドールハウスのことを考えるようにしてるの、お部屋を一つひとつ思いうかべて、どんなふうにかざりつけしようかしらって考えていくのよ、と教えてくれた。そこでノリーもお母さんの言うとおりにやってみたら、ほんとにてきめんだった。ノリーはドールハウスの戸だなに食べ物のサンプルをたくさんならべるところを考えた――小っちゃい小っちゃい小っちゃいオートミールの箱とか（中にちゃんと小っちゃい小袋が入ってる）、小っちゃい小っちゃいローストハムとか。

でも、ああよかった、きょうのお昼ごはんはハムじゃない！　かわりに、なんだかわからない茶色のおいしいお肉があって、パンみたいに手でもってプラプラさせられるくらい、すごくやわらかかった。ノリーが「ねえジェニファー、ちょっとこれ食べてみて、すんごくおいしいから」と言うと、ジェニファーはちょっと味見して、「ほんと、すんごくおいしい！」と言った。ジェニファーは馬の絵をかくのが天才的にうまい子だ。というわけで楽しいお昼ごはんがすむと、つぎのお昼休みはキラといっしょにあそんだ。その前の休み時間はパメラといっしょだったので、キラが怒らないようにそうしたんだけど、考えてみたらノリーがパメラといっしょにいたときにキラが来たがらなかったんだから、キラの自業自足っていう気もした。その昼休みのときに、事件が起きた。それはすごく最悪なできごとで、その日のもっとあとで起こったもっと最悪なできごとをべつにすれば、その日でいちばん最悪なできごとだった。ノリーはキラと二人でトチの実を集めて山を作ってて、そしたらキラが（またもや！）パメラといるとあなたまできらわれ者になっちゃうわよ、と言いだして、でもはっきり言ってその話はもう耳タコだった。そしたらきゅうに、しゃむにむ木に登りたくなって、たまたまそのとき見てた木が木登りにちょうどよさそうな木だったので、スカートとネクタイじゃちょっと登りにくいかなと思ったけど、ようし登ってやれ！と思ってはりきって上をむいたしゅん間、何かがボトンと顔にあたった。最初は「わ、松ぼっくり!」と思った。とてもかたい感じがしたけど、軽いものでも、高い所から落ちるとうんとかたく感じられるから。「なんて大っきい松ぼっくりだろう」とノリーは思った、「それに、じゅ液でベトベトしてる」。ノリーは指でぬぐって、それを見た。「でもこのじゅ液、なんか変!」とノリーは思った、「これってぜったいじゅ液じゃない気がする。茶色っぽいし、木の実の皮みたいなのが混じってるし」。そうしてやっとなんだか気がついて、「キラ! 鳥があたしの顔におトイレした!」と言った。

キラがすぐに走ってきて、ノリーの顔を見た。「うぇっ、ちょっとたいへん! 早く中にはいろ!」ノリーは、鳥トイレの残りがたれてブレザーがよごれないように顔を前に突きだして、キラに引っぱられてトイレに行った。それから二人で長いことかかって洗い流した。

「ねえ、手、かいでみて。くさくない?」とノリーが聞いた。

キラは手をかいだ。「石けんのにおいしかしない」。それからちょっと考える顔になって「まって、もう一ぺんかがせて」と言って、またかいでみて、「だいじょぶ、やっぱり石けんのにおいだった」。

二人はフランス語の時間にほんの少しちこくしたけど、先生にわけを説明すると、「そう、わかったわ」と言った。フランス語の先生は、若くて、髪が黒くて短くて、背が小さくて、いっつもおしゃれな服を着ていた。〝すばらしい《スパーブ》〟の言いかたが決まってて、でもしょっちゅう言うので、好みによっては、ちょっと言いすぎと感じる人もいるかもしれなかった。

37　ブタのぼうこう

そのつぎは演劇の時間で、みんなで剣で戦う練習をした。剣で戦う戦いかたを知っておくと便利なのは、しょう来お芝居に出たときに、剣で戦うシーンになっても困らないことだ。もっとも、それだったら「ＩＴを勉強しておくと便利なのは、いつか空港の中で飛行機を移動させなくちゃならなくなったときに困らなくてすむから」っていうふうにも言えちゃうわけだけど。先生は、この剣は切れないけど、とても重いので注意すること、と、こないだ言ったことをもう一ぺん言った。ほんとに剣は重たくて、たぶん一キロの半分ぐらいあったと思う。先生は、前にシェイクスピアの劇を見にいったら、だれかが木の剣でろっ骨を骨折してしまったという話をみんなにした。その人は、どちらかに三歩進まなくちゃいけなかったのに、まちがえて反対方向に三歩進んでしまった。でもそこはちょうどわるい場所で、カーテンの向こうから剣が出てくるシーンのとき、それがその人のろっ骨にあたって、その人はお芝居じゃなくほんとのケガ人になって、たんかで運ばれていってしまった。シェイクスピアは有名な、劇をたくさん書いた人だ。ものすごく長い劇を、ものすごくいっぱい書いた。ずっと前、ノリーのおじさんとおばさんが、公園で外でやってるシェイクスピアの劇を見に連れてってくれたことがあった。『ロミオとジュリエット』という劇だった。十二さいぐらいだったらすごくおもしろかったのかもしれないけど、ノリーはそのときまだ八さいだったから、ぜんぜん意味がわからなくて、すごく長くて退くつだった。おばさんがもってたインマン・タフィーがなかったら、退くつ死にしてたかもしれない。ノリーはそれを鬼のようにたくさん食べて、これを歯でかんだらどうなるだろうと考えた。ときどきキャンディが歯にくっつくと、歯がぬけるんじゃないかと心配になるけど、歯はものすごくしっかり歯ぐきとつながっていて、ぜったいにぬけない。

シェイクスピアさんは、もしかしたらほんとうの名前は〝ウィリアム・R・オシリペンペン〟とかだったのかもしれない。でも、有名になるためにはもっとかっこいい名前にしなくちゃダメだと考えて、自分の書くお芝居には剣で人を刺したり突いたりするシーンが山のように出てくるので、「そうだなあ、ウィリアム・剣でぐさり《スウォードジャブ》なんてどうだろう？　うーんいまいち。ウィリアム・ちゃんばら《ファイト》は？　それとも、ウィリアム・みなごろし《キルエブリワン》？　ウィリアム・じさつ《スタブマイセルフ》？　いや、そうだ！　ウィリアム・やりぶんまわし《シェイクスピア》がいい。うん、こいつはすてきな名前だぞ！」演劇の先生の話では、シェイクスピアの劇をやるときは、衣しょうを着て、その下の見えない場所にブタのぼうこうをぬいつけておいて、剣で刺す役の人にわかるように、小っちゃい印をつけておいた。それで、その人がそこをチョンと刺すと、ブタのぼうこうから血がダーッと出る。

「でも、そんなことしてたらブタがすぐにたりなくなっちゃわないかしら？」とノリーは考えた。「そうすると、ぼうこうもたりなくなって、劇ができなくなっちゃわなかったのかな？」で、劇がはじまる前にシェイクスピアが舞台に出てきて、こう言う、「みなさんにお知らせがあります！　かわいいブタちゃんのぼうこうがたりなくなってしまったので、きょうは血が出るシーンができなくなってしまいました。けさ、みんなで戸だなをさがしたんですが、なにしろ商売はんじょうで、おまけに残こくな劇を山ほどやるもんですから、ぜんぶ使ってしまったのです。これから劇をはじめますけど、血が出ないといやだという人は、チケットの払いもどしができます。来週になれば、またどっさりブタのぼうこうが手にはいります。それから、わたしがいま書いている、とびきり気もちのわるいシーンが山もりのお芝居用に、大きくてプリプリした特大の牛のぼうこうも仕入れるつもりです。それではみなさん、ごゆっくり！」それとか、おっちょこちょいのだれかがぼうこうの中に血を入れ忘れて、中のおしっこをそのままにしちゃったこととかは、なかったんだろうか？すごいチャンチャンバラバラをやってるさいちゅうに、シェイクスピアが「地ゴグに落ちろ、このにっくき悪のゴンゲめ！」と言ってその人を刺す、すると、ピューーッ！　あれれ？　なんだかこの血はちょっと黄色っぽいぞ。「やや、黄色い血だ！」とシェイクスピアは言って、「おのれ、黄色い血の化け物め！　もう生かしちゃおけねえ！　わがヒッサツ技を受けてみよ！　お覚悟！　アチョー！」そうして顔を素敵にニヤつかせて、画面から退場する。

演劇のつぎは理科の時間で、けんび鏡で、いろんな線を見た――エンピツの線、クレヨンの線、色エンピツの線、万年筆の線、それからボールペンの線もあったけど、みんなはそれを〝バイロの線〟と言っていた。イギリスでは、電話の横とかにおいといて電話番号をメモするのに使ったりする、なんでもないふつうのボールペンのことを、ぜんぶバイロと言う。それから消しゴムで線を消して、それもけんび鏡で見た。おもしろかったのは、エンピツで線を引いたあとは紙がみぞみたいになっていて、それが、消しゴムをそっと紙の上にすべらすと、ゴゴゴッと小さくはねてすじすじになる、あんな感じになってたことと、消しゴムでこすったあとが、虫か何かがはったあとみたいに、紙がよじくれたようになっていたことだ。クラスのピーター・ウィルトンって子が、たぶんまだ演劇の時間の気分がぬけきれなくて、教室をうろうろ動きまわっていた。それで、シェイクスピアっぽく何かを切りきざみたくなったらしくて、何かないかと自分の机の上を見たら、「いいものめっけ！」きれいな長いグリーンのボールペンがちょうど目の前にあった。ピーターは定規を使ってそれをごしごし四分の一切って、また四分の一切って、残った半分もまた半分に切った。ノリーは笑っちゃいけないと思ったけど、ちんちくりんの小人ペンがすごくかわいくて、カートリッジもちょうどぴったり入る長さで、さいしょピーターもそれで字を書いてたけど、そのうち調子にのってカートリッジを中から出して、それも半分に切ろうとした。でも、もちろんそれはとてもおバカな思いつきで、ご想像どおり、ブチュッ！　インクがそこらじゅうに飛びちった。ピーターは「先生、インクがもれちゃいました」と言ったけど、ジェシカが――ジェシカはピーターのとなりの席で、さっきからずっとカッカきてた、だって、けんび鏡で物を見るのは、まわりがうんと静かにしててもすごくむつかしくて、頭がぐらぐらしたり、見るものを反対方向に動かして何も見えなくなったり、光が暗かったりいろいろするから――それでジェシカは頭にきて「せんせぇい！　えへん、それはインクがもれたんじゃなくてぇ、この人が自分でペンを切ったからでぇす！」と言いつけた。そしたら理科のホードリー先生はカッカ怒って、ひと言ごとに鼻からすごい鼻息を出しながら言った、「ピーター、そういういたずらは先生ゆるしませんよ、ガミガミガミガミガミガミ！」

「あのー、手を洗いに行ってもいいですか？」とピーターが言った。

すると先生は、「いいえ、だめよ。もう一生ずっとその手のまんまでいらっしゃい」

というのはもちろん半分じょう談だったけど、でもほんとにピーターは手を洗いに行かせてもらえなかった。けど、けんび鏡でエンピツの線を見て、なんてことないことばをちょこっと書いただけでも、紙とエンピツにはすごいことが起こってるということがわかって、とてもよかった。

38　さらなるパメラいじめ

そのつぎの時間わりは音楽になっていたから、音楽教室に行こうとしたけど、ろう下の曲がるところを一つまちがえて、講堂のそばの、木の箱がたくさんおいてあるところに出てしまった。そしたら男の子が何人かかたまっていて、「ほらエサ食えよ、パメラ」と言ってるのが聞こえた。パメラはこづかれて、木の箱のうしろに追いやられて、そこから出てこれなくなった。演劇の教室から出てきたばかりの六年生の男子たちだった。ノリーにはよく事情がのみこめなかったけど、とにかくパメラはそこから出てこれなくて、というか出てきたくなくて、男の子たちは「食えよ」とか「腹へってるんだろ?」とか、「怪物のエサやりタイムでぇす」とか言ってる子もいた。

ノリーは「ちょっと、やめなさいよ! パメラを出してあげて!」と言ったけど、男の子たちは無視した。そこにフランス語の先生がやってきて、六年生たちはきゅうにコソコソしだして「シッ! こいつがいること言うんじゃねえぞ」と言った。

「パメラ、いまのうちに早く出てきて」ノリーは先生が気がついてくれるように、わざと聞こえるような声で言った。男の子たちはそのへんで他のことをしてるふりをした。すると先生が「パメラ? そこにいるの? 出てらっしゃいな」と言ったので、パメラは出てきた。ノリーは「ハイ、パメラ、いっしょにノート取りに行こ」と言って、パメラをいそいで引っぱって行きながら、先生に手をふって、先生も手をふりかえした。もしかしたら先生にはわからなかったかもしれないけど、パメラは先生に知られるのをいやがってたから、それでよかった。だってもし知ったら、先生はたぶんサーム先生にそのことを言って、そしたらパメラはサーム先生と話をしなくちゃならなくなって、でもサーム先生は去年のいろんなわるいことをぜんぶパメラがやったと思ってるとパメラは思ってたからだ。

ノリーは言った、「パメラ、ピアーズ先生に相談したら？　ピアーズ先生はすごくいい先生だから、ぜったい言ってもだいじょうぶよ。ちゃんと言わなきゃ、何もよくならないよ。どんどん悪くなってっちゃうよ」。でもパメラは、いつ言いにいったらいいかわからないから、と答えた。いじめがすごくよくないと思うのは、ずっといじめられつづけてると、だんだんそれがふつうのことのような気がしてきて、もうなんとかしようと思わなくなっちゃうことだ。あんまり長いことカゼがつづくと、鼻がつまってるのが当たり前のように思えてくるのと同じだ。でも、そんなこと言ったって何もならないから、パメラには言わなかった。パメラは、いつもの、ほとんど泣きそうだけれどギリギリ泣いてない声で「ノート取ってくる」と言って、行ってしまった。

音楽の時間はとくに何もなかったので省略するとして、つぎの事件は、学校がおわって、みんなで外に出て、お家の人がむかえに来るのを待ってるときに起こった。ノリーはキラや他の子たちといっしょに、立って待っていた。するとパメラがやって来て、ため息をつきながらすぐそばにすわって、バックパックを下にずり落とした。とたんにみんなが冷や水をかぶったみたいにシンとなった。パメラはすごく変なことをやりはじめてて、まわりのことにぜんぜん気がついてなかった。どんな変なことかというと、片っぽのクツをぬいで、ソックスもぬいで、足の指にはってあるオレンジ色のバンドエイドをいじくりだしたのだ。パメラがいきなりそんなことをしたので、女の子たちはみんなくすくす笑って、ノリーもついいっしょになってちょっと笑っちゃったけど、すぐにわるいと思って、やめた。するとジェシカがノリーに「ねえちょっと、あの子にあっち行けって言ってくんない？」と言った。

「どうして？」とノリーは言った、「パメラがいたいんだったら、それでいいじゃない。いやよ、そんなこと言うの」

キラがノリーのうでをつかんでむこうに引っぱってって、「ノリーってば！　あの子の味方すると、あんたまでどんどんきらわれちゃうでしょ！」と言った。

「キラったら、いっつもそればっか」とノリーは言った、「キラはあたしと友だちだし、パメラもあたしの友だちだし、べつに他のだれかにきらわれたってぜんぜんいいもん」

「もう、なんにもわかってないんだから！」キラは〝ヒソヒソさけび〟でそう言った。〝ヒソヒソさけび〟っていうのは、大声でさけぶのを、さけび声じゃなく、ヒソヒソ声でやることだ。

「知ぃらないっと」ノリーはそう言って、パメラの横にすわって、「ハイ、パメラ」と言った。パメラは「ハロー」と言って、古くなってよれよれのバンドエイドをいじりつづけた。それからまたソックスとクツをはいた。キラがむこうのほうで狂ったようにおいでおいでをして、口の形で「ノリー、こっち来なさいよ！」と言っていた。でもノリーはガンコとして首をふって、「わるいけど、あたしいまパメラとお話しているところなの」という態度をとった。それからパメラにむかって「あの子たちのことも先生に言うべきよ」と言った。

パメラは言った、「え？　だって女の子は、べつにいじわるなんかしないもの。頭にくるのはあいつらよ」。パメラが指さしたほうを見たら、階段のところに男子が何人かかたまって立っていて、パメラのことを指さして、ゲエッと吐くまねをしたりしていた。でも、パメラは女の子たちにバンドエイドをいじってるところを笑われて（その中にはノリーも入ってた）、きっと傷ついたにちがいなかった。なぜわかったかというと、声がまたいつもの泣きそうな感じになってたからで、でもわからない、パメラは怒ったときもやっぱりこんなふうに声がふるえたから。もしかしたらパメラは、女の子たちのそばに行きたかったけど、行くとヤな顔をされるのがわかってたから、バンドエイドを調べるふりをしてみたけど、いきなりそんなことをするのはすごく変だったので、けっきょく近づいていってみんなにハローと言って無視されるよりもっとよくない結果になっちゃったのかもしれない。パメラは、女子も男子と同じくらいいじわるだってことが、ちっともわかっていなかった。もちろん女子は男子みたいに、こづいて箱の中に入れたりとかはしないけど、パメラが一日三百六十五時間、いつもいつも学校でひどい目にあっているのを見て何とも思わないだなんて、そんなのはちゃんちゃらおかしい、すっとこどっこいな大バカ考えだ。それか、もしかしたらパメラはほんとはわかってたけど、そんなふうに思いたくなかったのかもしれない。だれだって、自分がみんなからきらわれているなんて考えるのはいやに決まってる。ノリーは心の中で言った、「だめ、ストップ、このことはもう考えちゃダメ。パメラと他の子たちの話をするのはよそう。もっと、いじめとかとぜんぜん関係ないことを話して、パメラだってふつうにみんなみたいに階段にすわって友だちとおしゃべりできるんだってことを、他の子たちに見せつけよう」。そこでノリーは、ガーフィールドに出てきたおもしろいギャグの話をした。ガーフィールドはノリーの大好きなまんがで、最高にケッサクで、絵もすごくかわいい。ガーフィールドが庭の木に登って、巣の中にいる小鳥をつかまえようとする。鳥を手でつかんで、口をあけて食べようとしたしゅん間、ワシぐらいの、ものすごく巨大なお母さん鳥が飛んできて、おっかない目でガーフィールドのことをにらむ。ガーフィールドは小鳥をつかんだまま、お母さん鳥のほうを見あげて、「チュ……チュン？　チュン？」と話しかける。お母さんワシはすごいいきおいでガーフィールドをつついて、ガーフィールドはボロボロのヨレヨレの傷だらけになって木から落ちて、そして最後に「ま、ダメだろうとは思ったけどさ」と言う。

パメラは小さくうなずいて、悲しげにちょっとだけ笑った。それからノリーは、リーダソンは何を読んでるの、と聞いた。パメラはすうっと大きく息を吸いこんで、『『野性の呼び声』よ」と言って、あらすじを説明しはじめた。大きいりっぱな犬がだれかにさらわれて……でもそこできゅうに立ち上がって、「もう行かなきゃ、電車におくれちゃう」と言って、それから「ありがとノリー。バイバイ」と言って、目を見て小さくうなずいた。ノリーはそれだけでなんだかうれしくなって、パメラがさいしょソックスをぬいだときに、まわりにつられて笑っちゃったことをくよくよする気もちも、どこかにふっ飛んだ。全速力で走っていくパメラは、さっきよりもずっと元気そうに見えた。それからかべにもたれかかって、お父さんかお母さんがむかえに来るのを待った。キラはこっちに来なかった。わかってたけど、ちょっと悲しかった。

学校のろう下には、「いじめ禁止！」とバルーン文字で書いた巨大なポスターがはってあった。バルーン文字っていうのは、ふわふわ文字を、もっとうんとデブにしたやつのこと。

39　子供たちにタンタンの本を読んであげる

その日の夜、お母さんが本を読んでくれて、お父さんがお水を一ぱいもってきてくれたあと、ノリーはいっしょのベッドにクーチとサマンサを入れてあげて、『タンタン　チベットをゆく』を読んであげることにした。この子たちももうそろそろ、ところどころことばを説明してあげれば、これくらいの本はわかるかもしれないと思ったからだ。お人形たちに本を読んであげるとき、いちばんたいへんなのは、本が見えるように、ちゃんとまっすぐすわらせとくことだ。お人形たちはすぐにたおれたりかたむいたりするから、たとえばサマンサが天井のすみっこのほうをむいちゃってたら、絵が見えるように本を頭の上にもち上げてあげないといけないし、クーチも以下同文だった。タンタンの本の場合はとくに、絵が見えてないと意味がない。それにセリフを読みながら、絵のなかの一人一人の頭を指さして、だれが言っているセリフかわかるようにしてあげなくちゃいけない。エルジェの絵はとてもじょうずなので、お話と同じくらい重要だ。とくに山とか、リュックをしょって山を登る人とかの絵が、すごくじょうずだった。タンタン本に出てくる夢は、いつもすごくリアルだ。ハドック船長が歩きながら居眠りをしてへんてこな夢を見て、それが一コマごとにどんどん変わっていく、というのもあった。ノリーはねぼけたことはほんのちょっとしかない。一度は八さいのときで、ねぼけてチビすけの部屋のクローゼットに入って、そこをトイレだと信じきって、きちんとその中でおしっこをして、パジャマのズボンを上げて、自分の部屋にもどって、ねた。

クーチとサマンサに本が見えるようにしてあげると、こんどはノリーが本が見えにくくなる。そのうえだんだんうでや肩がだるくなって、チカチカジンジン状態になってきて、もうこれ以上一秒だって本をもってられなくなった。でもクーチもサマンサも、すぐにおねんねしてくれたので、やれやれと本をおろして、ノリーも急いでふとんにくるまった。眠たかったけど、ほんとに眠っちゃうほどには眠たくなかった。きょうは本格的にこわい夢は、たぶん見ない気がした。こないだ見たやつがすごかったから、これであと一か月か二か月はだいじょうぶそうだった。だからそれについては心配なしだったけど、いまいち眠たくなくて、けどジル・マーフィーの『どじ魔女ミル』シリーズのつぎの本に取りかかる気にもあんまりなれなかった。『どじ魔女』はリーダソンの本だったけど、もう頭の中がリーダソンでお腹いっぱいだったし、かわいそうな子供たちを苦しめる白血病はとてもわるい病気だと思うけど、ジル・マーフィーの本はすごくすごくおもしろいから、もっとべつの、ちゃんとしたときに読みたかった。自分が読んだ本のことを人に説明しようとすると、すごくつまらない本の説明みたいになっちゃうことが多くて、本の説明ってむつかしいなあと思う。その本がおもしろいっていう証こはどこにもないから、けっきょくその人にも本を読んでもらうしかなくて、でも本を読んでみようっていう気にさせるためには、まずその本がおもしろそうと思ってもらわないとだめで、そのためにはちょこっとでも本を読んでもらわないといけない。

だから本の説明はむつかしいけど、自分が読んだ本を他のだれかも読んでて、その本について話し合うと、もっともっと楽しくなるから、がんばって説明するのはやっぱりいいことだ。でも、相手の人がスカして「ああその本ね、そんなのとっくの昔に読んじゃったわ。すっごく子供っぽくてバカみたいな本よね」とか言ったりしたら何にもならないけど。キラは『どじ魔女』シリーズを、もう四冊ともぜんぶ読んでて、ほかにも百冊ぐらいいろんな本を読んでて、『どじ魔女』のことはおもしろかったとは言うけど、それについて話すのは、例によってあんまり好きじゃないみたいだった。キラはいっつも一冊の本を、ギュイン！　まるでノコギリでまっ二つにするみたいに読んで、おわるとすぐつぎにいく。そんなに早く本が読めるなんて、ちょっぴりうらやましかった。ロジャー・シャープリスとタンタンの話をしてるときは、楽しかった。ロジャーはタンタン本を山のように読んでて、こまかい部分までぜんぶ頭のなかに入っていた。ノリーたちはよく、五つか六つヒントを出して、どのシーンか当てっこするあそびをやった。たとえば「飛行機のドアから落っこちて、ワラをいっぱいのせた馬車の上に着地するやつ」と言うと、ロジャーはすぐどの本のどのシーンかわかって、「『オトカル王の杖』！」と答える。たったひと言「〝ヤギのまね！〟」と言っただけでも、すぐ『めざすは月』の中の話だって当ててしまう。

目をつむると、コンピュータの画面のあっちこっちに、赤や黄色やオレンジの点々がちらばってるのが見えて、その一つ一つがＩＴでつい落させてしまった飛行機だった。人がたくさん死んじゃったはず、とか考えなければ、スクリーンセイバーみたいできれいだった。ノリーはじっとねたま、その日いちにちに起こったできごとの切れはしを一つ一つ思いうかべた。ＩＴの時間。キラとトチの実であそんだこと。それからキラがノリーの顔の鳥のおトイレを取るのを手つだってくれて、やさしかったこと。そのあとノリーの手のにおいをかいでくれて、そのときもとてもやさしかった。でも、その日はどっちかっていうと、洗たくものの山みたいに、ぐじゃぐじゃによじれてこんぐらがった一日だったので、もうそれ以上あんまり考えたくなかった。なにも考えないでただ目をつむって、だれかがすごく変わったおもしろいお話をしてくれたらいいのにと思ったけど、きょうはもうお母さんに本を読んでもらっちゃったあとだったから、それはむりだった。そこでベッドの横においてあった中国の小っちゃいお人形を手に取って、じっと目をのぞきこんでみた。バービーの目はブルーとむらさき色だったけど、この子の目はぜんぜんちがう色をしていた。そしたらきゅうに、自分で自分にお話をしたらいいんじゃない？と思いついた。あの熱い雨に打たれたマリアナが自分で自分に話して聞かせるみたいな、短いけど感動的なお話。そこでノリーはやってみた。

40　アムネジアとドラゴンの物語

昔むかしの大むかし、まだイギリスに水道のじゃ口なんてぜんぜんなくて、だからじゃ口問題でだれも困らなかった時代、というのは、イギリスのじゃ口は片っぽからすごいいきおいで熱いお湯が出て、もう片っぽから冷たい水が出て、なのにその二つが五十センチぐらいはなれているので、お湯と水を混ぜられなくて、おまけにお湯はお茶がわかせそうなくらいアツアツだものだから、手を洗おうと思ったら、お湯・水・お湯・水・お湯・水と二つのあいだを猛スピードで行ったり来たりして、ちょうどいいお湯を感じなくちゃならなくて、いまふと思ったけど、それはねん土アニメーションを作るのにちょっと似てて――ねん土をほんの一ミクロンだけ動かして、カメラまで歩いていってパチリと撮影して、またちょっとだけねん土を動かして、またパチリと撮って、動かす・パチリ・動かす・パチリ・動かす・パチリ――とにかく、いまみたいに進んだ技術がまだなかった時代に、一人の女の子がいました。アムネジアという名前でした。アムネジアがまだ小さかったころ、お母さんが、第四の大陸からドラゴンがやって来るのよと言いました。そのころの地球には、あっちこっちに大きな陸地が七つあって、もちろんいまもあるけど、その四番めの大陸が、かのすてきなアジアでした。七番めは南極大陸で、じ石と何百万トンという名もない岩でできた「南極じ石」というものの上に地面が乗っかって、ぷかぷか海に浮いているのが南極大陸です。

その四番めの大陸からドラゴンがやって来るの、とお母さんはアムネジアに言いました。「それはあなたのような特別な人のところにだけ来るものなの」お母さんはそっとささやきました。じつはお母さんは、中国の西のほうの、万里の長城から千キロぐらいのところで生まれたのです。それはアムネジアが二さいのときのある夜のことで、なにかお話をしてと言ったら、お母さんがその話をしてくれたのです。そしてそれはほんとうにほんとうの話で、アムネジアにしょう来起こることの予言だったのです。「わたしたちはそのドラゴンをやっつけなければいけないのよ」とお母さんは言いました。「ドラゴンはあなたをつかまえようとするでしょう。食べようとするでしょう。でもあなたは強い子だから、けっして負けないの」

そしてお母さんは、もっとささやくように言いました。「それはお母さんにも起こったし、おばあちゃんにも起こったし、ひいおばあちゃんにも、ひいひいおばあちゃんにも、ひいひいひいおばあちゃんにも、みんなに起こったことなのよ」

でも、さすがのお母さんも知らないことが一つありました——アムネジアはドラゴンと二度も対決する運命だったのです。

それから何年もたって、アムネジアが八さいぐらいになったとき、とうとうそれは起こりました。かの女は成長して、とてもかわいい子になっていました。黒い髪はとても、とても長くて、前よりもいっそうつややかでした。地面につくくらいの長さでした。そのことは、夜に起こりました。アムネジアは、いまのことばでいう植物学の研究をしていました。夜とてもおそい時間で、あたりはなんの音もしなくて、アムネジアがけんび鏡で見ていた枯れ草のカサカサいう音の他には、なんの音もしませんでした。それは、いまではけんび鏡と呼ばれていますが、そのころは「チェンカ・パ」という名前で、ヒスイと真じゅ貝《マザー・オブ・パール》でできていました（真じゅ貝が真じゅのお母さんなら、ただの砂つぶは真じゅのみなし子です、なぜかというと、真じゅは砂つぶが貝のお家にやさしくくるまれて、まわりにネバネバしたものが集まってかたまってできるけど、お家のないただの砂つぶだけじゃ、いつまでたっても真じゅになれないから）。アムネジアはベッドにすわって、フェースタオルと研究用のものがおいてある小さい机の上で、何か書いていました。とちゅうでペンをインク入れにつけて（そのころはまだカートリッジがなかったので）、出したしゅん間、すべてが変わりました。

ベッドの横のテーブルが消え、部屋も消えました。家も、何もかも消えてしまいました。まっ黒い地面の上に、百万人ぐらい人がいて、アムネジアと両親もそこにいました。もうすぐ大きなドラゴンがやってくるのです。アムネジアは手を肩にあてて、ベッドの上にたおれこみました。つぎのしゅん間、それが来るということがわかりました。大人たちはみんな、かの女がドラゴンをたおすところを見に来たのです。みんな手にキャンドルをもっていて、それはとてもきれいなキャラメル色をしていました。アムネジアはこわい気もちでいっぱいになってお母さんのほうを見ましたが、お母さんは「だいじょうぶよ」というように、にっこりしました。そのときアムネジアの心に、二さいのときにお母さんに言われたことがよみがえりました。「ドラゴンはかならずやって来るでしょう。でもだいじょうぶ、あなたはきっと勝つわ」

アムネジアは、ますます強く肩をつかみました。そして自分の心に言い聞かせました。「勇気を出すのよ、アムネジア。お母さんに言われたとおりにするのよ！」ドラゴンがどすんと地面をふむと、土けむりがそこらじゅうにまい上がって、ほこりと熱い風がアムネジアの顔に吹きつけましたが、大人たちは「どこ吹く風？」という感じでぜんぜんよゆうでした。ドラゴンの手がのびてきて、アムネジアをつかもうとしました。と思ったら息をする間もなく、ぎゅっとつかまれてしまいました。

アムネジアはきてんをきかせて、ドラゴンの手から脱出しようと考えました。でも、それは思ったほどかんたんではありませんでした。ドラゴンはすごい力でつかんでいて、おまけに人間なら親指にあたる部分に、ものすごくするどいつめが生えていたのです。つめはアムネジアのうでとすれすれのところにありました。でもアムネジアは思いました。「でもいいわ。体をひっかかれても生きてるほうが、体をひっかかれないで生きてないより、ずっといいもの」

そこでかの女はもがきはじめました。ドラゴンの手にかみつき、足でけり、手でたたきました。でもドラゴンはびくともしないで、興味ぶかそうにまわりの人たちのことを見ていました。まぬけなドラゴンは、頭がすっかりおるすになっていました。アムネジアは必死にもがきました。そしてだんだん下にずりさがっていきました。するとこんどは体をあっちこっちにひねり出しました。ドラゴンのつめが胸やお尻をひっかきました。とうとう、あとは頭を出すだけになりました。ドラゴンの手を力いっぱい押して、そして下に落ちました。落ちた時間は、ほんの五分ほどでした。そしてあたりがまっ暗になりました。

つぎの日、アムネジアは目をさましました。お母さんが部屋に入ってきました。お母さんは、二さいのときにお話ししてくれたときと同じような、静かなやさしい声で言いました。「おめでとう、アムネジア。よくがんばったわね」とお母さんは言いました。お母さんはとてもうれしそうでした。

アムネジアもほっとしました。もう何年も、そのときのことが心配だったからです。

それからかの女は全りょう制の学校に行きました。五年間そこに行きました。家に帰ってきたときには十三さいになっていて、とてもかしこい女の子になっていました。かの女は、もう何か月も、何年も、十年ぐらい、ずっとずっとなりたいと夢見ていたものがありました。それは大学教授で、それになることに決めたのです。家に帰ったその日、それはまた起こりました。かの女は十三さいで、八さいのときより、もっとますますかわいくなっていました。

アムネジアは背も高くなって、お母さんはそれを見て、とても喜びました。こんなにうれしそうなお母さんを見るのははじめてでした。その夜、かの女がお母さんのお手つだいで洗たくをしていたら、それがまた起こりました。洗たくかごをもっていましたが、それは消えませんでした。気がつくと、前に行ったのと同じまっ暗な場所にいて、前と同じブルーの平たいクッションの上にひざまずいて、洗たくかごを手に持っていました。背中のうしろには、ベッドがありました。かの女はこわくなって、ベッドにすわりました。でも、前のときほどはこわくありませんでした。人がたくさん、何千人もいました。大人だけでなく、子供もいました。赤ちゃんをだいた女の人がいました。ぎゅっとだきしめていました。アムネジアは、ハッとしました。「この中で、ドラゴンをたおせるのはこの赤ちゃんだけだわ！」とアムネジアは心の中で思いました、「でもお母さんはあんなにこわがってるわ。赤ちゃんだけで、どうやってドラゴンをたおせるのかしら？」

すると、お母さんが赤ちゃんをそばにおいて、アムネジアにむかってにっこりしました。するとアムネジアは思いました。「わたしはこの赤ちゃんを守るためにここにやって来たんだわ。それがわたしの使命なんだわ！」アムネジアはあたりを見まわしました。みんながキャンドルをもっていましたが、こんどはキャラメル色ではなくて、ベビーブルーでした。「これは赤ちゃんのためのぎしきなんだわ」とかの女は思いました。だからみんなブルーにしたのです。

そのとき、またドラゴンが地面をふんだ土ぼこりがまい上がりました。そして、アムネジアは赤ちゃんを自分のうしろにかくして、赤ちゃんを守るように横たわりました。そして、ドラゴンにむかって胸の力をふりしぼってさけびました。「この子を食べるのはやめて！　わたしを食べてみて！　わたしのほうがずっと大きいわ！」するとドラゴンは「わかった」というような変な顔をしました。そしてアムネジアをつかんで、行ってしまいました。

それ以来、だれもアムネジアの姿を見た人はいません。なぜなら、いまはもう天国にいるからです。

これが、マリアナが大きなふかふかのベッドにすわって自分で自分にしたお話です。マリアナはきれいな声で「あの子が町にやって来る、野をこえ山こえやって来る」と歌いました。それから立ち上がり、お人形のヘレザとレレザをだき上げると、あくびをして、本を読むことにしました、おわり。

41　ほんとの世界

「でも、いまのはぜんぶうそ」ノリーは自分で自分にコショコショお話をしおわると、サマンサとクーチをこわがらせないようにそう言った。もしかしたら二人のうちのどっちかがまだ完全に眠ってなくて、お話を少し聞いちゃったかもしれないし、眠ったふりをしてるだけかもしれなかったからだ。ノリーもときどき、もしかしたらふだん聞こえない音が部屋の中で聞こえるかもしれないと思って、眠ったふりをすることがあった。「ほんとの世界には、つめのとがったドラゴンなんかいないのよ」とノリーは子供たちに言って聞かせた。「もちろんほんとの世界にもこわいことはいっぱいあるけど、あなたたちはまだ子供だから、そんなことは知らなくてもいいの。もっとずっと先でいいの。だからいまはできるだけおりこうさんにしていればいいのよ。もし何かこわいことがあっても、だっこしてヨシヨシしてあげるから心配しないでね。二人とも、とってもかわいい子供たちだもの」ノリーは二人の寝顔にキスすると、自分もまぶたがひっつきそうになってきたので、目をつむった。

42　聖母チャペル

チビすけは、朝のことを〝おはようのとき〟って言う。ノリーがチビすけぐらいだったころに、朝のことをやっぱりそう呼んでて、それをお母さんたちがいまでも使っているからだ。でもノリーは自分ではそんなことを言ったなんてぜんぜん覚えてなくて（人間はほんとにいろんなことを忘れてしまう）、おばあちゃんから聞いて知った。これもやっぱりノリーが小っちゃかったとき、飛行機がキャンセルになって、ノリーとノリーのお母さんとおばあちゃんが、空港の近くのホテルでいっしょの部屋にねた。みんなおそくまで起きてて、それからベッドに入って電気を消して、大人たちが目を閉じてやっとこさ眠りかけたしゅん間、ノリーがベビーベッドの上に立ちあがって、元気いっぱい「おあよう！」と言った。小っちゃい子は、「おはよう」を「おあよう」と言ったり、「ぎゅうにゅう」を「にゅうにゅう」と言ったりする。それは、小っちゃい子にはまだうまく発音できない音がたくさんあって、「ぎゅ」とかもそうだけど、それをベロに覚えさせようとするんだけどできなくて、もうしょうがなくて「にゅうにゅう」でいいことにしちゃうからだ。でも、そのあと何度も「ぎゅうにゅう」って聞いてるうちに、自然と「ぎゅうにゅう」と言うようになる。

よく小っちゃい子が朝のことを〝おはようのとき〟って言うのは、いまが何時とかいうことはまだぜんぜんわからないけど、一日のその時間になると、みんなが自分に「おはよう」って言うのを知ってて、それで今はきっと「おはよう」っていう時なんだな、と思うからだ。

で、つぎの日のおはようのとき、チビすけはすごく早くに目をさました。お父さんたちはまだねてたので、ノリーとチビすけはお父さんたちの部屋のドアをそっと閉めて、「お絵かき部屋」に入っていって、ドアを閉めた。「お絵かき部屋」は、お絵かきだけじゃなくいろんなことをする部屋で、もともとは二階についてる予びの小っちゃなキッチンで、そこにマジックとかホチキスとかセロテープとかハサミとかがいっぱいおいてあって、あと流しもあるから、水を使ったいろんなこともできた。ノリーたちはよくその部屋であわ立て器あそびをしたり、ねん土で何か作ったり、一人で好きなことをしたりした。ノリーはヒソヒソ声で、「おチビちゃん、きょうは何を作りたい？」とチビすけに聞いた。きょうもまた何か新しいことにちょう戦したい気もちがわき上がって、煮ても立っても座れないくらいウズウズして、それにきょうはチビすけもいっしょにいて参加したそうにしてたので、二人でいっしょに何かすることにしたのだ。

「ぼくね、ドルリしゃがいい！」とチビすけが言った。

そこで二人は、こんな朝はやい時間から、クラッカーの空き箱と、レゴの小箱と、紙を丸めて筒にしたもので、ドリル車を作った。そして仕上げにノリーたち四人の絵を横にかいて、それを手さげ袋に入れて、起きてきたお父さんたちに「はい、プレゼント」と言って二人でわたした。お父さんやお母さんにプレゼントをあげて、それをとっても喜んでくれて、こんなにすてきなものは見たことがないよ、とほめてもらうと、胸の中が、ことばで説明できないような、何かがパアッと開くような感じになる。家具博物館にあった時計みたいに、自分のハートの小っちゃいとびらがぱたんと開いて、中からゼンマイで動くお姫さまたちがたくさん出てきて、少しのあいだくるくる回ってまた中に入っていくような、そんな感じ。二人でドリル車を作ってたとき、チビすけがいちどノリーの顔を見て、「すっげく楽しいね！」と言った。だからがんばってやりとげて、いいものができてよかった。

でもその日は土曜日で、ということはつまり——ここがイギリスとアメリカがすごくちがう点で、でももしかしたらスレル小だけなのかもしれないけど——つまり、午前中は学校がある日だった。だから、シャツ着てスカートはいてネクタイしめて先っぽをスカートの中に入れて、髪の毛とかして歯みがいて、オートミール食べて急いで学校へゴー！　お母さんと歩いていくとちゅう、白鳥たちがおっかない感じに肩をいからせて近づいてきて、でもそのときお母さんが「パメラはその後どうなの？」とノリーに聞いた。

「うーん、あんまり元気じゃない」とノリーは言って、きのうのこととかを少し話した。お母さんは、あなたがちゃんと先生に言ったほうがいいんじゃないかしら、と言って、もしパメラがいやがるんなら、パメラの名前を出さないようにして、たとえば「わたしの友だちで、みんなからいじめられている子がいて、その子は先生に言わないでって言うんですけど、でもほんとうにひどいので先生に知っておいてほしいんですけど、どうしたらいいでしょう？」みたいに言ったらどうかしら、と言った。

ノリーは、うんわかった、そうしてみる、と言った。すべりこみセーフで学校につくと、一時間めは宗教の時間で、そのつぎが歴史の時間だった。宗教の時間は、「聖母チャペル」のステンドグラスのデザインをめいめい考えて、絵にかいた。ノリーは、青いパフスリーブのドレスを着て、頭の上に金色のものがのっかったマリアさまが、指を二本立てている絵にした。マンガっぽいタッチでかいたので、指も丸っこい感じの指だった。リアルなかき方にすると、フィッツウィリアム美術館で見た絵みたいに完ぺきにしようとついがんばりすぎて、目が片っぽギョロ目になったり、鼻の穴が変に巨大になっちゃったりして、いつも変になる。けどマンガふうなら、いつもかいてるやりかただから得意だし、顔もマリアさまっぽくやさしげな感じになって、リアルな手法のときみたいに顔の右半分と左半分がずれてお化けになったり、手がニワトリの足っぽくなったりとかいう失敗は、ない。

「聖母チャペル」というのは、スレル大聖堂の中の、そこだけべつになっている場所で、そこはマリアさまのために特別に作られた建て物だったけど、ステンドグラスがほんのちょびっとしかなかった。宗教の時間に、聖母チャペルにどんなステンドグラスをかざりたいかをみんなで話しあったのも、そのせいだった。春夏秋冬の絵とか、いろんな有名な修道女や聖女の絵とか、マリアさまの出てくる有名なシーンとか、いろんな意見が出た。昔の聖母チャペルは、もっといろんなきれいな色でかざってあった。でもいまははっきり言って、かなりヒサンな状態だった。中は、ひんやりと石のにおいがした。石のあちこちにヒビわれができてて、そこから石の粉がちょっとずつちょっとずつ、花粉みたいにふってくるせいかもしれなかった。がらんとしててさみしくて、ぜんぜんマリアさまのために作られたチャペルっていう感じがしなかった。だってここは主イエスキリストのお母さんのマリアさまにちなんで作られた場所で、マリアさまが赤ちゃんイエスさまを両手にだいて、しっかりやさしく守ってあげた、そのえらいことをほめたたえるために作った場所なのに、ぜんぜんそんなふうになっていなかった。なんでチャペルの中の石がそんなにぐちゃぐちゃにこわれてるかというと、大むかしのスレルの人たちが、きゅうに頭の中が狂った考えでいっぱいになって、お坊さんたちはみんなわる者だときめつけて、家からハンマーをもってきて、教会の中のいろんなものをこわしてしまったからだ。

聖母チャペルの中のちょう刻に近よってみると、ほとんどぜんぶ頭が取れてなくなっていて、見ててもあんまり楽しくなかった。石でできたちっぽけな像で、ノリーのもってるサマンサとかのお人形くらいに小っちゃくて、それをもっとやせさせたような感じで、おまけに首がちょん切れてるから、どんな顔だかわからなかった。お人形でもちょう刻でも絵でも、いちばんだいじなのは、だんぜん顔の部分だ。理由は、人間の感覚はみんな顔で感じるからで、しょっ覚だけはべつだけど——でもよく考えたら顔にも皮ふはあるし、歯にだって感覚があって、でも口いっぱいにアイスクリームのかたまりを入れたときにキンとしみる、あの感じはしょっ覚ともちがう、味覚ともちがう、歯だけがもってる特別な感覚だっていう気がして、それはたぶん歯医者さんになったらわかることだ。ときどきノリーは、体がぜんぶ顔になったような感じがすることがあった。でも人間の胸の中の、心ぞうのまわりを貝がらみたいに取りかこんでる部分にも特別な感覚があると考える人たちもいて、だから〝ハートで考える〟っていうのは、ほんとうにあることなのかもしれない。

チビすけを見てても、絵のなかで顔がいちばんだいじだっていうことがよくわかる。チビすけは、さいきんやっと人間の絵がかけるようになってきた。前は大きい丸を二つかいて、それを〝どうりょく棒〟とかいう線でつないで、それを車輪ということにして、「はい、きかんしゃ！」と大いばりで言っていた。でもさいきんは同じように丸を二つに棒を一本かいて、でもこんどはそれは目と口で、「はい、ジュリアナ！」と言うようになった。ジュリアナは、パロアルトにいたころいちばん仲よしだった女の子で、スレルの保育園に通うようになっても、まだ会いたがっていた。最近では足もかくようになった。両方の足が、いかにも動いてるっていう感じで同じ方向に伸びていて、でもまだ子供だから、ひざとか、そういう細かいところまではかけなかった。

頭の中がパーチクリンになった男の人たちが、ハンマーでチャペルの中をこわしまくって帰っていったあと、床いちめんにちょう刻の小さな頭がころがってるところを想像すると、ノリーは悲しい気もちになった。そこに裏口のドアがあいて、一人のおばあさん修道女が、ワラをたばねたホウキをもってはいってきたかもしれない。その人は悲しそうに首をふると、ごろりんごろりんした天使の頭をそっとホウキではき集めて、石でできた芽キャベツの山みたいに一か所にていねいにつみ上げる。それからそれを手でひろい上げて、ベルベットの袋に入れて、司教館の庭にうめる。すると小さな石の頭の一つ一つから芽が出て、見たこともないようなチューリップや、ユリの花や、トチの木が、ううんでもやっぱりユリの花だ、ユリはマリアさまのための特別の花だから。イエスさまの花はトケイソウで、顔をうんと近づけて見ると、花の中に十字架の形が見える。で、それから百年くらいたったある日、司教館の庭を、地下にうまったものを見つけるのに使う、あの棒みたいなものの先に、マリアさまの頭の上にあるのと同じ小さな金色の輪っかがぼうっと光る機械を持った人が歩きまわって(「ちょう刻たんち機」とか、そんな名前のもの)、ちょう刻の頭を発見して、地面からほりおこす。そしてそれを特別の液に入れて、ていねいによごれを落として、接着剤で一つ一つ、つなぎ目がぜんぜんわからないくらい、うんと注意して元どおりくっつけてあげて、そうすればチャペルもきっと、前ほど荒れはてた感じじゃなくなるかもしれない。イギリスでいちばんふつうに使うボンドは「UHU」という名前だけど、みんなそれを「ウーフー」じゃなく「ユーフー」と読む。

もしもノリーが大きくなって、歯医者さんにもとび出す絵本のデザイナーにもならなくて、ステンドグラスを作る人になったら、聖母チャペルのステンドグラスにはマリアさまの物語だけでなく、このチャペルを作るための石をほっているところや、建て物を建てているところや、ある木曜日の夕方にいきなりやって来てステンドグラスや石の像をこわした人たちのことや、それからノリーが考えた、取れてしまった頭をひろったおばあさんの話や、頭から芽が出て花が咲いた話や、頭を「ユーフー」で元どおりくっつけたこととかも、ぜんぶのせたかった。そうすればきっと、チャペルは昔みたいにきれいな色であふれ返って、もう寒い、さみしい場所じゃなくなる気がする。地面にうめた頭から何かが生えてくるというのは、自分で思いついたことじゃなくて、古典の時間に習った、イアーソーンという人が歯を土にうめて、そこから軍隊が生えてきた、という話から思いついた。

いま聖母チャペルの窓についてるのは色のないとう明のガラスで、ただの小さい四角い形のガラスが上までずっとならんでて、窓のいちばん下のところに〝ロード・チンパーム〟とか〝ロイド銀行〟とか〝テスコ〟とかの名前が書いてあった。テスコというのは、イギリスのスーパーの名前だ。イギリスには、テスコとウェイトローズとアズダと、あとセーフウェイがある。セーフウェイは、アメリカにもおんなじ名前のがある。「セーフウェイ」は、スーパーにすごくぴったりの名前だと思う。食べ物がずらっとならんだ、まっすぐできれいな通路みたいで、その通路はとても広くて、カートどうしがぶつかることもなくて、すいすい、安全にほしいものをかごに入れられそうな感じ。聖母チャペルの窓にいろんな名前が入ってるのは、そのとう明のステンドグラス（というかステンドじゃないグラス）をはめたときに、その人たちがお金をはらったという意味だ。だからチャペルの窓には〝テスコ〟と書いてあるだけで、マリアさまの絵も、アダムとイブも、ソロモン王も、ヨナの箱舟も、イエスさまが地ゴグに下りていくところも、なにもなしだった。

　そんなだから、せっかくだれかがそのチャペルを見に来ても、入ってきて中を見て、「なーんだ」と思うだけだ。頭のない石の像を見ても、だれかがこれをハンマーで一こ一こわしていったところを想像して暗い気もちになるので、ステンドグラスのほうに目をむける。するとそこに〝ロイド銀行〟って書いてあるのを見て、その人は「そうだ、そういえばキャッシュマシンでお金をおろすの忘れてた」と思ったり、〝テスコ〟というのを見て「そうだわ、きょうのお夕食に芽キャベツと小人カリフラワーを買わなくちゃ」とか思いだして、まわれ右、さっさか出ていってしまう。マリアさまが自分の子供のことをすごく愛して守ったこととかは、だれもちゃんと考えない。マリアさまは、イエスさまのためだったらきっと死ぬのだって平気だった。それはマリアさまがお母さんだからで、だからこそマリアさまはみんなからたいせつに思われてる。マリアさまは、自分の子供をとても、とても、とても愛していたから、たとえ子供がイエスさまじゃなかったとしても、命をかけて守ったはずだ。でもカトリック教は、そこのところを少し作り変えて、イエスさまがわたしたち人間を自分の子供のように愛していたから、わたしたちみんなを救うために十字架で死んだ、というお話にしてしまった。マリアさまがイエスさまに感じていたお母さん愛を代表してイエスさまが死んだ、ということにしてしまった。大むかしの聖母チャペルは、きっともっと〝マリアお母さまばんざい〟っぽく、ステンドグラスの赤や青の色があふれてて、石でできた大きなカンガルーのお腹のポケットの中にいるみたいな気分だったにちがいない。色には「あたたかい色」と「寒い色」があって、温度が寒いところでも、色のせいでとてもハートがあったかくなれる。でも心《ハート》ぞうはいつもせっせと運動してるから、もともとあったかいけど。

ノリーは七さいのクリスマスのときに、お人形でキリスト生たんのシーンを作った。「ベビーシッター・バービー」についてた赤ちゃん人形をイエスさまということにして、べつのバービーに青いお洋服を着せてティアラをかぶせてマリアさまにして、あと「東方の三博士」は、金髪のと、黒い髪のと、アフリカン・アメリカンのと、三人のバービーの頭にもじゃもじゃのパイプクリーナーをつけて外国の人っぽくして、前のほうにならばせて「東方の三バービー」にした。この子たちはひざが曲げられなかったので、赤ちゃんイエスさまにあげるために持ってきたプレゼント（「ポーリー・ポケット」の小っちゃいスーツケース）の横にねかせておいた。でも、ローマ時代の人たちはカウチにねそべってごはんを食べたから、これはそんなにまちがいじゃない。

43　サーム先生と話す

ともかく、その日の宗教の時間はマリアさまの絵をかいた。でも、つぎの歴史はぜんぜんちがう話で、まだアステカの人たちが血のようにまっ赤な夕日にいけにえをささげた話でもりあがっていたから、なんだかちょっと変な気分だった。教科書に、いけにえをささげてるところの絵がのっていた。まず最初、いけにえにされる人をお酒で酔っぱらわせて――まあ何もやらないよりは少し親切かも、とノリーは思った――殺される順番がくるまではんぶん眠ったみたいにさせておく。それから、その人の両足をおさえる。二人の人が足をおさえて、もう一人が両手をおさえる。言いかえると、一人の人が片ほうの足をおさえて、もう一人の人がもう片ほうの足をおさえる。それから、まん中あたりにもう一人の人が横のところに立っていて、やりみたいなものをもって、頭がい骨を体にかざっている。その人は、たくさん人を殺したので手がまっ赤で、もってる刀もまっ赤で、そでもひじのところまで血でまっ赤だった。殺される人は、木でできた台みたいなものの上にねかされる。そこまでのぼる階段は、もういちめん血でべちょべちょで、足のふみ場もない。それは、まだドキドキ動いている心ぞうを取りだしてささげないといけないからだ。

でも、こういうのってぜったいよくないことだし、こんなことしてえばるのはまちがってるとノリーは思った。アステカの人たちは、ピラピラの衣しょうなんか着て、えらぶってるけど、とんだおかどちがいだ。もちろん、この絵はいけにえのことがあってからずっとあとにかかれたものだけど。あと、ニヤニヤ笑ったりはしてないから、ものすごいわる者っていう感じでもないけど、でもものすごくいやそうにもしてなかった。だいいち、この人たちがやってることは、ことばにできないくらい、とってもひどいことだ。ことばにできないだけじゃない、歌にもできないし、おしゃべりにもできないし、手話にもできない。ひどいの百乗くらいひどい。でも子供は残こくで気もちわるいことが大好きだから、学校で教えるにはちょうどいいのかもしれない。男子はみんなそうだし、女子でも、バーニスみたいなタイプの子はそうだった。それに、これは『地下室の物語』とか「世にもおそろしいお話」シリーズみたいに、だれかがわざとこわがらそうと思って作ったものじゃなく、ほんとうの世界で起こったことで、だからブライズレナー先生が授業で教えてくれるのだ。それに、老すいで自然に死ぬんじゃない、変わった死にかたのなかには、木の台にのせられていけにえにされるよりも、もっと最悪な死にかたはいくらでもある。ノリーの考える、この世でいちばん最悪な死にかたワースト3は、まず棒みたいなものにくくりつけられて、足の下からじわじわ火であぶられて死ぬ死にかた。二番めは、いきなりバッと口に手を当てられてちっ息死する死にかた。そして三番めは、おぼれて死ぬ死にかただった。

休み時間にキラにそのことを話すと、キラはだいたい賛成してくれて、でももっと最悪中の最悪は、生きたまま地面にうめられることだと思う、と言った。そこにパメラがやって来て、あっちの木の下にトチの実がたくさん落ちてるよ、と言って、ノリーが「行こ!」とキラをさそうと、なんとびっくり、キラはほんとについてきた。キラとパメラがいっしょにあそんだというよりかは、パメラとキラがそれぞれノリーとあそんだ、という感じだったけど。パメラが考える最悪な死にかたは、高いがけから落ちて、うんととがった岩に刺さって死ぬ、というので、ノリーもキラも、たしかにそれもかなりヤな死にかたかも、と賛成した。ひょっとすると、キラとパメラは、ほんのちょっと仲よくなりかけてるのかもしれなかった。でもそのうちに他の子たちもトチの実をひろいにやって来ると、キラはそっちに行ってしまった。パメラといっしょにいるところを見られるのは、まだ恥ずかしかったのかもしれない。そのあと、キラとお昼ごはんに行くとちゅう、キラがとつぜん、あしたうちに来ていっしょにあそばない?と言った。これはまったく晴天のへきえきだったけど、ノリーはそれじゃあお家の人に聞いてみるね、聞くは一ときの恥って言うから、と言った。

帰る前に、ノリーはものすごくきん張してサーム先生のところに行った。そして、わたしの友だちで、女の子なんですけど、毎日毎日いじめられてて、すごくかわいそうな子がいるんです、ぶったりたたいたりとかじゃないけど、もっと目に見えないいじめなんです、と言った。そうして、こないだのブレザーのこととか、上級生の男の子たちのこととか、女の子たちが無視したり笑ったりすることとか、ほかにもいろいろ、男子がパメラのダッフルコートを何度もコートかけから落として自分のダッフルコートをかけたりしたこととかを話して、「その子は名前を言わないでって言うんです」と言った、「でも毎日毎日、ほんとにすごくつらい思いをしてて、それでどうしたらいいだろうって思って相談にきました」

「もしかしたら、それはパメラのことね?」とサーム先生が言った。

「いえ、えーと……あの、友だちのだれかです」とノリーは言った。

「わかったわ、教えてくれてありがとう」と先生は言った、「先生もこれから気をつけておくわ」

「ありがとうございます。ほんとにその子、とってもかわいそうなんです」とノリーは言った。

おわってからノリーは安心のあまり、ものすごく大きなため息をはあっと出した。朝からずっと、サーム先生にパメラのことを言わなくちゃと思ってドキドキしてたけど、おわってみれば、オーソレミヨ！　先生たちもちゃんといじめのことをわかってたのだ。それに、なんとかパメラの名前を言わずにすませられたのもよかった。一しゅん、あぶなかったけど。

44　六つの予びの脳

十二時半にお母さんがむかえにくると、ノリーはすぐにあしたキラの家に行ってもいい？と聞いた。お母さんとお父さんは話しあった。というのは、あしたはみんなで車でウィンポール館という昔のお屋しきを見学に行くことになってたからだ。「じゃあ、キラもいっしょに行っちゃだめ？」とノリーは聞いた。お父さんとお母さんは顔を見あわせて「それはわるくないかもね」という顔をした。そこでノリーはバックパックの中をはっくつして、キラの電話番号を書いて小っちゃくたたんだ紙きれをふでばこの中から出した。そしてその番号に電話をして、「もしもし、エレノアです、キラはいますか？」と言った。キラが出たので、あしたいっしょにウィンポールに行かない？とさそった。電話のむこうでキラがどなるのが聞こえた。「あしたウィンポールに行ってもいい？」それから「ウィンポール！」それから「**ウィンポール！**」それから「ノリーと！」それから「おんなじクラスの子。そう」。しばらくしてキラがもどってきて、「いいって。でもうちのママがノリーのママと代わってって。打ち合わせしたいんだって」。それでけっきょく、出発の一時間前にキラがうちに来て、二人でちょっとあそんでから出かけることになった。ウィンポールはおもしろいところで、中に農場もあって、絶めつ寸前のめずらしい牛やブタやヤギがいっぱい飼ってあって、小さい子でも大きい子でも楽しめる、とお母さんが言っていた。ノリーはわくわくして、さっそく自分の部屋をマッハで片づけはじめた。ところが、部屋のそうじをはじめるといつもそうなっちゃうんだけど、お人形の順番をならべかえていたら、その子たち一人一人のはてしない人生に起こるかもしれない、いろんなドラマチックなできごとが、つぎつぎ頭に浮かんできて、止まらなくなってきた。だからお人形を二人連れて下におりていって、チビすけがソファで丸くなってお昼寝してる横にすわって、マリアナのお話を一人で作りはじめた。でも、あしたキラが来ると思うと、そわそわして考えがちっともまとまらなかったので、このお話はひとまず戸だなの上におあずけにした。

　キラがお母さんに送ってもらってうちに来ると、ノリーは「わあ、キラがうちにいる！」と思って、なんだかふしぎな気もちになった。なぜかというと、もちろん、いつもは学校でしか会ったことがなかったからだ。最初は二人ともモジモジお見合いしてたけど、すぐにいつもの調子にもどって、おしゃべりをはじめた。ただ、一つだけがっかりなことがあった。キラはお家《うち》の方針で、生まれたときからずっとテレビなしで育った。だからノリーの家に着いたとたん、テレビに飛びついて、ものすごく熱心に見はじめたのだ。いまどんな番組をやってるかもちゃんと知っていて、見たい番組ももう決めてあって、それは『スペース・カバブ7』というアメリカのアニメだった。

『スペース・カバブ7』は、スペース・カバブという高校生くらいの男の子が主人公で、頭がい骨をいくつもつなぎ合わせた、ものすごく巨大な頭をしていた。その中には予びの脳が六つ入ってて、オウム貝の中みたいに、あいだが板で仕切ってある。頭にあいた穴にプラグを差したりぬいたりすると、それぞれの脳とつながることができて、たとえばネイティブ・アメリカンのかしこいしゅう長の脳で考えたいときには、そこにプラグを差しこんでその脳で考えるし、ファルコンのように考えたいときには、ちびっちゃこいファルコン脳のところにプラグを差しこむ。予びの脳六つとスペース・カバブの元からの脳を足すとぜんぶで七つで、だから『スペース・カバブ7』というのは、すごく正しいタイトルだ。ノリーはそのアニメはもうだいたいぜんぶ見てたし、ガーガー声でしゃべる大きな怪じゅうがいつも出てくるので、あんまり見たくなかった。それに、ぎ問に思うのは、わる者がスペース・カバブをやっつけようと思ったら、小っちゃなねん土のかたまりを用意して、それを頭の穴にちょちょいとつめれば、スペース・カバブ7はたちまちスペース・カバブ5とかになって、またもっとつめれば、スペース・カバブ3になって、スペース・カバブ2になって、とうとう最後には元からある脳みそだけになって、何もたよるものがなくなって、ただのふつうの男の子が宇宙にいるだけのちっぽけでつまらないお話になって、でもそんなアニメじゃ、だれも見なくなっちゃうかもしれない。

　でもキラは、めったにないチャンスだもんだから、何がなんでもそれが見たくて、だからノリーもつきあっていっしょに最後まで見た。ノリーは真けんに眠たくなった。けさもいつもより早く目がさめて、またきのうみたいにチビすけと二人で「お絵かき部屋」に行った。チビすけが、荷物のこん包に使う発泡スチロームのチップが箱の中に入ってるのを見つけて「ポテチトップだ！」と言ったので、ノリーはそれを袋に入れて、ほんもののポテトチップスみたいにして、ホチキスでとめて、袋の外がわにこう書いた。

半《エバー》えいきゅう《ラスティング》ポテトチップス

＊＊おいしささらにアップ！＊＊

ノリーの家では、よっぽどのことでもないかぎり、パメラがおやつにもってくるようなえびチップスを食べちゃいけないことになっていた。えびチップスの中には、人工着色甘味料が入ってて、それはほんとはぜんぜん砂糖じゃないのに砂糖のふりをした化学物質で、脳の中で甘い感じを起こさせたあともずっとそこにいすわりつづけて、脳に悪い影きょうをおよぼすかもしれないからだ。キラはえびチップスは好きじゃないと言ってたけど、でもほんとにそれはおいしくて、ベロにのっけると、あのシュワシュワはじけるすっぱいお菓子みたいに、すーっと溶けてなくなる。

やっとこさ『スペース・カバブ7』がおわったので、二人でノリーの部屋に行って、お人形たちを見せてあげた。キラはいちおう「かわいい」と言ってくれたけど、思ったほどは興味がなさそうだった。でもバスタブのところにおいてあった、お湯に入れたり水に入れたりすると色が変わるメタルの自動車のおもちゃのことは、すごく気に入った。だから二人でしばらくその色の変わる自動車であそんだけど、キラは、デビーみたいにそれを使ってお話ごっこをするのは、あんまり好きじゃないみたいだった。

45 Nogl Erylalg

オエッとなるほど長いこと車で走って、やっとウィンポール館についた。農場はおもしろかった。めずらしい種類の牛の中に、ものすごく頭でっかちで、目が出目金で、いまにも干し草の上にポロッと落っこちちゃいそうに見えるのがいた。もしかしたらそのせいで、いまはもうあんまり農家の人たちに人気がないのかもしれなかった。チビすけは、黒い牛に緑色のつぶつぶのエサをあげようとして指を少しかまれて、かまれたところが赤くなって泣いたけど、くじけずにヤギにもエサをあげた。手の上にエサをのっけて出すと、ヤギたちは角《つの》を横にしてさくの下をくぐらせて、ふにゃふにゃしたくちびるをいそがしく動かして、エサを平らげた。あんまり首をのばしすぎて、ときどき犬が首輪をひっぱられたときに出すみたいなゲッゲッという音をさせた。でもさくがあるので、川のところにいつもいる、あの目が黒ビーズみたいな白鳥ほどにはこわくなかった。

お屋しきまでは、じゃり道をのぼっていった。こういう古いお城みたいな家では、じゃり道は重要なポイントで、じゃり道をパリパリふんで家の中に入って、ほんものの床やじゅうたんの上を歩くと、すごくリッチでまことしやかな気分になる。それに、じゃりの上を歩くと、クツについたフンとか泥とかゴミとかなんじゃらほいじゃらとかが、自然に取れる。もっとも、ヘンリー八世の奥さんたちの時代にくらべれば、いまはそれほど道にだれかのフンなんか落ちてないけど。

歩いていたとき、どこかの小さい女の子が、お屋しきに上がっていく階段の下のところに頭をぶつけて、わんわん泣いた。ほんとに、すごく痛そうなゴンという音がした。ノリーのお父さんが子どもむけのガイドブックを二冊買って、ノリーとキラに一冊ずつくれた。イクワース館の子どもむけガイドブックにくらべると、ウィンポールのはいま十ぐらいだったけど、まあしょうがない。その日ノリーがいちばん思ったのは、キラといっしょだと、お屋しき見学がいつもとぜんぜんちがう感じになっちゃうということだった。なぜかというと、キラはものすごく負けぎらいで、たとえばガイドブックに「召使いをおびきよせるのに使う、これこれこういう小さい呼びりんのヒモがどこにあるか、さがしてみよう！」と書いてあると、キラはすごいいきおいで部屋じゅうを血ナマコでさがしまわって、ノリーより先にそれを見つけようとした。

いろんな部屋に、おもしろそうなテーブルや絵やイスやかくしドアがあったのに、キラにおくれないようにするので精いっぱいで、ぜんぶすっ飛ばしてしまった。ほんとはべつに競争なんかする気はなかったけど、そんなに競争競争されたら、こっちだって負けるのはしゃくだった。二人とも、べつに走ったりとかはしなくて、表面上は、競争してることなんかあくびにも出さないような、すました顔をしながら、でも足はすごい早歩きだった。犬を連れた女の子の絵のところまで来ると、キラが「わあ、すてきな絵！」と言った。でもノリーは内心「ふーんだ」と思った。もしかしたら、キラはその絵のことをそんなにいいと思ったわけじゃなくて、ただその絵が子どもむけガイドブックにのってたから、ノリーより先にその絵を見つけたことがうれしくてそう言ったんじゃないかっていう気がしたからだ。ノリーは、絵とかちょう刻についてる犬を見るのが大大大好きだったから、キラより先とまでは言わなくても、同時くらいにその絵の前に着きたかった、そうすれば「負けた」っていう気分じゃなしにその絵を見られたのに、と思った。なぜそんなに好きかというと、ノリーは犬がほしくてほしくてたまらないのに飼わせてもらえなくて、それにひきかえキラの家にはゴールデンレトリバーがいて、ノリーもそういう大きくて毛がふさふさしてて犬くさいにおいのする犬がすっごくほしかったんだけど、よその国からイギリスに連れてこられた犬は、伝染病がないかどうか調べるために、イギリスの政府に半年もどこかに閉じこめられるし、あとほかにもいろいろ理由があって、飼わせてもらえなかった。

だからノリーはちょっといじわるな気もちになって、キラとならんで、犬を散歩させてる女の子の絵を見ながら、「うーん、でもクツがあんましかわいくないし、あとスカートも長すぎると思うな」と言って、それから「ピンク色のそでがピラピラたれてるのも変。あとぼうしも色がけばけばしすぎて飛ぶ鳥を落とすいきおいだし、犬もちょっと顔がきょうぼうすぎ。もう少しじょうずにかけると思うんだけどな」

「あっそ」キラは、ちょっとフンっていう感じで言った、「つまりこんな絵ぜんぜん良くないって言いたいわけね?」

「まあ、地面はわりといい感じよね」とノリーは言った、「それから石に光が当たってる感じとか、木とか、うしろの家とかも、けっこうよくかけてると思う。でもまん中の部分の、女の子とかぼうしとかが、なんかあたしのセンスとあわないってこと」

キラはまたガイドブックを見だした。ガイドブックのうしろにはクロスワードパズルがのっていて、キラはノリーの百万倍くらいクロスワードがじょうずだった。なにしろキラはスペリング博士で、それにひきかえノリーのスペリングときたら、火星人なみ、というか北斗七星人なみにひどかったからだ。キラは、〝Nogl Erylalg〟が〝long gallery〟のモンタージュだというのが、ぱっと見ただけですぐにわかった。

46 シャンデリアのこと

階段をのぼっていくとちゅう、かべのところに死んだ鳥の絵がかけてあった。こういう、鳥が飛んだり動いたりしてなくて、ただそこにじっとしているような絵のことを〝静物画《スティル・ライフ》〟という。動かない鳥のほうがかきやすいからだ。〝スティル・ライフ〟より〝スティル・デッド〟っていう名前にしたほうがいいんじゃないかと思うけど。

「げげ、晩ごはん食べれなくなっちゃいそう」とキラが言った。

「かいてるうちにだんだんくさってきたりとか、しなかったのかな?」とノリーは言った。ノリーは歴史のブライズレナー先生が言っていたことを思いだした。アステカの人たちは、いけにえを殺したあと、頭をちょん切って、中の脳みそがくさるまでおいといたそうだ。オリヴァー・クロムウェルも、王さまの首を切ったばつで、似たようなことをされた。クロムウェルが死んでから何年もたってから、お墓をほりかえして、もういいかげんグチョグチョになってる死体の首をちょん切って、串ざしにして建て物の上に立てて、きっとその前を通りかかった子供たちは指さして、「お母さん、あの歯が生えてる変てこな黒いかたまりはなあに？」とか言ったにちがいない。これもやっぱり、あんまりえばれることじゃないと思う。

　そこへいくと、イクワース館を作った人たちは、毎日のぼりおりする階段にどんな絵をかざったらすてきか、もっとちゃんと考えてて、鳥の死体のでっかい絵なんかじゃなく、せんすをもった女の人の絵をかけていた。絵の中にかいてあったせんすのほんものが、二階の部屋のだんろの上にかざってあって、二つを見くらべると、その絵をかいた人がどれくらい絵がじょうずだったかがよくわかる。ほんとうに、とてもじょうずだった。でも昔はニワトリの皮で作ったせんすもあったから、そういうのは〝静物画〟の仲間に入れたほうがいいのかも。

　ウィンポール館には「黄色の間」という部屋があって、天井がスレル大聖堂のヒスイ堂みたいにドーム型になっていて、まあまあ良かったけど、ドームから下がってるシャンデリアが、ちょっとちゃちかった。イクワース館には、ダイニングテーブルの上に、ものすごく巨大なシャンデリアが下がっていた。係の人が説明してくれて、このシャンデリアはもともとべつのお屋しきにあったのだけれど、ある日とつぜんドシャンと暴落しちゃって、それでこわれてダメになった部分を、トラクターが突っこんだ大きなしげみをかりこむみたいに、ぜんぶきれいに取りのぞいて、ぶじだった部品を一つ一つ集めて新しく糸でつなぎなおして、そのおかげでいまでは、もとはぜんぜんちがう形のものだったなんて少しもわからないくらい、けんらんゴージャスに光りかがやいていた。キラはガイドブックを読んで、これはガスを使ってるので、正確には〝シャンデリア〟じゃなく〝ギャソリア〟っていうんだって、と教えてくれた。

「それってディーゼル？」とチビすけが聞いた。

ノリーはとつぜん、前にお父さんとお母さんとお昼を食べにいったサンフランシスコのリッツカールトン・ホテルのレストランのことを思いだした。そこのトイレは、一こ一この個室の上に、一つずつシャンデリアがあった。ノリーはその話をキラにした。

「ええー、自分一人だけのシャンデリア？」とキラは言った。「それって夢みたい！」

ノリーは、アメリカについて知ってることを教えてあげて、キラを感心させられたので、ちょっと得意な気もちになった。

47　いい女の子とわるい女の子

帰りの車の中で、キラは農場にいためずらしい種類の牛のマネをして、ノリーの顔をべろんとなめた。でもノリーは顔をなめられるのは好きじゃなかったので、「キラ、やだってば」と言った。

「車の中ではつば系のお遊びはNG」お父さんが前の席から言った。

そしたらキラがすぐにやめたので、かわりに二人でオレンジ色の小さいボールを行ったり来たりさせて、ボールをもってるほうがお話の続きを作る、というあそびをはじめた。まずキラからはじめた。

「昔むかし」とキラは言った、「いい女の子とわるい女の子がいました。二人は双子でした。ある日、わるいほうの女の子がいいほうの女の子にいじわるしようと考えました。どういういじわるかというと……」そこでノリーにオレンジのボールをわたした。

「あ、待って、はずれちゃった」ノリーはシートベルトをなおしてから、「はい。ええっと、どういういじわるかというと、お母さんにたのんで大きなパーティーを開いてもらって、そこでいい女の子のドレスのすそをふんづけることにしたのです。お母さんはわるいほうの子にとても甘かったので、もちろんいいわよと言うのにきまってました。ドレスをふんづければ、いい女の子はみんなの前で恥をかいて、困るにちがいありません。すると……」ノリーはキラにボールをわたした。

「お母さんは、いいわよと言いました」キラはそう言って、ノリーにボールを返した。

「大きなガーデン・パーティーを開きましょう」と言って、ノリーはキラにボールを返した。

「すごく大きなガーデン・パーティーを開きましょう」とキラは言った、「でも、とても困った問題が起こりました。何かというと……」

「その日は雨になってしまったのです」とノリーは言った。

「そこで、お家の中でパーティーをやることにしました」とキラは言った、「でも、もう一つ問題が起こりました。そのわるい女の子は、名前は……」

「クセルダ」とノリーが言った。

「そうクセルダ」とキラは言った、「クセルダはちょっと気分がわるくなっちゃったのです。それでパーティーはどうなったかというと……」

「最初のほうは、とてもうまくいきました」とノリーが言った、「いい女の子はみんなからほめられて、ちやほやされて、まるでスターのようでした。何もかもうまくいっていました。ところがそこにわるい女の子がいじわるをしようとして、よろよろ出てきました。わるい子は、みんなでダンスをしましょうと言って、『もちろんあたしは大好きな妹とおどりたいわ』と言いました。するといい女の子は……」

「『いいわ』と言いました」とキラが言った、「そうして二人でダンスをはじめました。ところが、クルセラがドレスをふもうとしたら、またべつのことが起こりました」

「何が起こったかというと」とノリーは言った、「わるい女の子が、ものすごく気分がわるくなってしまったのです。もうすごく気もちわるくて、フラフラになって、妹のドレスをふむ力もなくなってしまいました。それでもなんとかしてふんでやろうとがんばりました。するとお母さんが、わざとやってるなんてぜんぜん知らずに、『気をつけて、クルセルダ！　妹のドレスをふんじゃうわ！』と声をかけました」

「それで、クルセルダはその日はいじわるができませんでした」とキラは言った、「さて問題です。はたしてかの女は、計画を実行に移したのでしょうか？」

「もちろんです」とノリーは言った、「一度きめたことは、ぜったいにやりとげなければ気がすみませんでした。せっかくやろうとしたのに失敗してしまったので、くやしくて一晩じゅう寝れませんでした。それで、とてもつかれはてて……」

「一週間ぐらい寝たきりになってしまいました」とキラが言った、「それで計画のこともすっかり忘れそうになりましたけど、一週間ずっと考えて、ついに仕返しの方法を思いつきました。それはどういうのかというと……」

「ドレスのすそをふんづけるだけじゃなく」とノリーは言った、「いい女の子の髪の毛をぐしゃぐしゃにしてやることにしたのです。いい女の子が出かける直前に、気がつかないようにこっそりやって、それですごくみっともない髪の毛になって、そしたらドレスをふまれるよりも、もっとすごい恥です」

キラがノリーに耳うちした。「どうやってやることにする？　もう一回パーティー開くとか？」

「でも、どうやってそれをやったらいいか、わかりませんでした」とノリーは言った、「それで考えて、いいことを思いつきました。何かというと……」

「もう一回パーティーを開くことにしたのです」とキラが言った、「でもこんどのは、みんながだれかわからないようなかっこをしてくるパーティーでした。それで、もしだれだか当てられちゃったら、その人はばつとして……」

「〝リンゴくわえゲーム〟！」とノリーは言った、「すてきなパーティーで〝リンゴくわえゲーム〟なんかさせられたら、もうほんとにすごく恥です」

「なぜかというと、水の中に顔をつっこまなくちゃいけないからです」とキラが言った。

「おまけに」とノリーが言った、「その水には色がついていて、顔をつけると気もちわるいうすみどり色になって、一日じゅう取れないからです。女の子たちの家は、とてもお金持ちでお上品なお家《うち》だったので、そんなことになったらたいへんでした。そこで、わるい女の子がお母さんにやっていい？　と聞くと、お母さんはきっぱりと……」

「いいわよと言いました」とキラが言った。

「パーティーがはじまると、わるいほうの女の子は人気者になろうとして、クリスマス・キャロルを歌いました」とノリーは言った、「でも、それはガチョウよりももっとひどい歌声でした。怒った二ワトリみたいなガーガー声でした」

「それからダンスがはじまりました」とキラが言った、「双子の二人は、いつもとぜんぜんちがう服を着て、自分が何になるかとか、どんなかっこうをするかとかも、おたがいにぜったいに内しょにしていたので、自分たちでも知らないうちに、いっしょにダンスをおどっていました」それからキラは、またノリーに耳うちした。「わるい女の子はころぶの」

「最初のうち、二人はとてもはやくダンスしました」ノリーはうなずいて言った、「いいほうの女の子は、名前はエメリンね、とてもすばやくじょうずにおどりました。でも、わるいほうのクルセルダのは、どたどたして、のろくて、変で、みっともないダンスでした。二人は長いことずっとおどっていましたが、そのうちにクルセルダがいじわるしなきゃと思いつきました。かの女はドレスをふんづけようとしましたが、カーペットのはじっこがめくれてて、つまずいてころんでしまいました。クルセルダは顔を床にぶつけて、鼻がひん曲がって、はれて、すごく変な形になって、もうだれも見てくれなくなりました。そこでかの女は歌を歌うことに……」

「しようと思ったけど、やっぱりやめました」キラがすごくきっぱり言った、「でも、お面とかつらが取れてしまったので、みんなにだれだかばれてしまいました。だからクルセルダはぱっとして……」

「〝リンゴくわえゲーム〟をしました！」とノリーが言った、「クルセルダは何度も何度も何度も水の中に顔をつけましたが、もともとすごくみにくくてきたない顔だったので、顔がサルみたくまっ赤になってしまいました。そして……」

「もうほんとにだれにも見むきもされなくなって、とっても恥ずかしい思いをしました」とキラが言った、「そして心を入れかえて、いい子になりましたとさ。これで――」

「これで双子の話はぜんぶだけど、まだだいじな犬の話が残っていました」とノリーは言った。

もちろんキラは「これで」のあとに「おしまい」と言わせたかったんだろうけど、ノリーはまだおしまいにしたくなかった。

「だめ、おしまい」とキラが言った。

「これでお、し、まい！」とノリーは歌みたいにして言った、「おしおしまいまい、おしまいまい、おしおしまいまい、まいのまいのまい。で。で。で、で、で、で、で、で！」

「で、おしまい」とキラは言った。

お父さんとお母さんが、前の席から「よくできました」と言った。

「ぼくもお話つくる！」チャイルドシートにすわってたチビすけが、手をぱたぱたさせながら言った。「女の子が二人出てきてね、いまとおんなじ話なの。あるところにいい女の子が二人いました。一人はいい子で一人はわるい子でした。二人はなにかすることにしました。おしまい」

「うん、おもしろいおもしろい」とノリーが言った。

「ほんとはまだおわってないんだよ」とチビすけは言った。「二人がなにかつくろうとして、そいでママがマシュマロンをつくればって言って、そいで二人でつくりました。あとシュシュポポもつくりました。マラードとね、あとフライングスコッツマン！　そいでパーティーでねなにかあったの。二かいだてのジェリーケーキとね、二かいだてバスでね、そいで食べれるの。二かいだてのバスなの。お日さまのとこに出すとぐぃーんって走るんだよ。しばふのとこね、ビューン！」

「二階だてのジェリーケーキ、へええ」とノリーが言った。「とってもおもしろかったわ、チビすけ」

「まだおわってないもん！」とチビすけは言った。「あとね、おっきいくっさくきとね、ショレブしゃが来て、ガガガガって、ほってほってほってほったの。それからもっと大きいやつも来てね、ダンプカーとね、ドルリしゃとね、あとフロントローダー！」

「よくできました」とノリーが言った。

「まだ！」とチビすけが言った。「もひとつお話するの、むかしむかし、もひとつお話する！　ぼくもひとつお話する！」

「じゃあ、あと一つだけよ」と前の席からお母さんが言った。

「むかしむかし、おっきい穴が二こありました。そしたらおっきいくっさくトラックがきて穴の中に入って、どろどろの泥んこになりました。そいで、あんよ洗って、おめめ洗って、お手手洗って、ぜんぶきれいきれいになりました、おしまい」

キラをお家まで送っていって、それでこの日のお出かけはおしまい。

48　通信ぼ

それから一週間ぐらいして学校がおわって、お休みになった。ノリーとパメラは「やったね！」というように、あく手した。キラのお家はロンドンの近くのどこかに行っちゃったので、お休みのあいだはずっと会わなかった。お休みのあいだにガイ・フォークス・デーがあった。おっきい巨大なたきぎをたいて、みんながその中に実物大のガイ・フォークスの人形をぼんぼんほうりこんだ。あんなぐんにゃりした、人と同じ大きさの人形じゃなく、もっと小っちゃい、ブードゥー人形みたいなやつだと思ってたのに、ちがって、実物大の人形だった。ガイ・フォークスは、ものすごいカトリック好きの人で、どこかの地下室に火薬の入ったたるを山のようにかくしてて、それで王さまを殺そうとしたけど、すんでのところでつかまった。それでみんなでガイ・フォークスをたきぎで焼いて殺して、いまでもそれをお祝いして、花火を上げる。イギリスでは、ハロウィーンよりもガイ・フォークス・デーのほうが、ずっと大きなお祭りだ。きっと最初にガイ・フォークスの首をちょん切って、それからたきぎで焼いたんじゃないかと思うけど、でもそれはノリーがそう思いたいだけかもしれなくて、というのは、ノリーは生きたまま焼かれる話があんまり好きじゃなかったからだ。とにかくガイ・フォークスは、アステカの人たちが聞いたら喜びそうなひどい方法で、殺された。ノリーは前に、お家《うち》の庭で花火をしたとき、花火のメタル部分がすごく熱くなってて、指をやけどしたことがあった。やけどした部分は皮ふが白っぽくなって、でも氷を当ててたら、少しよくなった。

お休みのあいだもやっぱりデビーから手紙は来なかったけど、べつのものが来た。それは通信ぼだ。チャイニーズ・モンテッソーリ校にいたときは、通信ぼとかはぜんぜんなくて、ただ先生と、ノリーのお父さんお母さんと、ノリーと、四人でお話をした。先生はいつも「えーとエレノアね、はいはい、ハキハキしていて、とてもいい子ですね、ああでもおしゃべりがちょっと多いかしらね、それからスペリングはもう少しがんばらないといけませんね」みたいなことを言った。中国語の先生のときは、お父さんたちが中国語がわからないので、校長先生《シャオ・ジャン》が通訳してくれた。あのときは、紙きれにいいとかダメとか書いたものなんかぜんぜんなかったのに、スレル小ではそれがあった。スレル小の通信ぼは、ノリーの習ってるいろんな授業の名前がずらっと書いてあって、「たいへんよい」「よい」「ふつう」「ややわるい」「わるい」の四角のどれかに印がついていた。ノリーは、歴史が一つだけ「よい」で、あとはぜんぶ「ふつう」だった。「たいへんよい」は一個もなかった。ちょっとがっかりだったのは古典で、ノリーはぜんぶの時間のなかで古典がいちばん好きで、ピアーズ先生が本をろう読するときなんか、鬼のように熱心に聞いてたからだ。でも、フランス語は「ややわるい」かもしれないと思ってビクビクしてたのが、そうじゃなかったのでホッとした。なにせフランス語は何をどうやっても頭の中に入ってくれなかったから。よし、今年は「ややわるい」と「わるい」を一個も取らないのを目標にしよう、とノリーは心にきめた。ちょっぴり悲しかったのは国語だ。あの女の子と犬の話が、どんよりさえない「ふつう」だなんて、信じられなかった。「ふつう《サティスファクトリー》」っていうのは「ぎりぎり必要最低限」っていうことで、でもあれはぜったいに必要最低限なんかじゃない、「よい《グッド》」に入れてくれたってよさそうなのにと思った。

　でも、もしかしてサーム先生に気に入ってもらえなかったのは、短い、ちゃんと終わりのあるお話を書かなくちゃいけなかったのに、長くしすぎておわらなくて、最後を「つづく」にしちゃったのと、あとスペリングがもう死んじゃいそうにひどいからかもしれなかった。でもお父さんが言うには、千年か二千年くらい前だったらノリーはスペリングの天才だったかもしれなくて、なぜかというと、そのころの英語は、ぜんぶのことばに八とおりぐらいのスペリングがあって、みんなその日の気分で好きなのをえらんで書いてたんだそうだ。だからたとえば「きょうはchair（イス）じゃなくてchayerにしてみようかしら、そしてあしたはchayrreなんかいいかもしれないな、あさっては、うーんと、chaier なんてどうかしら、そしてそのつぎは chere にして、と」みたいな感じだったのかもしれない。でもいまは、どんな気分でも関係なしに、ぜったいに chair にしないといけない。

49 使っちゃいけない三つのことば

もう一つ、国語が「よい」じゃなく「ふつう」だったのは、もしかしたらサーム先生が「いい《ナイス》」と「それから《ゼン》」と「……と言った《セッド》」を好きじゃなかったせいもあったかもしれない。長いお休みがおわって最初の授業のとき、サーム先生がこう言った。これからはみんな、なるべく作文で「いい」と「それから」と「言った」を使わないようにしましょう、もうあんまりみんながそればっかり使うから、先生いやんなっちゃったわ。ノリーは「いい」と「それから」と「言った」をものすごくたくさん使ってたから、それを聞いて度肝がぬけた。「……と言った」は、他の言いかたにしようと思ったら「……と答えた」とか「つぶやいた」とか「さけんだ」とか「ささやいた」とか、あまりにいっぱいありすぎて、考えてるうちにきゅうに「えーい、もうやめた！　べつに『言った』だっていいじゃないの」と思っちゃう。「それから」だって、使わないようにしようと思ったら「次の日」とか「しばらくして」とか「何日かして」とか「三日後」とか、それでもいいけど、だったら「それから」だっていい気がする。

もひとつわかったのは、サーム先生は詩で韻《いん》をふむのもきらいだったっていうこと。なのにノリーの詩ときたら、韻で足のふみ場もない。たとえば前に書いた詩は、こんなのだった。

「びんぼうな人の家」

ある日　びんぼうな人の家に　行ったよ
最初に　その人のボロボロの服を　見たよ
二番めに　ぐちゃぐちゃの家のなかを　見たよ
三番めに　とうとう言ったよ
「なんてぐちゃぐちゃな家なのよ！」
そしたらその人は　ぐちゃぐちゃの家の中を見まわして　よせばいいのに強がって　こう言ったよ、「そうだよ！」

べつのやつは、こういうのだった。

「小鳥たちを　おどかさないで」

えばった感じの人たちが　のしのしと
小鳥たちのあそび場に　やってきて　小鳥たちは
おどろいて　飛んでいってしまう　ぱたぱたと

そしてもう二度と　もどってこれなくなる
本当はそこで一日じゅう
あそんでいたかったのに　チュンチュンと
だから　お願いします　小鳥たちを
もう　飛んでいかせないでください
ぱたぱたと

そして、いちばんさいきんサーム先生に出したのは——

ここは滝のうらがわ　もう出れない
りょう師さんが歌う声も　ここにはとどかない
波はざあざあ　とぎれめがない
洞くつの中は　暗くてせまい
でもわたしは楽しむ　すてきなこの自然界

基本的にノリーの詩は、かならず何かしら韻がふんでいた。それなのに、サーム先生はとつぜん「韻をふんでる詩って、先生それほど好きじゃないわ。もちろん、好きな人もいるでしょうけど」と言って、それから「でも、韻ってとてもむずかしいし、あんまり意味がないと思うの」。そこでノリーは手をあげて、だったら表みたいなものを作って、どのことばとどのことばが韻になるかわかるようにすれば、もっとかんたんになると思います、と言った。

「ええ、ええ、そうね」と先生は言って、「でもね、その表を作るのがすごくたいへんだし、それをぜんぶ作ってから詩を書くなんて、時間のムダでしょう？」だから、ノリーの詩はサーム先生が好きなタイプじゃなかったみたいだ。でも、だからといって先生は、感じわるくとかはぜったいにしなかった。おっかない顔でにらみつけて「もう韻なんて大きらい、二度とやらないでちょうだい！」とか言ったりはしなかった。アメリカの先生は、みんな紙のすみっこに「おみごとノリーさん！」とか「ケッサクなお話ね！」とか書いてくれて、ネコが毛糸の玉を追いかけてる絵のスタンプをおしてくれたけど、イギリスの先生たちはそんなことはぜんぜんしなくて、ただ「見ました」という印に、目だたないチェックマークをつけて、あとときどきスペルをなおしてくれるだけだった。ほんのときたま「よくできました」とか「がんばりましたね」とか書いてくれるけど、アメリカの先生みたいに、すごく興ふん、という感じじゃなかった。

「言った《セッド》」と「それから《ゼン》」と「いい《ナイス》」をまるっきり使わないようにするのはノリーにはしなんのわざで、やろうとすればするほど頭の中がぐちゃぐちゃになった。詩は授業でそんなにやらないけど、お話のほうは、しょっちゅう書かされた。机にすわって、お話を書きはじめて、「……とかれは言った」と書かなくちゃいけないところにくると、どうやったらそれを使わないようにできるだろうと五分ぐらいウンウン考えて、そのあいだに、つぎに書こうとしてたことが、頭のなかからきれいさっぱり、チビすけ語で言えば「汽車のシュッシュみたく」消えてしまう。ときどき「言った《セッド》」の最初のsをうっかり書いちゃったときなんか、「ああもうやんなる、またインク消めつペンのキャップをはずして消さなきゃならないなんてウンザリ」という気分になって、なんとかs

ではじまることばにしようとして、「ほほえんだ《スマイル》」とか「ニヤリとした《スマーク》」とか「さけんだ《シャウト》」とかいろいろ考えるんだけど、そうするとその人が、やたらとほほえんだり、ニヤついたり、さけんだりしてる人みたいになって、お話とあわなくなってしまう。それか、セリフのあとの「コンマ」を「ピリオド」に変えて、文をいっぺんおわりにして、そのつぎの「かれは《ヒー》」のhを大文字のHに変えて新しい文のはじまりにして、その人がしようとしていたことを書く、という手もある。たとえば、まちがえてこう書いちゃった場合——

"Mmm, this coliflower looks delishous," he s
(「うーん、このかリフラワーはおいしそおだぞ」、とかれは言)

ここまで書いて、きゅうに「いっけない、またやっちゃった！　サーム先生にあんなに『とかれは言った』はいけませんって言われてるのに！」と気がついたとする。そしたら「，」をぐりぐり丸めて、でっかくてまん丸でくっきりした「.」に変えて、おつぎに小文字のhを大文字のHにして——これはかんたん、上の丸まった部分を平らにして、短い棒を長くすればいいだけ——それからsではじまる、なにかべつの、さりげない感じのことをその人にさせればいい。たとえばこんなぐあいに——

"Mmm, this coliflower looks delishous." He spooned out a large amount for him self and breathed-in the steem.

（「うーん、このかリフラワーはおいしそおだぞ」。かれはスプーンでそれをたっぷりすくって、においを鼻いだ。）

これはまあ、ほんの一例。でも、このやりかたにも問題があって、みんなの前で読みあげるときに、だれがそのセリフを言ったのかわかりにくくなっちゃうし、なんだかぎくしゃくした感じになる。そうやってあれこれ考えてるうちに、もう頭の中がクルクルパーになって、ついやっちゃいけない「と言った」をやってしまう。

それから「いい《ナイス》」。たしかにはっきり言って、これだってノリーはしょっちゅう使う。でも「いい《ナイス》」は、五年生（アメリカだと四年生）くらいの子にとってはすごくだいじなことばだし、もっと小っちゃい、チビすけぐらいの年の子にもすごくだいじだし、何さいの子供にとってもすごくだいじだと思う、だって子供のことばの世界では「いい《ナイス》」ひとつで八千万とおりくらいいろんな意味があるからだ。だれそれが「いい《ナイス》人」だっても言うし、学校が「おもしろい《ナイス》」だっても言うし、いついつが「いい《ナイス》日」だったっても言う。それは「楽しい《ファン》日」っていうのともちょっとちがって、たとえば一つか二つ、ちょっとだけヤなことがあったりした日は、ヒャッホウ！っていうほど「楽しい《ファン》」わけじゃないけど、でもまあ「いい《ナイス》」日だ。それとか、チビすけが「ロード・オブ・ジ・アイル」という機関車の絵をかいてプレゼントしてくれたようなとき（例の丸二つと棒一本）、「まあチビすけ、ご親切に《カインド・オブ・ユー》」と言うと、なんだか皮肉っぽいし大げさだけど、「まあチビすけ、いい子ね《ナイス・オブ・ユー》」と言えば、自分の思ってる気もちとぴったりあう感じがする。クラスのだれかのことを「感じのいい子《カインド》」って言うときは、すごく感じはいいんだけど「すごくいい《ナイス》子」っていうわけでもない子のことで、いまいち話があわなかったり、パメラみたいな子には感じよくしてなかったりして、そんなにお友だちにはなりたいと思わない子のことを言う。何よりかにより、子供はみんな「いい《ナイス》」っていうことばをじっさいに言うし、ノリーが書くセリフは子供が言うセリフなんだから、それが自然だと思う。だから、お話を書いてて、子供だったらぜったい「いい《ナイス》」って言いそうなところに来ると、きゅうに頭のなかで「注意けいほう、注意けいほう、『いい《ナイス》』は使っちゃいけません！」という声がして、もうほんとに髪の毛をかきむしって、根っこからひきちぎりたくなる。

　でも、ほんとのこと言って、髪の毛を根っこからひきちぎりたくなんかぜんぜんならない。根っこからはもちろん、先っぽだけでも、頭の毛をぜんぶひきちぎるなんて、ぜったいにムリだ。自分の髪の毛を両手いっぱいにワシッとつかんでも、ぜんぶをしっかりつかむことなんてできないから、引っぱっても、たぶんほんのちょっぴりしかぬけない。それに、よっぽど勇気がないかぎり、自分の頭の毛を芝生みたいにベリっとはがすなんてできっこない。もちろん、例の〝ほんとうにあった奇妙なお話〟（でもほんとはぜんぶウソにきまってるけど）みたいな本にのってやろうと思って、頭の毛をひっこぬいたみたいにぜんぶそっちゃうということなら、もしかしたらあるかもしれない。それだったらまあ、ちょっとは〝髪の毛をひきちぎる〟になるかもしれない。でもノリーが髪の毛を自分でぬくときといったら、ほんの一本きりで、それも作文の宿題で「いい《ナイス》」を使えなかったりして頭が狂いそうになるようなときじゃなくて、何かのことをすごくすごく一生けんめい考えながら、なんの気なしに髪の毛の先をつまんで、どれくらい強く引っぱってもだいじょうぶだろうと思ってツンツン引っぱってるうちに、ほんとにプツン!とぬけちゃうようなときだけで、「ひきちぎる」みたいなドラマチックな感じじゃ、ぜんぜんない。

50　パメラがもっとひどい目にあう

クラスの男子のトマス・モトルは、髪の毛のうしろを定規で線を引いたみたいにまっすぐに切っていて、歩くとサラサラゆれた。ロジャー・シャープリスと同じで、聖歌隊に入っていて、見た目は天使みたいに清らかに見えたけど、ほんとの中身は悪魔みたいに最悪の性格だった。そのトマスがある日、その日はほかにもいろいろあって最悪な日だったんだけど、トマスがある日パメラにすごくひどいことをして、ノリーは怒り狂って、それこそトマスの髪の毛をひきちぎってやりたくなった。その日は、はじまりはすごくいい感じだった。ノリーが机の上に大好きな万能のインク消めつペンをまっすぐ立てて、神さまみたいにおがむまねをして、それでキラと二人で腹わたがよじれるくらい笑って、すごくゆかいだった。最初はキラは気がつかなくて、ノリーが一人で笑ってて、でもすぐにキラもいっしょに同じくらい笑いだした。おかしいのは、キラはノリーが何か変なことをしてるところを見たわけじゃなくて、サーム先生が「ちょっとノリー、何してるの？」と言ったのを聞いて（ノリーはそのときインク消めつペンにむかってお祈りするみたいに頭を下げていた）、それで笑いだしたっていうこと。それからノリーとキラは二人で「だめだめ、神さまをふたまたかけちゃいけないんだから」とか言って、こんどは二人でインク消めつペンをたたいたりなぐったりするまねをした。（でもほんとうにはたたかなかった、たおれるのがもったいないなかったから。）

そこまではほんとに最高に楽しかったんだけど、そのあとが最悪のはじまりだった、というのはサーム先生が暗算のテストをしたからで、ノリーは十五問中たったの一問しか○がなかった。サーム先生が問題を読みあげてくれたんだけど、その読みかたが早すぎて、ノリーにはとんちんかんちんだったのだ。アメリカでは「00」を「ゼロ・ゼロ」とか「オー・オー」とか言うのに、イギリスでは「ダブル・ノート」と言うし、「333」のことも「トリプル・スリー」みたく言う。スペルを言うときも、たとえばMississippiだったら「M、I、ダブルS、I、ダブルP、I」みたいな言いかたをするから、ノリーはついうっかり「ダブル」とか「2」とか（というのはもちろん数字のときだけど）書いちゃいそうになる。サーム先生の読みかたも、完全にっていうわけじゃなかったけど、けっこうそれに近いものがあって、もう何を言ってるのかぜんぜんわけわからんちんだった。というわけで、みごと、十五問中一問なんていうヒサンな点数になってしまった。それがその日のよくないできごとの一つめ。そしてそのつぎが、お昼休みに起こったトマス・モトル事件だった。

パメラいじめはあいかわらずつづいてて、ますますひどくなりつつあった。さいきんでは「スネけずり」まで始まっていた。でもそれをやる連中はずるがしこくて、ぜったいに先生に見つからないようにやった。「スネけずり《バーキング》」というのは、木の皮《バーク》をけずるみたいにして足をけることだ。つまり、足の皮が木の皮みたいにむけちゃう。ノリーはパメラからそれを聞いたけど、そいつらはノリーがそばにいるときもやらなかったから、あんまりちゃんと見たことはなかった。

で、その日の帰り時間、トマス・モトルがパメラのうしろからそっと近づいていって、足のうしろを思いきりひどくけって、ダッシュで走ってにげようとした。男子はいつもそうやって、わるいことをしたあとすぐマッハでにげる。パメラはころんで、本が道にちらばって、顔がまっ赤になって、このときは少し泣いた。ノリーはそのとき他の子たちといっしょにいて、遠くからそれを見てて、すぐに走って助けに行こうとしたら、理科のホードリー先生が、トマスがパメラをけった百万分の一秒後ぐらいに、どこからかあらわれて、そっちのほうに近づいていった。トマスは先生に気がついたとたん、360度態度が変わった。もうぜんぜん別人みたいになって、いかにも親切そうな顔をして、パメラを起こしてあげて、ノートを一つ一つひろいだした。ノリーが走ってそこに着くと、ホードリー先生がこう言っていた、「まあやさしいわね、ありがとうトマス」。ムカつくいじめっ子どもの手口は、いつもこうだった。だれかの足をけっておいて、先生が来たとたん急にへいこらって、いい人顔で、その子を助けるふりをする。

「トマスがやったって、どうしてホードリー先生に言わなかったの?」とノリーはパメラに言った、「それじゃ一人で勝手にころんだって思われちゃうじゃない。ちゃんと言わなきゃ!」なのにパメラはやっぱりだんまりのままだった。そんなだから、パメラはいつまでたっても毎日が生き地ゴクで、ノリーは毎日が生き天国なんだと思う。ノリーだって、たまに話しかたのことをからかわれたり、ブスとか言われることもあったけど、うしろから近づいてきてスネをけられたりしたことは、一度もなかった。だって、もしそんなことをされたら、ビュン! ぜったいにロケットみたいに追いかけてって、もっと強くけり返してやるし、もしもブレザーをかくされたら、やった子の首をぎゅうぎゅうしめてやるし、もしだれかが自分のコートかけの場所を取ったら、何が何でも取りかえすからだ。でもパメラはちがった。パメラは仕返ししたりするような子じゃなかった。それか、元はそういう子だったけど、一年間ずっといじわるされつづけて、ちょっとずつ、ちょっとずつ、変わっちゃったのかもしれない。ノリーはいちど、例の悪の二人組に「パメラにひどいことするのやめないと、ピアーズ先生に言いつけられちゃうわよ」と言ってやったことがあったけど、二人とも、ぜんぜん無視だった。パメラが言いつけっこないのをちゃんと知ってたからだ。いままでもないし、これからだって、たぶんない。ノリーは何度も何度も口にタコができるくらい「パメラ、言いにいくべきよ。そのほうがぜったいにいいってば」と言ったけど、それでもパメラは行きたがらなかった。だからノリーがいくら、いじめっこ連中の首ネックをつかんでピアーズ先生のところに引っぱっていってやりたいと思ってても、もしそれをやれば、またピアーズ先生がサーム先生に言って、あーたらこーたらなので、できなかった。というわけで、いじめはぜんぜんよゆうでつづいていた。

ノリーはパメラの足をける子たちに言ってやろうと思って、頭の中でいろいろやっつけるセリフを考えたりもしたけど、ことばはあんまり役に立たなかった。なぜかというと、やっつけたいと思うやつらにやっつけことばをいおうとしても、そいつらはパメラをけったあとすぐにげちゃうので、結局やっつけそこなっちゃうからだ。いちど、トマス・モトルをぎゃふんと言わせてやろうと思って、トマスは前に演劇の時間に金髪の大っきいかつらをかぶってシンデレラのまま姉の役をやったことがあったから、「ほーんと、シンデレラのいじわるまま姉にやることがそっくり！」と言ってやった。

そしたらトマスは「ちがうね！」と言って、それでおしまいだった。

クラスのジュリア・ソールンは、パメラがばかトマスにけられるところを見てショックを受けて、前よりほんのちょっとだけパメラにやさしくするようになった。だれかがだれかをけった、と耳で聞いても「ひどーい」と思うだけだ。でも、それがどんなにヒレツでヒキョウなことかっていうのを自分の目で見たら、ぜんぜんちがう。ノリーは、だれかがよこしまな心で他人の足をけってやろうと思って、パメラならぜったいに仕返ししないから安全だとか考えて、それでけったということが、考えただけで腹が立った。もしかして、イギリスの男の子はみんな大きくなったらサッカー選手になるのが夢だから、それであんなにしょっちゅうけるのかもしれない。クラスの男子はみんなサッカー選手って言ってたけど、中にはちがう子もいて、ロジャー・シャープリスは、ダラムの大学に行って気圧計を作る人になりたいと言っていた。サッカーでは（イギリスでは〝フットボール〟）、手よりも足をいっぱい使うから、それで足の能力が発達して、木の皮じゃなく人の足の皮をけずったりできるようになるのかもしれない。

とにかく、何人かがノリーの味方になって、前よりパメラにちょびっとだけ親切にするようになった。ロジャー・シャープリスはもとからパメラに親切だった。でも、キラはあいかわらずノリーをパメラから引きはがそうと必死だった。キラは何度も言った、「ノリー、わかんないの？　この学校でパメラを好きな子なんて、あんた一人よ」

「そんなのわかんないじゃない」とノリーは言った。

「わかるわよ！」とキラは言った。「友だちなんか、あの子ひとっりもいないんだってば」

でも、そんなことなかった。パメラにだって、ときどきあそんだり話したりする子がいた。いちど、パメラが六年生の友だちと待ちあわせをしてて、ノリーもつきあっていっしょに待ってあげたことがあった。パメラはたったの四分の一時間《クォーター》よ、と言っていたけど、あれはぜったい十五分くらいは待たされたと思う。それに、たとえパメラといつも仲よしなのが学校でノリー一人だったとしても、べつにそんなのぜんぜん平気だった。パメラのたった一人のほんとうのお友だちでいるのの、どこがわるいっていうの？

それに、パメラといっしょにいると、いろいろおもしろかった。いじめっ子たちにどんなすごい復しゅうをしてやろうかと二人で考えるのは楽しかったし、それにパメラは算数が得意で、それがノリーには大尊敬だった。だって算数ができれば、科学者になったり、歯医者さんになったり、いっぱいいろんなことができるから。それにパメラにはいろいろ人とちがうところがあって、たとえば関節が異常にやわらかかった。指の関節が曲がりすぎて、ペンがうまく使えないんだそうだ。親指なんか、ふつうの人よりもすごく、信じられないくらいぐにゃっと曲がる。だからペンも、べつのもっと特しゅなのを使わなくちゃいけなくて、ノリーにはどうってことないふつうの万年筆に見えたけど、それは言わなかった。ノリーはパメラのそういう、ちょっと変わったところが好きだったし、それに話すときに内しょ話みたいにヒソヒソ話すところも好きだった。パメラはけっこういろんなことを話したけど、声がとても小さくて、それに一対一でしか話さないから、うんと注意して聞いてないといけなかった。それに、おしゃべりする子とそうでない子がすごくはっきり分かれていて、でもいまのこういうごじせいでは、きっとそのほうがいいのかもしれない。

パメラいじめがますますひどくなったと聞いて、ノリーのお父さんとお母さんはふんがいした。もうだまっていられない、なんとかしなくちゃだめだと言って、こうなったらもうお父さんたちがピアーズ先生のところに行くか、パメラのご両親のところに直接言いにいくかしよう、こんなことをほうっておくわけにはいかないと言った。晩ごはん中だったけど、ノリーは泣いて、でもこれはパメラが決めることなの、パメラはぜったいぜったいたい先生にもお家の人にも言いたくないって言ってるの、あたしパメラと約束しちゃったの、お願いだからお願いだからもうちょっとだけ待って、と言った。でもそのかわり、ノリーがもう一度先生のところに行って、スネをけられたこととかを話す約束をした。そしたらお父さんたちもお返しに（というわけでもなくて、これは前から考えてたんだけど）、でもお返しみたいにして、マウスピースを買ってくれる約束をした。マウスピースは、歯が折れないようにするもので、これをつけてれば、体育の時間にホッケーのスティックが口にガンと当たっても、くちびるがはれるだけで、歯は折れない。クラスの子がみんなしてたので、ノリーも同じのがほしかった。それに、これをもってれば強くなったような気がして、つけてないときでも、大きい子たちがパメラにいじわるするのをやめさせられるような気がした。「あたしには強いマウスピースがついてるんだもん、もうこわいものなしだわ！」みたいな感じに。それに、歯が人工芝の上にポロンと落ちちゃったら、きっとすごく悲しい。歯医者さんになるんだったら、自分の歯は広告みたいなものだから、変にならないようにすごく気をつけなきゃいけない。でないと「あそこの歯医者さんにはやってもらいたくないわ、だってあんな歯じゃねえ」とか言われるかもしれない。

　ノリーはもう一ぺんサーム先生のところに行って、あたしの友だちで——その子はもしかしたらたぶん、前に言ったのと同じ子かもしれないんですけど——その子が、ほんとにすごくいじめられてるんです、と言った。その子と約束したから、どんないじめかは言えないけど、でも「ヒントを言うと、男の子の足と、クッと、その子のすねが関係あることです」と言った。先生は「そう、ありがとう。よく教えてくれたわね」と言った。

たまに、パメラをいじめる二人組男子とかに、スーパー早口で「おたんこなすの、おたんちんの、ドジで間抜けのノーマクェン！」とか、「夜ねるとき横むかないように気をつけな、でないと豆つぶサイズの脳みそが耳の穴から出ちゃうもんね！」とか言って、やっつけてやることもあった。でも大きい子のなかにはものすごく口ゲンカが強くて、ぜったいにひるまない子もいて、そういうのにはノリーも勝てなかった。六年生の女子で、パメラのほっぺたのことをいつも「デブ」とかひどいこと言うジャネットっていう子がいて、あるときノリーはパメラに、ジャネットに何か言いかえしてとたのまれた。だからノリーは行って、「パメラをいじめるのやめてくんない？　デブって言ったら言ったほうがデーブ！」と言った。

ジャネットはノリーの顔をじぃ――っと一分半ぐらい見てから「あっち行きなさいよ、あんたの顔なんか見たくないわ」と言った。

「あっそ」とノリーは言った、「こっちだってあんたの顔なんか見たくないわ！」

「見たくないんだったら見なきゃいいでしょ」とジャネットは言った。

「そっちこそ、あたしの顔見たくないんだったら見なきゃいいでしょ！」とノリーは言った。ジャネットはフンと笑って、図書室のほうに歩いていった。図書室には七年生の図書係の男の子がいて、ジャネットはその子におネツだったからだ。そのあとパメラにもう一度、ジャネットに何か言ってと言われたけど、うーん、やってみてもいいけどあんまり自信ない、だってあの子すごく気が強いし頭の回転が早くて、すごい言いあいになってもぜんぜん負けないんだもん、と言った。

52　友情のしん

地理の授業では、ヨーロッパのいろんな国のことをやりはじめた。具体的にどんな国かというと、スウェーデンと、デンマークと、ノルウェイと、オランダと、フィンランドと、グリーンランドと、アイスランドと、スコットランドと、ラップランドと、UKと、あともちろん忘れちゃいけないイギリスだ。いくつもいくつも国《ランド》がある。大きいのやら小さいのやら、びっくりするほどたくさんの国が、寄せ集まってぴたっと合わさっていて、そのうちの一つのことを考えてると、他にもたくさん国があることも、その一つ一つで同じくらいいろんなことが毎日起こってることも、忘れてしまいそうになる。ぎゃくにぜんぶの国のことをいちどに考えてると――中欧や、高欧や、低欧や、(チビすけだったら中欧のことを〝きゃっかりょうよう欧〟って言うかもしれない、もし「欧」の意味がわかればの話だけど)――なぜかっていうと、「きかんしゃトーマス」に出てくるジェームズみたいに、客車と貨物列車と両方ひっぱれる機関車のことを「客貨両用機関車」というからで、だからチビすけはドーナツの上にチョコレートがかかっていると「きゃっかりょうようのドーナツだ!」と言う――たとえばベルギーとか、バルセロナとかのことを考えてると、こんどはアメリカがあることを忘れちゃいそうになる。アメリカなんて、そんなにかんたんに忘れちゃいそうにない気がするのに。こないだ、地理の教科書をなくしたと思って、バックパックの中身をぜんぶ出して、さがした。教科書は見つかったけど、底のほうから、フレーク99の包み紙と、ずっと前にひろったトチの実が六つ出てきた。トチの実は半分くさったみたいになっていた。ところどころ黒ずんだり白ずんだりしてて、じくじくしてて、さわったしゅん間ウェッと思った。でもすてきにいいにおいがして、それはたぶんピートに変わりかけてるからかもしれなかった。

ノリーは、何週間か前にキラとトチの木の下であそんだときのことを思いだして——ほんとはそんなに何週間も前じゃなかったのかもしれない——なんとなく、キラとはもう前ほど仲よしじゃなくなっちゃったのかもしれないと思って、さみしくなった。キラは、友情っていうことがほんとうにはわかってないんだ。友情は、何かの実の——トチの実とかじゃなく、もっとあたり前のリンゴとかの——しんみたいなものだ。それのまわりには、皮とか、葉っぱとか、皮をぴかぴかに光らせるワックスとか、いろんなものがある。ぴかぴかの皮の部分は楽しいけど、でも友情っていうのは、ほんとはもっとうんと奥の、しんの部分のものでなくちゃいけない。なのにキラはしんのことなんか、これっぽっちも考えてない。それか、キラはキラなりに考えてて、でもノリーとぜんぜんちがう意見なのかもしれないけど。そのしんの部分は、ただいつもべったりいっしょにいたり、つごうのいいときだけ仲よくしたりすることじゃないし、なんでも競争して勝ちたがることでもぜったいにないし、ふざけて乱暴なことをするのでもない、もっと、相手の人に自分の心の中をぜんぶ見せることだ。たとえば、心の中に、だれにも言えないすごくおそろしいひみつがあって——たとえばいまでもバービーであそぶのが大好きだっていうこととか——そのことをちょっとでも男子に（女子でも）言おうものなら死ぬほどからかわれるにきまってるから、だれにも言えない。でもほんとうの友だちになら、思いきって「あのね、あたし、じつはバービーがすっごく好きなの」って、なんの心配もなく言えるはずだ。ほんとうの友だちなら、そのことをだれにも言わないし、笑ったりもしない。それにほんとうの友だちなら、みんなからきらわれてる子と仲よくしても、「あんな子と仲よくするのやめなさいよ、だれもあの子となんか友だちにならないわよ」なんて言ったりしないはずだ。

いちばんの問題は、やっぱりパメラ関係のことだった。キラは、ほかの子みたいにパメラに直接いじわるはしなかったけど、直接やさしくもしなかった。なのにパメラは、キラがパメラとぜったいに同じテーブルで食べないように気をつけてることとかに、ぜんぜん気がついてなかった。まあ、気がつかないほうがいいのかもしれないけど。ノリーは、パメラがキラのいるテーブルのほうに行きそうになるたびに、「あーっと、ねえ、そっちのテーブルはなんか混んでるみたいだから、あっちにしない？」みたいに言った。もちろんそうするとキラは、ノリーが自分じゃなくパメラといっしょにべつのテーブルで食べたといって、すごく怒る。でもはっきり言って、わるいのはノリーじゃなくてキラのほうだ。だってノリーは三人で仲よく食べられたら大ハッピーなんだから。いちど、キラとノリーが食堂のほうに行こうとしてたら、パメラが来ていっしょに歩きだした。そしたらキラが「パメラ、ちょっとたいへん、あなたバックパックしょったままじゃない！　早くもどっておいてきたほうがいいわよ。ノリー、あたしたち先に行ってましょ。ほらパメラ、早く！」

「べつに、わたしはこのままでも平気だけど」とパメラが言った。

「あら、だめよ！」とキラが言った、「すごくかさばってじゃまだし、ぜったいおいてきたほうがいいわよ。さあ、早く！」

「べつにパメラがいいって言うんだから、いいんじゃない？」このままじゃパメラが傷つきモードに入っちゃうと思ったので、ノリーが横から言った。

するとキラがノリーのうでをぐっとつかんで、「さ、行こ」と言った。そしたらパメラがノリーのもう片っぽのうでをつかんで「行っちゃだめ」と言った。二人はノリーのうでを両ほうからひっぱって、ぐるぐるまわりだした。なんだかちょっとあそんでるみたいだった。そのうちキラがあきらめて手をはなして、二ペンス貸してくれない?と言った。ノリーが貸すと、キラはシェリーやダニエラのいるほうに行ってしまった。ノリーはパメラと二人で歩きだした。

「ねえ、もしかして、キラもほんとはわたしのことがきらいなの?」とパメラが言った。

ノリーは、キラがパメラをきらいだってことを認めちゃいけないと思った。前も一ぺん同じ失敗をしちゃったし、そうでなくてもパメラはいろんなことでいっぱい傷ついてたから。それに、もしパメラが心のどこかでなんとなくそう感じてたとしても、それをわざわざ思い知らせることなんてない。だからノリーはこう言った、「はっきり言って、あたしもキラってよくわかんない。すごく友だちっぽく仲よくしてくるときもあるけど、ときどき、だれとだれが仲よくしたとか、だれとだれがいっしょに歩いたとか、だれとだれがならんですわったとか、あーだこーだあーだこーだ、うるさすぎるんだもん。きっと自分の友だちはせんばいとっきょみたいに自分とだけ仲よくしてなくちゃヤで、だからあたしたちが仲よくするとあんなに怒るのよ。他人の目をすうはいしすぎて、自分がほんとはどう思ってるかとか、どうするべきなのかとかが、決めれないんだと思う、きっと」

「早く学年がおわっちゃえばいいのになあ」とパメラが言った。

ノリーはそのときぎゅうに、朝、歯をみがきながら考えたことを思いだした。「そうだ、ねえ、いいこと思いついたんだけど」とノリーは言った、「先生にもお家の人にも、だれにも言いたくないんでしょ? だったら、このことをお話に書いてみたらどうかなって思ったんだけど。だれにどんなヤなことをされたとか、いいことをされたとか、そういうことをぜんぶ書くの。トマスに足をけられたことも、コートかけを横取りされたこととかも、何もかも。まずはじめにこんなことがあって、つぎにこんなことがあって、って、最初から順に思いだしてくの」

パメラはぶんぶん首をふった。「だめ。そんなの、この世でいちばん考えたくないことだもの」

「うん、でもね、それを自分に起こったヤなことっていうふうに悲しく考えるんじゃなくて、お話みたく考えるのよ」とノリーは言った、「ある女の子のお話、みたいにして。それか二人の女の子のお話でもいいし。そしたら他の子たちもそれを読んで、そうかこんなことがあったのかってわかるでしょ。二人で力を合わせてやってみない？」

「そんなの、だれも興味もつはずないもの。それにやっぱりぜったいムリ」とパメラは言った、「ヤなことは書きたくないの」

「そっか」とノリーは言った、「じゃあね——いまのことじゃなく、未来のことを書くのは？　たとえば、あたしたちが二人とも十八さいになってて、大学生で、いっしょにいろんな冒険をするの」

パメラはちょっと考えてから、うなずいた。「だったらいいけど」とパメラは言って、「でも、わたしはお話を考えるだけにする。あんまり字は書きたくないの、関節が変で、親指が痛くなるから。でも、アイデアは出すわ。たとえば、二人で活火山にのぼって探検する話とか。わたし、いっぺん活火山にのぼったことがあるよ」

「それ、いいかも！」とノリーは言った、「じゃあ、パメラは何ていう名前になりたい？」

「クローディア」とパメラが言った。

ノリーはその日、ねる前にお話の最初の一ページめを書いた。『サリーとクローディアの冒けん』というタイトルだった。

サリーとクローディアの冒けん

「お母さん、あたしのファイルを取って！」クローディアが2階からさけびました。きょうからオクスフォード大学に通うのです。洗いたてのせい服を着ていて、まるでディスコに行くみたいに素適でした。クローディアは18さいでとても頭がよくて、算数と火山の研究が大好きでした。このないだスレル高校を卒業したばかりで、スレル校のことを思い出すとてもさみしくて、もう一度6年生から順にやりなおしたいなあ。と思いました。なぜそんなにさみしいかとゆうと、親友のサリーと会えなくなるからです。2人は卒業するまでずーと仲よしでした。

サリーはとてもせいが高くて歯医者さんになるのが夢で、アメリカ人でした。いまはアメリカのスタンフォード大学に通ていいます。弟は、スレル校のりょうに入っていて、学級季員でした。弟はもけい作りのじゅ業を取っていて、マラードの大きなもけいを木で作っていました。マラードというのは、有名な特別な高速じょうききかん車のことです。赤ちゃんのときからきかん車のことが大好きで、たぶん高学年になってもそれは変わりません。

でもじつはちょうど同じころ、サリーもテーブルにすわって勉強をしながら、クローディアのことを考がえていたのです！　クローディアはまだサリーのことを考がえながら家を出ました。雨が振っていたので道がぬれてて、かみの毛がぐっしょりぬれてしましました。

大学につくと、クローディアは、スレル小の6年生のときのサリーの顔が目の前にうかんで、もう一度サリーに会えるならどんなことでもするのになあ。と思いました。サリーも同じことを思っていました。サリーは一生けんめいクローディアに手紙を書いているところでした。それはこんなのでした。

クローディアへ
会えなくてとてもさみしいです。毎日あなたのことを思い出すわ。きょうは算数のテストがあって、よくできたけど、クローディあと会えたらもっとよくできたのになあ。イギリスはどうですか?

じゃあね。
お友だちのサリーより

つづく。

つぎの日、ノリーは書いたものをパメラに見せた。パメラはゆっくり二度読んだ。「まず、これはすごく重要なことなんだけれど、うちでは『お母さん』じゃなくて『ママ』って呼んでるの。スペルはaじゃなくuのほう」とパメラは言った。「それから、クローディアのことを説明するのに、まず最初に何が好きかじゃなくて、見かけがどんなか説明するべきだと思う。もっと、クローディアの顔とか身長のこととかを入れて、最初の部分を書きなおしてみたら?」それがパメラの言ったことのぜんぶだった。「いい」とか「もうひと息」とか「おみごと《ウエルダン》」とかは、何もなしだった。(男子はよく、だれかがころんだり物を落としたりすると「やりィ!《ウエルダン》」と言った。)

ノリーは内心「自分じゃ書きたくないって言っときながら、ぜんぜん手つだわないで文句ばっかり言うなんて、ひどい。あたしはせいいっぱいやったのに」と思った。でも、もしかしたらパメラは、二人が親友だって書いてあったので、ちょっと照れたのかもしれない。まだ二人のあいだで「親友」っていうことばを使ったことは一度もなかったから。

それからも二人は、そのお話のことをたくさん話しあったけど、けっきょく書いたのは最初の一ページだけだった。あーあ。

53 風

ノリーとパメラは、だんだん学校でいっしょにいる時間が長くなった。二人じゃなく、四人のこともあって、というのはパメラにはレイラっていう「ＩＦ」(空想上のお友だち《イマジナリー・フレンド》)がいて、ノリーもお付きあいで「ＩＦ」を作ることにしたからだ。ノリーはうんと考えて、ペニー・ベキンズワースという女の子にした。「ペニー」は、前から好きな名前だからで、「ベキンズワース」のほうは、なんとなく誘う《ベコン》価値《ワース》がある人っぽい感じがするからだ。『あの子が町にくるときは、野こえ山こえやって来る』のかえ歌で、ペニー・ベキンズワースの歌も作った。「ペニー・ベキンズワースはお友だち、たぶんぜったいお友だち、ペニー・ベキンズワースはお友だち、たぶんぜったいお友だち、ペニー・ベキンズワースは、ペニー・ベキンズワースは、たぶんぜったいお友だち」。でも「ＩＦ」は、ノリーにはあんまりむいてなかった。手紙を書いても返事をくれないし、自分で書いてもいいんだけど、それじゃなんだかつまらない。とくにお休みの日なんかは、本物のお友だちと、お家《うち》でいっしょにあそびたくてしょうがなかった。なんでもいいから、とにかくだれかといっしょに何かしてあそびたかった。なぜだか、今年はそういうことがほとんどなかった。お父さんとお母さんは、ノリーがチビすけに白鳥や犬や飛行機のエンジニアのかっこをさせてお芝居を上演すると、喜んで見てくれたし、ノリーが作ったお話も喜んで聞いてくれたし、「軍かんゲーム」もいっしょにやってくれたし、そして「軍かんゲーム」はすごくおもしろくて、げきちんされたときでも「命中！」と言うかわりに「しまった！　船の横にどてっ腹をあけられたぞ！」とか「たいへんだ、みんなゴムボートをおろすんだ！　船がしずむぞーお！」とか、いろいろにセリフを考えるのがおもしろかった──でもやっぱり、それは友だちを家によんであそぶのとは、完全に同じじゃなかった。チビすけも、パロアルトのときの仲よしの子と会えなくて、さみしがっていた。ジャックっていう新しいお友だちがいたけど、機関車にツバをかけるから、わるい子なんだ、とチビすけは言っていた。でもオリヴァーっていうべつの友だちもいて、その子は「おとなしくていい子」だった。チビすけはさいきんよく、おもちゃ屋さんで知らない人のところにトコトコ歩いていって、「あのね、ぼくおとなしいの！」と言うようになった。

ノリーは部屋で一人でお人形ごっこをしてあそんでみたけど、やっぱり同い年ぐらいの女の子といっしょにやるほうが、ぜんぜんおもしろかった。パメラはお家《うち》の電話番号を教えてくれなかった。

そういう〝重要情報〟は、お家の人に聞いてからじゃないとだれにも教えちゃいけないことになっていて、パメラはいつも聞くのを忘れてしまうからだ。パメラのお家の番号は電話帳にはのってなかったので、１９２でもかけられなかった。１９２は、アメリカの「きんきゅう番号《911》」に似てるけど、そうじゃなくて「番号案内《411》」のことだ。キラの電話番号は知ってたけど、キラとはもうあんまり仲よしじゃなかった。まるっきり無関心っていうわけじゃなく、まだミジンコぐらいの友情はちょぼっと残ってて、おたがいにおたがいのことを、もっとこうしてくれればいいのにって思いあっていた。

　日曜日のお昼ごはんのあと、お母さんとノリーとチビすけの三人で、大聖堂のそばの公園に行った。公園には、ちょうどチビすけぐらいの子が一人いたけど、あんのじょう、ノリーぐらいの年の子はいなかった。お母さんは、チビすけのことを見はりにすべり台のほうに行っちゃったので、ノリーはブランコに乗った。でもブランコは、他にいっぱい人がいて、ずらっとならんで乗ってるときは楽しいけど、そうじゃないと、ますます一人ぼっちのさみしい気分になるので、ベンチのところにもどって一人ですわった。お母さんがもってきたカタログがあったので、ぱらぱらめくってみた。その日は風が吹いていた。ノリーは風が好きだった。長いやわらかい木の枝が風に吹かれている絵をかくのが好きで、お絵かきのときは、かならずといっていいくらい、どこかにそれをかいた。ふと見たら、カタログのページが風でふるえていた。そこで「そうだ、風と友だちになってみよう！」と思いついた。

　ノリーはひざの上にカタログを広げておいた。そして風にむかって「ねえ、この服はあたしに似合うと思う？」と聞いた。ページは、あるときは風でめくれて、べつのときは小さくふるえるだけでめくれなかった。めくれなかったときは「イエス」の意味で、その服はいいということ。ページがふるえるだけのときは、どっちとも言えないとき。めくれたときは、新しいページを見て、「そう、あなたはこの服があたしに似合うと思うのね。ふーん、ちょっと変わった感じだけど、でもわるくないかも」と言った。風はそんなにおしゃべりなタイプじゃなかったけど、感じのいい子で、どんなファッションがノリーに似合うか、親切にアドバイスしてくれた。けっこうおもしろかったけど、でもやっぱりさみしい気もちはなくならなかった。

その日の夜、いやな夢を見た。こわいっていうほどでもないけど、でも楽しい夢じゃぜんぜんなかった。理由はわかってて、たぶんトイレの電球がまた切れたのと、風が強くて、外でいろんなものがキーキー音を立ててたからだと思う。夢の中で、ノリーは曲がりくねった通路を歩いて、暗くて古くてがらんとした建て物の中を進んでいった。そのうち一つの部屋に出て、黒いメタルでできた大きな輪っかが天井から下がっていて、そのまわりに黒いメタルのフックがぐるっとついていた。それはお肉屋さんにある、大きな肉のかたまりをひっかけるフックだった。輪っかはゆっくりまわっていた。でも建て物の中には他にだれもいなくて、それがなんだかブキミだった。

ノリーは起きあがって、お母さんたちの部屋にパタパタ走っていって、いまってもう朝?と聞いて、まだ朝じゃないんだったらご本読んでもいい? こわい夢見ちゃったから、と聞いた。お母さんたちは顔をちょっとだけ上げて、むにゃむにゃ声で、そうこわい夢見たの、かわいそうに、だいじょうぶだからね、ご本読みたかったら読みなさい、と言った。だから部屋にもどって電気をつけて、『ぽこぽこポニー』を読みはじめた。でもすぐに読むのをやめて、こないだ大聖堂の礼はいで聞いた、とてもいいお話のことを思いだした。イエスさまのお母さんのマリアさまがこわがっていたら、だれかが「こわがってはいけません、神さまがあなたをしもべとしてえらんだのですから」と言って、だからわたしたちもマリアさまのように神さまのしもべになって、がんばって神さまの役に立たなければなりません、というお話だった。「そうだ、がんばって神さまの役に立とう、がんばって神さまの役に立とう」と口に出して言っているうちに、だんだんすごくハッピーな気もちになってきて、にっこり笑いながら枕にしずみこんで、目をつぶった。でも眠っちゃう前に、なんだかむしょうにお姫さまと出会った女の子のお話を、大いそぎで作りたくなった。どうせいまはウシキも眠るクサミツ時で、だれも反対する人がいなかったから、やってみることにした。

54　お姫さまと出会った女の子のお話

五月のよく晴れた、お天気の日のことでした。一人の女の子が、大きなせせらぎのほとりで歌をうたっていました。女の子は楽しそうにあそんでいました。女の子はとても幸せでした。女の子はみなし子でした。道とか、そんなところに住んでいました。小麦はつぶのまま食べたし、なんでもそのへんを歩いていて、見つけたものを食べました。でもお肉はきらいだったので、食べませんでした。

女の子は、年のわりには背が低いほうでした。だから他の人たちから見れば、いわゆる「まだ小さい子供」でしたが、でも自分の中ではぜんぜん子供とは思っていませんでした。とてもかしこかったし、すいも甘いも乗りこえていました。子供のころのことはよく覚えていませんでしたが、十さいのときから犬といっしょでした。大きなゴールデンレトリバーでした。犬は女の子のめんどうを見て、女の子も犬のめんどうを見ました。女の子にとって、犬は世界でいちばん仲のいい人でした。犬のことが大好きでした。犬はかの女の行くところに、どこでもついてきました。二人は満ち足りていました。

女の子は十三さいで、まっ黒なつややかな髪をたてロールにしていました。夜はそれを湖のきれいな水でぬらして、長い草のくきでゆわえました。そうすると、ますますつややかに光りかがやきました。草でゆわくときには、かならずバジルを入れるようにしました。そうすると湖の変なにおいが取れて、髪を取って食べちゃいたいくらいいいにおいになるからです。まあ、自分で食べちゃいたいとは思わなかったけど、でも他の人はそう思ったにちがいありません。

それで、女の子はあそんでいました。あそんだり、歌ったり、トチの実をひろったり、原っぱでトチの実を犬のフレームに投げたりしました。フレームはジャンプして、キャッチして、走ってもどってきました。それがすばらしくじょうずでした。フレームはけっしてトチの実を落とさないように気をつけました、でないと湖に落っこちて、二度とひろえなくなるからです。「トチの実」は「ウマグリ」とも言います。でもここでは「トチの実」と呼ぶことにします。ほんもののクリは、もっとずっと取るのがむつかしいです。トチの実にもトゲトゲがあるけど、ほんもののクリほどにはすごくないので、かんたんに取れます。ほんもののクリは、ものすごくトゲトゲなので、足でふんで中身を出します。でも、トゲトゲがわれて中を取りだすときに、やっぱり手に刺さることがあります。だから犬はトチの実が湖に落っこちないようにすごく気をつけました。でも、ジャンプしてキャッチするのがほんとうにじょうずでした。必ずやいなやキャッチしました。

そのとき、おそろしいことが起こりました。女の子が投げたトチの実が木に当たって、木がぐらぐらゆれました。そして何トンというトチの実が、犬の上に落ちてきたのです。かの女が投げたトチの実はものすごく大きくて、それがものすごく大きな木に当たったので、枝がぐらぐらゆれて、なっていた実がザーッとふってきたのです。よくうれた大きな実ばかりだったので、かわいそうな犬はアザだらけになってしまいました。女の子は実を一つのこらずひろい集めました。「まあ、かわいそうに」とかの女は言いました。「かわいそうなフレーム」フレームはごろんと横になって、二人は笑いあいました。トチの実がたくさん集まったので、今夜はごちそうでした。トチの実だけだとおいしくないけど、日なたにまる一日干して、それからパセリを入れて（パセリはすぐ近くに生えていました）、コーンを混ぜて、あとコショウをちょっと入れると、おいしくなりました。コショウは高くて買えませんでしたが、そんなときはすぐに仕事を見つけて働いて、そのお金で買いました。コショウが買えるだけのお金がたまると、女の子は「どうもありがとう」と言って、それからあとちょっとだけ働いてから、やめました。

　木の下でトチの実をひろっていたら、あるものを見つけました。草の上に、ブルーのシルクでできた、フリルのいっぱいついた大きなハンドバッグが落ちていたのです。中にはすてきなものがたくさん入っていました。銀のブラシとか、小っちゃなソーイングセットとか、そのソーイングセットの中には、鳥の形のハサミや、金や銀の糸や、ぴかぴか光るのでうんと遠くからでも見える針や指ぬきが入っていました。女の子はハンドバッグをボッシュウしたくなりましたが、それはいけないことなので、やめました。そのとき、すぐ近くでチリンチリンという美しい鈴の音がしました。女の子は、はっとなってそっちを見ました。するとそこには、同い年ぐらいのきれいなお姫さまが立っていました。

お姫さまは、それはそれはきれいに髪をとかしていました。髪は大きくカールしていて、黄色でした。つややかな黄色の髪でした。女の子は、お姫さまの髪にうっとり見とれました。お姫さまのクツは夢のようにすてきで、それにドレスは、ああそのドレスといったら、それはそれはきれいでゴージャスなブルー——ターコイズブルーでした。もうほんとにきれいなブルーでした。パフスリーブもすごくたっぷりしてて、地面すれすれまでたれていました。すそのところに小っちゃいバラがちりばめてありました。もう信じられないくらいたっぷりしたパフスリーブでした。

「こんにちは」お姫さまは静かな声で言いました。「あなた、お名前は?」

「ええと、あの……」女の子は何も言えなくなってしまいました。着ているものがあまりにボロボロだったので、こんなやんどころない人と口をきいちゃいけない気がしたのです。でも、やっぱり返事をしなきゃと思いました。でも、女の子には名前がありませんでした。生まれたときからずっとありませんでした。あたしの名前はなんなのかしら?とかの女は考えました。「あの、名前はないの」と、口ごもりながら言って、それから「ないんです、でんか」と言いなおしました。なぜかというと、お姫さまは、明らかに王室ごようたしの人っぽく見えたからです。

「おほほ、そんなのつけなくてよくってよ」お姫さまは笑いました。「だってわたしは女王さまのすごく近い親せきっていうわけじゃないんですもの。パパのお兄さんが女王さまの親せきだから、まあたしかに女王さまとつながりはあるけれど、でもそんなに近くないし……」とお姫さまは言いました。

「ああ、そうですか」と女の子は言いました。「でも、あの——お名前は?」

「え？　ああ、そうね、えーと、わたしの名前はね……」お姫さまもなんだか考えているようでした。「わたしの名前は、えーと、みんなはわたしをマドモアゼル・サラーム・シー＝カと呼んでいるけれど、でもちぢめてシーでいいわ」

「わかったわ、シー」と女の子は言いました。「シーって、どう書くの？」

「ああ、シーね」お姫さまは言いました。「それは〝女の子《シー》〟というときとおんなじよ」

「それってどう書くの？」女の子は、ちょっとびくびくしながら言いました。

「じつを言うとね」とお姫さまは言いました、「〝女の子〟のsheでもいいんだけれど、ほんとうはそうじゃないかもしれないの。正直いって、考えたことがなかったわ。だから、Sheeって書いてくれたらいいんじゃないかと思うの。eは二つね」

「わかったわ」と女の子は言いました。「そうするわ。それで――eってどんなものなの？」

お姫さまは、女の子からフリフリのハンドバッグを受けとると、中をあけました。中には、とてもすてきなメモ帳が入っていました。表紙はすてきなマーブルもようのシルクで、それを開くと、中は刺しゅうのついた、中国のきれいな紙でした。「きれいでしょ？」

「ええ」と女の子は言いました。

お姫さまは、とってもきれいなeを書いてみせました。お姫さまじゃなきゃ書けないような、特別なeでした。それはそれはゴージャスなeでした。「わたしはこう書くけれど、ほかの人たちはこう書くわ」。そしてペンをにぎって――それもとってもきれいな羽ペンでした、ドレスとおそろいのブルーでした――さっきのより小さい、そんなにすてきじゃないeを書きました。

そっちのほうはわりとふつうに見えました。「これだったらあたしにも書けそうだわ」と女の子は言いました。

「そうね」お姫さまはうなずきました。「ふつうはみんなこう書くわ。でも、みんなをびっくりさせようと思ったら、だんぜんこっちよ」と言って、最初に書いたほうを指さしました。「楽しいわよ。とっても王室っぽく見えるし」とお姫さまは言いました。「あなたのことは何て呼べばいいかしら？」

「あたしのみょう字は、えーと、えーと……」

「やだ、じらさないでちょうだい」と、お姫さまは笑いながら言って、手をひらっとさせました。

「もちろん名前はあるんでしょう？」

「それが、その」と女の子は言いました、「じゃあ、ええと、あたしのことは……ソーサンポンって呼んで」かの女はウソの名前を言いました。「それがわたしの名前よ」

「それって、どこの国の名前なの？」とお姫さまが言いました。

「それは――あたしの頭よ」女の子はそう言って、うなずきました。「あたし、名前がないの。しもべで、お百姓さんの子供で、みなし子だから。だから名前がまるっきりないの。あればいいなって思うけど。でも、もしよかったら、あたしが呼んでほしい名前を言うわ。あのね、あたしが呼んでほしい名前は――サリーって呼んで。好きな名前なの。名前はそれしか知らないの」女の子は正直に言いました。

それから女の子はきゅうに大人っぽいしゃべりかたになりました。かの女はそんなふうにしゃべるのが好きでしたが、こわがったり、心配なときにはそんなふうにできませんでした。それは落ちついた感じのしゃべりかたで、おどおどした、子供っぽいのじゃなく、もっと大人のしゃべりかたでした。かの女は言いました。「さあ、日なたで干した取れたてのトチの実でも少しいかが？」

「ええ」とお姫さまは言ってうなずきました。「そうしたいんだけど、ちょ、ちょっとお城にもどらなくちゃいけないの。あなたもいっしょに来て。でも待って、こんな髪の毛じゃ広間に行けないわ」そう言って、お姫さまはきれいなカールをいじりました。「こんなにくるくるカールした髪の毛じゃ、とてもダメだわ。ああ、わたしの髪もあなたのみたいにまっすぐだったらいいのに」

「まあ、あたしはあなたのみたいにくるくるしてたらいいのにって思っていたのよ」と女の子は言いました。

「あら、くるくるした髪なんかちっともよくないわ」とお姫さまは言いました。「こんな髪じゃ、恥ずかしくて広間に行けないわ」

「じゃあ、髪形を交かんしましょう」と女の子は言いました、「まっすぐにする方法を教えてあげるわ。なぜかというと、あたしの髪も前はすこしカールしてたのよ。それから、ひもでゆわく方法も教えてあげるわ」

「ありがとう」とお姫さまは言いました、「わたしは毎日シルクのリボンでゆわえているのよ。でも、あなたはきっともってないわよね？」そうしてお姫さまは女の子にシルクのリボンを五本わたしました。一つはブルー、一つは赤、一つは**つづく**。

そのつぎの日、異常にうれしいできごとが二つも起こった。一つめは、ずーっと待ってた手紙がついに来たこと。スレルの郵便屋さんは、自転車のハンドルのところに大きい赤い袋を下げて、いつもうんと早く、朝ごはんの前くらいにやって来た。チビすけが「うーびんです！　うーびんです！」と言いながら、キッチンにふうとうを一つもってきた。お父さんが電子レンジの歌をとちゅうでやめて、「これはきみにだ」と言ってノリーにそれをくれた。中にはこう書いてあった。

エレノア様

元気ですか？　わたしはさいきん紙ねん土でタルトとかケーキとか変なものをいっぱい作ってます。わたしも会えなくてさびしいです。イギリスに行きたいけど、そんなの全全むりです。いつアメリカに帰ってきますか、こんどベリル先生がやめて、またフィスカー先生が帰ってくるかもしれないんだよ!!!　わたしはサッカーのトーナメソトで2等しょうになったよ。それじゃまたね　お友だちのデボラより。

「ああ、うれしいい！」ノリーは手紙を胸にぎゅーっとおしあてた。そうしてると、なんだかきゅうにデビーのことがすごくすごくなつかしくなって、もっと大好きになって、「そうだ、イギリスで毎日いっぱいいろんなことが起こってるからって、こんなにいい友だちのことを忘れちゃうなんて、なんてバカだったんだろう」と思った。学校の行き道は、済公《ジ・ゴン》という変てこなお坊さんのテーマソングをハミングしながら、自分の足を見ながら、デビーのいろんなこととかパンダのコレクションのこととかを思いだしながら、歩いた。またチャイニーズ・モンテッソーリ校にもどるのかな、と考えて、中国語がわかると、チャイナタウンにみんなで行ったときに、オレンジのペンキで「注意　電話あり」とか漢字で書いてあるのを指さして、なんて書いてあるかお父さんたちに教えてあげたりできておもしろかったことを思いだした。

うれしいことその二は、学校で起こった。下校まえ、ノリーが校舎の外にいたら、サーム先生が来て「はい、これあなたに」と言って小っちゃい紙をくれた。紙には学校のマークがついてて、だれかのサインがしてあった。

「ありがとうございます」とノリーは言ったけど、なんのことだかよくわからなかった。

「これはね、パメラにやさしくしたから、ごほうびの優等賞よ」とサーム先生は言った。

ノリーは一しゅん、キツネに包まれたみたいになって、キョトンとした。それから「ええ、ほんとですか？　うそみたい、ありがとう先生！」と言った。

優等賞のことは、あんまりよく知らなかった。優等賞は、スレル小でもらえるいろんな賞のなかで一番か二番くらいにいいもので、「たいへんよい」よりももっとよくて、優等賞を五つもらうと、いろんな本の中から好きなのをもらえる券がもらえる。でも、そんなにすごくめずらしいっていうわけでもなくて、クラスでも、音楽とか理科の自由研究とか算数とか習字とか、いろんなことでもらってる子がけっこう何人もいた。でもノリーは、自分がもらうだなんて考えたこともなかったし、パメラと仲よくしたとか、そんなことで優等賞がもらえるなんて、ちっとも知らなかった。うれしくてうれしくてボケーッとつっ立ってたら、ピアーズ先生が通りかかって、紙を指さしてちょっとウィンクして、「先生は、こういう、いいことをした優等賞がいちばん好きだな」と言った。

「ありがとうございます」とノリーは言った。それでもう狂いそうにうれしくなって、うちょうてんで、ぴょんぴょんはねながら、そこいらじゅうの子に「はじめて優等賞もらっちゃった、はじめて優等賞もらっちゃった！」と言った。

「うそ、ほんと？」とシェリー・ケッナーが言った。「なにでよ？」

ノリーは「パメラに親切にしたから」と言ったけど、心のなかで「あ、いけない」と思った。なんとなく、それは言っちゃいけないことのような気がした。でも逆に、みんながやってるわるいことを止めようとすれば、いつか思いがけないときにすてきないいことがあるんだっていうことの、目に見える証こなんだから、もっとみんなに言いたい気もした。ノリーは走ってキラのところに行った。

「キラ、あたしパメラにやさしくしたから、優等賞もらっちゃった！」

「うそでしょ」とキラが言った。

「ほんとよ」とノリーは言った、「うそだと思うんなら、ほら、これ」

キラは紙を見て、すごく怒って言った、「こんなの、お勉強でもらうのにくらべたらあんまりいい優等賞じゃないわよ。こんなんだったら、ほかにももらってる子いっぱいいるもん」

「そんなことないもん」とノリーは言った、「ピアーズ先生が、こういう優等賞がいちばん好きだって言ってたもん。だからきっとすごく特別なことなのよ。キラ、ほんとはうらましいくせに」

「うらやましくなんかないもん！」とキラが言った。

「ぜぇったいうらやましいくせに！」とノリーが言った。

「ぜぇぇぇったいうらやましくないもん！」とキラが言った。

「そう。じゃ、信じたげるね。キラはうらやましがってなんかない」

そのあとで、ロジャー・シャープリスがやって来た。いつもだったら、まずロジャーがノリーのスネをけるまねをして、それからノリーがお返しにロジャーをけるまねをして、キック、キック、キック、キック——それか、二人で同時にパンチして、げんことげんこが空中でぶつかりあって、「あいてっ！」と言って、さも痛そうに（ほんとはぜんぜん痛くないのに）手をぶらぶらさせて歩きまわる。でもロジャーは言った、「なんかさ、パメラが暗くなってたぜ。シェリー・ケッナーが、ノリーは優等賞がほしくてパメラと仲よくして、まんまと取ったんだとかなんとか言ったらしくてさ」

ノリーはオリガミみたいに顔がまっ赤になった。「ちがうもん！　だって、もらおうとしてもらったんじゃないし、そんなことでもらえるなんて、ぜんぜん知らなかったのに！」

「おれもシェリーにアホかって言ってやったけどさ」とロジャーは言った、「でも、パメラとちゃんと話したほうがいいと思うぜ」

ノリーはパメラをさがしたけど、パメラはどこにもいなかった。つぎの日、パメラといっしょにお昼を食べたけど、パメラは何も言わなかった。「シェリーが言ったことは、ぜんぜん、まるっきりうそだからね」とノリーは言った。

「ノリーはほんとにやさしくしてくれたから」とパメラは言った。

「でも、じゃあ、信じる？」とノリーは言った。

「何を？」

「まるっきりうそだってこと」

「信じる」とパメラは言った。「でも、いまはその話したくない」

「じゃあ、なんの話がしたい？」とノリーは聞いた。

「わかんない」とパメラが言った。

「えーとね、じゃあ、好きな色は？」とノリーは言った。

「ターコイズ」とパメラが言った。

「なるほどね、ターコイズ、と」ノリーは見えない手帳にメモするふりをした。「それじゃ、好きな野菜は？」

「ホウレンソウ」

「ほほう、ホウレンソウ、それはおどろき」それからまたシーンとなった。しばらくしてノリーが「それじゃさ、このお皿の中で、いちばん好きなポテトチップスはどれ？」と言った。

「これ」とパメラは言って、それを食べた。

「ああ、１３０６―Ｂね。ふむ、それも書いとかなくちゃ。じゃ、いちばん好きな水の分子は？」

「何それ、どういう意味？」とパメラは言った、「ノリーの好きな水の分子はどれ？」

ノリーはパメラの水のコップに顔を近づけて、中をじーっと見て言った。「うーん、どれもすてがたいけど、でも一番はあれかな、わりと上のほうにあるやつ。見える？　そこの小っちゃいアワのすぐとなりにある、あれ。パメラは？」

パメラはノリーのコップの水の中にひとさし指をつっこんで、「これ」と言った。

ノリーは笑って「え、どれ？」と言った。

パメラは水から指を出して、ノリーの顔に水のつぶをピンとはじいて、「これ」と言った。

「ああ、これね」とノリーは言った。

56　学期末

学期がおわる前の最後のふつうの授業の日、みんなは学校においてあるものをぜんぶ、バックパックとかお道具袋とかにしまって家にもって帰りなさいと言われた。教科書も、ノートも、ペンも、ふでばこも、ネットボールの体そう着とクツも、何もかも、ぜんぶ。つぎの日の理科の時間は、先生がちびて先が丸くなった変てこなエンピツをみんなに配って（みんなもう書くものがなかったから）、"scientific"と"cathedral"ということばの中に、いくつべつのことばがかくれているか、できるだけたくさん書きだしてみなさい、と言った。ノリーはこういうのがものすごく苦手で、scientific からは in と it と sit しか見つけられなかった。cathedral のほうは、ロジャー・シャープリスが、いちばん最後から逆に読んでみ、と、すごくいいヒントを教えてくれたので、すぐに lard（「ラード」はイギリスではすごくよく使うことばだ）と death が見つかった。ロジャーは teach もすぐ見つかるじゃん、と言ったけど、ノリーの頭はそういうふうには動いてくれなかった。小さい休み時間のとき、ノリーとロジャーが空手チョップでおたがいの首をちょん切るマネをしてあそんでたら、男子が一人来て、「お前、パメラのこと好きなのかよ?」と言った。

「またそれ?　バカみたい」とノリーは言いかえした。「もう四回ぐらい言ったと思うけど」

「好きにきまってるだろ」とロジャーも言った。「お前なんかよりパメラのほうが百倍いいやつだよ、このトウヘンボク」

その子はニヤニヤしながら、スキップして行ってしまった。そのすぐあと、ノリーがITの教室に行こうとしていたら、また何人か寄ってきて、大声でひやかしはじめた。「やーい、ロジャー・シャープリスにおネツ！　ロジャー・シャープリスにおネツ！」

ノリーは「ちがうもん！」と言おうとしたけど、ウソをつくのはいやだったので、「そうよ、ロジャーっていい子よ」と言った。

その子たちがいなくなったあと、ノリーは「そうだわ、あたしにはだれにも言えないけど言いたくてウズウズしてるすごいひみつがあって、シェリーにもキラにも言えないけど、でもパメラになら言えるんだわ。だってパメラは友だちだから、打ち明けてもだいじょうぶなんだもん」と思い出して、ちょっとうれしくなった。だからそのあとパメラのところに行って、「あのね、あたし、前はジェイコブ・ルイスにおネツだったの。あたしと背が同じかちょっと高くて、頭がよくて、ちょっぴりいじわるで、おブスな顔をした子がタイプで、だからジェイコブにおネツだったの。でもね、じつはね――いまはロジャー・シャープリスにおネツなんだ」と言った。

「ふうん。ロジャーって、かっこいいよね」とパメラが言った。「わたしもおネツなんだ」

「うそ！」とノリーは言った、「すごいショック！」

「なんてね、うそ」とパメラが言った「たぶんね」

学期の最後の日は、ホームルームがあって、大聖堂で礼はいがあって、それでぜんぶおしまいだった。そのあとで、みんなお家の人たちがむかえに来るのを待つことになっていた。ノリーは、ブライズレナー先生や、ストーン先生や、ホードリー先生や、ハント先生や、習った先生ぜんぶにカードをあげて、サーム先生には、前の日にチビすけといっしょに作ったチョコレートをあげた。大きいチョコのかたまりを溶かして、それをプラスチックの小っちゃい型に流しこんで作った。型の一つがフクロウの形をしてて、チビすけも気がついたけど、「これはわるもののフクロウじゃないんだよ、チョコのフクロウだから、いいもののフクロウなんだよ」と言った。

サーム先生はお返しに、クラス全員に、箱の中からキャラメル・キャンディかチョコレートか、どっちか好きなほうを一個ずつくれた。だれかが「先生にお礼を言おうよ！」と言って、みんなで「フレー、フレー、せ・ん・せい！　フレー、フレー、せ・ん・せい！」と言った。それからみんなで、ほんとのほんとのほんとの最後に机の上にイスをのっけた。ノリーは、クリスマス休みがおわって最初に学校に来たときに、イスがちょっとも動かなかったことがわかるように、イスの足の先っぽについてるメタルのカバーが机の線と完ぺきに平行になるようにした。でもそうしてるうちに、学期がずっとおわってほしくないような、このまま学校がいつまでもいつまでも永えんにつづいてほしいような、ふしぎな気もちになった。ノリーはパメラに、自分で作ったとび出すカードをそっとわたした。中には、学校の制服をきたノリーとパメラが小さい火山の上に立ってる絵が切りぬいてはってあって、カードを開くと、火山がちょっと立ちあがるようになっていた。作りかたはわりとかんたんで、カードの折れ目の「谷」のところに小さい切り込みを二本入れて、カードと逆に、「山」に折れるようにしておいて、それを台みたいにして、切りぬいた絵をはりつける。絵のなかのパメラとノリーは、片っぽのうでが動くようになっていて、カードの裏がわから下にずーっとのばした細い紙のはしっこを引っぱると手をふるんだけど、あんまり引っぱりすぎると、スポッとぬけてしまう。二人とも「やったー！」と言ってて、あと雲の形をしたポケットの中に、小鳥が一わ、半分だけ入ってて、便利に入れたり出したりできるようになっていた。

そのあとノリーは、ガイ・フォークス・デーの花火大会のとき、パーティーの準備をしてくれた父兄の人たちにちゃんとありがとうを言いに行かなかった子が多かったと、ピアーズ先生がきびしい声で言っていたことを思いだして、サーム先生のところにちゃんと「チョコレートありがとうございました」を言いにいこうときめた。でも、まだだれも言いにいってないときに、一番のりで言いにいくのはなんだか照れくさくって、先生がうしろを向いてるときに、小っちゃい声でポソッと言ってしまった。そしたらシェリー・ケッツナーがそれを聞いて、ダダッと走ってきて、もっと大きい、はっきりした声で「先生、チョコレートありがとうございました！」と言った。先生はふりむいて、シェリーを見てにこっとして、「はい、どういたしまして」と言った。でもまあいいや、とノリーは思った、だってたいせつなのは気もちだもの。「でもまてよ、そういう気もちをもってるってことを、言わないでどうやったら相手の人にわかってもらえるんだろう？」と、ちょっとこんぐらがった。

ノリーは大聖堂にむかって歩きながら、道をぞろぞろ歩いていくみんなを見た。この子たち一人一人に、いいとか、わるいとか、中くらいとか、いろんな個性があって、そのどれもがそれぞれにおもしろかった。でもときどき、みんながパメラにいじわるすることしか考えてないように見えるときは、一人一人の個性が消えて、ただつまらない、バカみたいな子たちのどんよりした集まりにしか思えないときもあった。でもさいきん少しずつ、パメラにいじわるするのにあきて、ほかのことに興味をもつ子が（まだ完全にとまではいかないけれど）増えてきた。もしかしたら理由の一つは、ノリーがへこたれずにパメラと仲よくしつづけてるのを見て、パメラと友だちになっても（というか、パメラをすごくきらわなくても）、べつにこの世のおわりじゃないんだって気がついたのも、ちょっとはあったかもしれない。

その日はよく晴れた、キンと寒い日で、大聖堂のなかに入ると、ヒスイ堂から明るいグリーンの光がさしこんできて、ノリーや、ほかのたくさんの子たちを照らした。神さまっぽい考えにはならなかったけど、でもノリーは思った――「ああなんだか、学校って好きだな」。「好き（love）」は、こんなによく使うことばなのに、わざとまちがわそうとしてるみたいにスペルが変にしてある。音からいったらほんとうはlovでなきゃおかしい。だって最後にeがつくときは、その前の音をのばすのが決まりで、なのにlもoもvもぜんぜんのばさない。「アイ・ラーヴ・スクール」じゃなくて「アイ・ラヴ・スクール」だ。でもスペルのことはともかく、ほんとにノリーは学校が好きだった。学校のすてきなところは、いろんな先生が、いろんなちがうことを教えてくれて、お芝居で刺されて死ぬ方法や、アステカのことや、マリアさまのことや、タイプのしかたや、飛行機を六回連続つい落させても泣かないことや、アキレスが川に入れられたことや、レンガのまさつや、あれやこれや、知らなかったことをたくさん知れることだった。それに、何百人っていう生徒たちがいて、一人一人が一人前にあつかわれてることも好きだった。大人が何百人も工場に来て働くみたいに、みんなタイとジャケットを着て、大人みたいにいろんなことを自分できめて、自分の好きなように行動してる。大聖堂に行ったり帰ったり、食堂に行ったり帰ったり、そして休み時間には美じゅつ室でも図書室でもお教室でも外でも、自由に好きなところに行って、そのとちゅうでいろんな知ってる子を見かけて、そのたびに「あ、コリンだ、いっつもあたしに消しゴム借りる子」とか「キラだ、元気かな？　さいきんちょっとごぶさたぎみ！」とか考える。

ちょっぴり悲しいのは、パメラのことのせいで、キラとはもう昔みたく、大大大の仲よしじゃなくなっちゃったってこと。でもそれはキラがわるいんじゃないし、パメラがわるいんでもない。わるいのは、パメラをいじめの標的にした子たちぜんぶだ。その子たちさえいなければ、こんなふうにはならなかった。でも、だれだってどこかでだれかにいじわるしちゃうことはあるから、そんなこと言ってたら、学校にだれも人がいなくなっちゃうかもしれない。でも、だんだんみんながパメラを前ほどきらわなくなって、ちょっとだけやさしくするようになってきたら、すぐまたキラはノリーと仲よくしてくれるようになった。

大聖堂の南玄関のところに立って、お父さんとお母さんがむかえに来るのを待っていたら、パメラがやってきて、小っちゃい紙きれをくれた。パメラはまだ帰りたくなさそうにしてたけど、お父さんたちに早くしないと電車に乗りおくれるよと言われて、帰っていった。紙にはこう書いてあった——「ノリーへ　しん友になってくれてありがとう　またね《ラヴ》　パメラ」。そして、やっとやっと、お家《うち》の電話番号が書いてあった。いろんなことが、ちょっとずつよくなりかけてるみたいだった。それに、もひとつ、すごくすごくうれしいことに、ひさしぶりに歯が一本ぐらぐらになって、生えかわりそうになっていた。ベロで前にたおすと、ふだんは歯ぐきの中にかくれてる根っこのとがった部分が出てきて、口いっぱいに、チュンとしょっぱい血の味が広がった。

おしまい。

訳者あとがき

本書はニコルソン・ベイカーの小説としては五作目となる*The Everlasting Story of Nory*の翻訳である。常人離れしたミクロの観察眼で、身の回りのさまざまな事物に今まで誰も気がつかなかった新たな美を見いだしてきたベイカーが、今回その観察眼を向けたのは〈子供の頭の中身〉である。

一九九八年にこの本が世に出たとき、主人公が九歳の女の子であることに、おおかたのアメリカ人は驚いた。というのも、かの研修生モニカ・ルインスキーがクリントン大統領にベイカーの*VOX*（『もしもし』白水Uブックス）をプレゼントしていたことがマスコミで報じられて以来、ベイカーの名前は全米ですっかり有名になっていたからで、彼のことを「あのテレホン・セックスの本を書いた人」として初めて知った人々は肩すかしをくわされたかっこうだったし、古くからの彼の読者にとっても、子供の語り手というのは、やはり予想外のことだった。だが一読すれば、これが今までのどの作品にも負けずおとらず、いやある意味では今までのどの作品にもましてベイカーらしさにあふれた作品であることが、きっとおわかりいただけると思う。

献辞に〝情報提供者〟として娘アリスの名前をあげていることからもわかる通り、この本は、作者の当時九歳になる娘が実際に語ったり経験したことが元になっている。一家でイギリスに移り住んだ一年間のあいだに、ベイカーは毎日アリスを学校まで車で迎えにいき、彼女の話を聞き、それに独自の加工をほどこして書き、次の日また学校まで迎えにいき、話を聞き、書き……そうやって、現実の一年間とほぼ同時進行で書き上げられたのが、本書というわけだ。主人公ノリーの思考にぴったりと寄り添いながらも三人称の語りであるという、この小説の独特なスタイルも、そういう二人の共同作業を思えば、ごく自然に選ばれたものだったのだろう。

あるインタビューで語ったところによると、〈子供〉は彼が以前から書きたいと思っていたテーマだったという。子供の頭の中は、言ってみれば建設途中の建物のようなものだ。だから考えが思いもよらない転がり方をしたり、奇妙な抜け道ができていたり、変な構造物が作られていたりと、いろいろと不思議な現象が起こる。つねにものごとのメカニズムに強く魅きつけられるベイカーが、その不思議を目の当たりにして、子供の頭の中の精密な地図を描いてみたいという思いにとらわれたのは、むしろ必然だったといえるだろう。

この本の面白さは何よりもまず、九歳という微妙な年齢の子供の〈声〉が、まるですぐ隣にいて、こちらに向かって話しかけてくるようにいきいきと再現されていることだ。「子供を語り手にした本の多くは、大人の発想で作られた声で書かれていて、人工的すぎて私には受け入れがたかった」とベイカーは言う。だから彼は娘の差し出す生の素材に目と耳を全開にし、彼女の思考にシンクロしつつ、その中から子供らしさのエッセンスをすくい上げようと試みた。

ノリーにとっては、学校と家、ときどき行く大聖堂と昔のお屋敷、それが世界のすべてだ。だがその小さな世界も、九歳の目で見れば、複雑な人間関係があり、社会のルールがあり、解けない謎や、驚きや、喜びや、不安や、恐怖に満ち満ちた、広大な宇宙だ。そして彼女は、空想というもう一つの世界の住人でもある。自分で自分にお話を作って聞かせるとき、こわい夢を見るとき、一つの考えをどこまでも追いかけて迷子になるようなとき、彼女は自分の頭の中という〈不思議の国〉に分け入る冒険家でもある。そういう子供独特の世界の見え方や、時間や記憶や言葉に対する感じ方が、ベイカー一流の鋭い観察と精妙な言語ですばらしくいきいきとスケッチされていて、「ああ、子供のころってこうだったよなあ」と、何度もうなずいたり笑ったりさせられる。

もう一つ、この本の大きな魅力は、ノリーが使う言葉の面白さだ。たとえば彼女はしょっちゅう言いまちがいをする。ほんの一例をあげれば、"to the bare bones"（骨の髄まで）という慣用句を"to the bare gristle"（gristleは〝軟骨〟の意）と言いまちがえたり、"from scratch"（ゼロから作る）を"from scrap"（scrapは〝きれっぱし〟）とやったり、男の主人公をheroineにしてしまったり、"flabble-digastered"、"discombobbledied"なんていう新語をこしらえてみたりと、数え上げたらきりがない。しかし九歳ともなると、ただ可愛らしいだけの舌足らずな言いまちがえとは異なり、まちがえ方のパターンもけっこう芸が細かい。難しい慣用句を使おうとして惜しいところで違っているとか、複数の言葉や言い回しを合体させるとか、どこかで聞き覚えた言い回しをミスマッチな文脈にはめこんでしまうとか──それらは言葉を習得しようとする過程で生まれる、いわば開発途上のプログラムのバグのようなもので、子供の思考回路が透けてみえるような面白さがある。おそらくそれこそがベイカーの狙いだったのだろう。

翻訳するにあたっては、それらをとても全部は再現しきれなかったと思うが、トータルで、作者のやろうとしたことが少しでも伝わっていればと願っている。

最後になったが、この本を訳すにあたっては、多くの方々のお世話になった。こまごまとした質問に丁寧に答えてくださったうえに、数々の有益な助言をしてくださったジェームズ・ファーナーさん、貴重な資料を貸してくださった大橋由香子さん、三原紫野さんをはじめとする友人のみなさん、最後まで私を励ましてくださった白水社の平田紀之さん、本当にありがとうございました。

岸本佐知子

二〇〇四年　六月

装丁　緒方修一
カバー装画　杉田比呂美

訳者略歴

一九六〇年生

上智大学文学部英文科卒

アメリカ文学専攻

主要著書

『気になる部分』（白水社）

主要訳書

T・レオポルド『君がそこにいるように』『誰かが歌っている』（白水社）

J・ウィンターソン『さくらんぼの性は』（白水社）

『オレンジだけが果物じゃない』（国書刊行会）

N・ベイカー『もしもし』『中二階』『フェルマータ』『室温』（白水社）

T・ジョーンズ『拳闘士の休息』（新潮社）

J・アーヴィング『サーカスの息子』（新潮社）

E・エンスラー『ヴァギナ・モノローグ』（白水社）

S・ミルハウザー『エドウィン・マルハウス』（白水社）

ノリーのおわらない物語

二〇〇四年六月一〇日印刷
二〇〇四年六月三〇日発行

訳者 © 岸《きし》本《もと》佐《さ》知《ち》子《こ》
発行者 川村雅之
印刷所 株式会社理想社
発行所 株式会社白水社

東京都千代田区神田小川町三の二四
電話 営業部〇三(三二九一)七八一一
　　 編集部〇三(三二九一)七八二一
振替 〇〇一九〇—五—三三二二八
郵便番号一〇一—〇〇五二
http://www.hakusuisha.co.jp
乱丁・落丁本は、送料小社負担にてお取り替えいたします。

松岳社(株)青木製本所

ISBN4-560-04783-9

Printed in Japan

ニコルソン・ベイカー　岸本佐知子訳

もしもし

全編これ二人の男女の電話の会話からなる、おかしなおかしな「電話小説」。全米ベストセラーの本書のテーマは「想像力の世界の究極のH」。そう、これはセックス・テレフォンなのだ。

定価１７３３円
〈白水Uブックス版〉定価９１４円

フェルマータ

今度はどんな手で面白がらせてくれるのかと思えば、なんとこれが、時間を止めて女性の服を脱がせる特技をもつ男の自伝（!?）である。もちろんあの桁外れの想像力と微細な描写も健在。

〈白水Uブックス版〉定価１１５５円

中二階

昼休み中のサラリーマンが中二階のオフィスへ戻る途中にめぐらした超ミクロ的考察。靴紐の切れ方、牛乳容器の変遷、ミシン目の発明への賛辞等々。あっと驚く面白小説。

定価１９９５円
〈白水Uブックス版〉定価９９８円

室温

ピーナツバターの正しい食べ方、日記を綴る妻のペンの音でその中身を聞き取る方法、コンマ記号の優雅な形態への熱烈な賛辞……傑作『中二階』をしのぐ極微的身の回り品観察小説！

定価１６８０円

Nicholson Baker

定価は５％税込価格です.
重版にあたり価格が変更になることがありますので，ご了承下さい.　(2004年6月現在)